HOEKTAND EN WALGING:
EEN VAMPIERKOMEDIE

LOT, BIJT ME!

JON SMITH

BAL
KON
media

ALSO BY JON SMITH

FICTION

The Fifth Horseman

Destiny Can Bite Me (Fang & Loathing #1)

The Stakeout Diaries (Fang & Loathing #2)

Rewrite the Dead (Fang & Loathing #3)

YOUNG ADULT

The Arb

CHILDREN'S FICTION

Toytopia

NON-FICTION

Once Upon A Brand

Founder Mode

The Bloke's Guide To Pregnancy

The Bloke's Guide To Babies

Get Into Bed With Google

Google Adwords That Work

Smarter Business Start-Ups

Start An Online Business

Digital Marketing For Businesses

EEN

Als de keuken van Vincent Lupo ooit een glorietijd had gekend, dan moest dat vóór de uitvinding van penicilline zijn geweest, want in de eenentwintigste eeuw was ze in een staat van langzame, stinkende aftakeling beland. Het linoleum op de vloer, met een patroon van wat ooit vrolijke citroenen moeten zijn geweest, was nu in alle richtingen opgekruld en vervormd, alsof het een lichte aardbeving had overleefd en had besloten aan interpretatieve dans te gaan doen. De koelkast, een vintage Kelvinator die hij in de jaren vijftig uit Boston had laten overkomen, kreunde als een gepensioneerde in de greep van existentiële angst en lekte freon en een mysterieuze bruine smurrie in gelijke mate. Ergens flikkerde een enkele gloeilamp achter haar nicotinegele glazen kap en verlichtte dapper het culinaire equivalent van een plaats delict vóór de schimmelvorming.

Vincent navigeerde blootsvoets door de rommel, terwijl zijn tenen de vochtige proppen keukenpapier ontweken die hij vorige week als wapen had ingezet tegen een uitbraak van iets groenigs in de verste hoek. Hij droeg een T-shirt met reclame voor een heavy metalband die al sinds de Koude Oorlog niet meer cool was, en een joggingbroek van onbestemde kleur, aangezien al zijn andere kleren ten prooi waren gevallen aan wat hij binnensmonds 'de Wasafgrond' noemde. Hij had zulke diepe wallen onder zijn ogen dat als ze ritsen hadden gehad, hij er zijn emotionele bagage in had kunnen opbergen.

Hij opende de koelkast en deinsde onmiddellijk terug. Niet, zoals men zou verwachten, vanwege de gruwel binnenin – Vincents relatie met gruwel was als die van een oud getrouwd stel, verveeld maar wederzijds afhankelijk – maar omdat hij had verwacht dat er melk zou zijn en die was er niet.

'Nou, dat is nog eens persoonlijk verraad,' mompelde hij, en staarde in de diepte van de koelkast alsof de pakken uit puur schuldgevoel opnieuw zouden verschijnen.

Toen zag hij het hoofd.

Het was niet de eerste keer dat Vincent een afgehakt menselijk hoofd tegenkwam. Het was zelfs niet de eerste keer deze eeuw. Hij had echter verwacht dat ze wat meer moeite met de presentatie zouden doen. Het hoofd, van een bleke man met een semi-vorstelijke neus en een haargrens in vergevorderd stadium van terugtrekking, was pardoes op een velletje vetvrij papier geploft en naast een bakje goedkope margarine geplaatst. Een dikke, stollende straal bloed was op de hummus eronder beginnen te sijpelen, wat een roodachtig, gemarmerd effect creëerde dat zelfs hij een beetje te voor de hand liggend vond.

Vincent hurkte neer tot zijn ogen op gelijke hoogte waren met de koelkastplank. 'Oké,' zei hij, met de stem van een man wiens hersenen een bord omhooghielden met de tekst 'Serieus?' en zijn mond uitdaagden om tegen te spreken. Het hoofd, van zijn kant, deed niets anders dan blindelings naar de olijven over de datum staren, en zag er vaag beschaamd uit.

Toen keken de ogen naar Vincent.

'Het verhaal eindigt als je het leegbloedt,' fluisterde het hoofd.

'Oké,' zei Vincent, wachtend op meer commentaar, of op zijn minst een formele introductie, maar die kwam niet. Vincent bestudeerde de wasachtige gelaatstrekken op zoek naar aanwijzingen. De wangen, blozend en pokdalig, getuigden van een voorliefde voor sterkere dranken dan de geesten die in deze keuken rondwaarden. De lippen, blauwachtig maar nog steeds vaag gekromd, suggereerden dat het slachtoffer met een soort halfslachtige waardigheid was heengegaan. En dan was er het merkteken op het voorhoofd: een glief, diep ingekerfd, het bloed bevroren in een spinnenwebachtig netwerk van barstjes. Zelfs in het zwakke koelkastlicht herkende Vincent het onmiddellijk.

Hij deed de koelkast dicht en leunde met zijn voorhoofd tegen het gehavende email. 'Het wordt weer zo'n week.'

Hij vulde de waterkoker, gooide twee lepels oploskoffie in een mok met een vervaagde tekenfilmvleermuis en ging aan de gammele tafel zitten, luisterend naar het gekreun van de koelkast en het langzame druppelen van bloed dat met chirurgische regelmaat in een Tupperware-graf landde. Hij weerstond de drang om te googelen naar 'betekenis afgehakt hoofd in koelkast', maar net aan.

Mevrouw Barley, de huishoudster, verscheen in de keukendeur met de stille dreiging van een naderend stormfront. Ze droeg haar haar in een strakke knot die een kernoorlog had kunnen overleven, en haar kamerjas was zo strak gestreken dat hij voor een operatie gebruikt had kunnen worden. Vincent had geen idee hoe ze erin slaagde om in zijn flat te wonen en toch de indruk te wekken dat ze het vanaf een veilige afstand veroordeelde.

Ze keek hem aan. Niet de blik die gereserveerd was voor verbrande toast of achtergelaten mokken, maar de diepere, de blik die suggereerde dat het universum haar gevoel voor orde persoonlijk had beledigd. 'Vincent,' zei ze, 'ik waardeer dat je een onconventionele smaak hebt, maar de voedselhygiëne in dit etablissement is nu ronduit crimineel.'

Vincent gebaarde naar de koelkast. 'Je kunt de bovenste plank beter even vermijden tot ik het heb opgeruimd. Of de politie bel. Of een priester.'

Mevrouw Barley negeerde hem en beende naar de koelkast. Ze opende de deur, gluurde naar binnen, en maakte een afkeurend geluid dat zo typisch Brits was dat de kamertemperatuur drie graden daalde. 'Kon je het niet op de deurmat laten liggen zoals een normale gek zou doen?'

'Het was er al toen ik wakker werd,' zei Vincent. 'Ik denk dat het misschien voor mij is.'

Mevrouw Barley keek hem aan op een manier die impliceerde dat ze dit volkomen aannemelijk, zo niet onvermijdelijk, vond. 'Heb je de voordeur gisteravond op slot gedaan?'

'Mogelijk,' zei Vincent. 'In de zin dat ik erover nadacht, en toen afgeleid raakte en gin over mijn cornflakes goot.'

'Vincent. Je kunt niet zomaar afgehakte lichaamsdelen binnenlaten, dat schept een precedent. Voor je het weet, liggen er ingewanden in de slowcooker en heb je de gemeente op je dak.'

Ze reikte naar binnen, pakte het hoofd bij een pluk dunner wordend haar en tilde het eruit met de klinische minachting van een kampioen bloemschikken die een ondermaats boeket taxeert. De glief op het voorhoofd glom nat in het koude licht.

Mevrouw Barley trok een wenkbrauw op. 'Ken je deze?'

Vincent boog zich over zijn koffie. 'Niet persoonlijk. Maar het symbool is van de Carmine-profetie. Degene waar ik coauteur van was. Eeuwen geleden.'

Ze draaide het hoofd zodat het hem beschuldigend aankeek. 'Ik heb altijd al gezegd dat je hobby's je nog weleens zouden achtervolgen.'

'Technisch gezien is spookschrijven een roeping, geen hobby.'

'Technisch gezien is je naam op een apocalyptisch geschrift voor vampiers zetten een schreeuw om aandacht.'

'Het is een perfect respectabele bijverdienste.' Hij keek opnieuw naar de glief. Het was onmiskenbaar: drie elkaar kruisende maansikkels, met een botsplinter op de as. Carmine had het 'het zegel der onvermijdelijkheid' genoemd – niet dat iemand hem had gevraagd er poëtisch over te doen, maar Carmine was een uitslover en kon het nooit laten. 'Ze hebben het oorspronkelijke ontwerp gebruikt. Niemand heeft het in eeuwen bijgewerkt.'

Mevrouw Barley maakte een afkeurend geluid. 'Na-apers zijn altijd zo lui.' Ze liet het hoofd in een keramische mengkom vallen en begon daarna de koelkastplank schoon te vegen met een scheut bleekmiddel en een prop keukenrol.

'Denk je dat het een waarschuwing is?' vroeg Vincent, terwijl hij nonchalant probeerde te klinken, maar ergens in de buurt van existentiële malaise landde.

'Als dat zo is, is het geen erg creatieve.' Ze keek hem niet aan. 'Het is waarschijnlijk gewoon een herinnering. Je hebt nog onafgemaakte zaken, en je wordt er niet jonger op.'

'Zij ook niet,' merkte Vincent op. 'Het is een hoofd.'

'Doe niet zo stompzinnig. Het staat je, maar het maakt mijn avond ingewikkelder.'

Hij keek toe hoe ze werkte, zoals altijd verbaasd over de efficiëntie waarmee ze de rotzooi die hij maakte kon uitbannen zonder een pas te vertragen. Het nieuwe schoonmaakmiddel dat ze uit een of andere occulte postordercatalogus had gehaald, verspreidde een lavendel-en-kaneelgeur die zelfs de formaldehydenasmaak in de lucht wist te overstemmen. Ze zou de koelkast waarschijnlijk voor middernacht van spirituele resten hebben ontdaan.

Vincent nam een slok van zijn koffie, dacht na over het zoemende hoofd in de mengkom en de manier waarop de bewegingen van mevrouw Barley voor een crisis gechoreografeerd leken. Hij kon zich niet herinneren haar te hebben aangenomen. Ze was in zijn leven verschenen de dag na het Tweede Mantische Bloedbad, en had haar intrek genomen in de logeerkamer met niets anders dan een gehavende koffer en de belofte dat ze 'de boel draaiende zou houden.' Hij had een te erge kater gehad om tegen te stribbelen, en na een week besefte hij dat ze zowel onmogelijk te ontslaan was als, op haar eigen angstaanjagende manier, onmisbaar.

Hij vermoedde ook dat ze misschien oud-militair was, maar op dit punt was ze ontwijkend.

Mevrouw Barley was klaar met schoonmaken en draaide zich naar hem om. 'We moeten dit wegwerken voordat de vuilnismannen argwaan krijgen.'

'Ik was van plan het voor de vampiers te laten liggen. Weet je wel, als cadeau doorgeven.'

Ze sloeg haar armen over elkaar. 'Wees niet zo grof. Het is duidelijk bedoeld om een reactie uit te lokken. De vraag is, wie heeft het gestuurd?'

Vincent tikte op de tafel en trommelde een klein ritme. 'Dat kan iedereen zijn. De Carmine-aanhang had een hoop bewonderaars.'

'Je bedoelt vijanden.'

'Ik bedoel kenners van creatieve meningsverschillen.'

Mevrouw Barley rolde zo hard met haar ogen dat het hoorbaar was. 'Als je dit niet serieus neemt, probeer dan op zijn minst verbaasd te kijken als de volgende arriveert.'

'Denk je dat er een volgende komt?'

Ze keek hem aan, en het onuitgesproken antwoord hing in de lucht als de geur van schoonmaakmiddel: natuurlijk.

Vincent opende de koelkast opnieuw, controleerde nogmaals op melk en zuchtte. Hij zou hem zwart moeten drinken. 'Weet je, toen ik begon met het spookschrijven van apocalyptische manifesten, dacht ik dat het alleen maar groupies en continentale ontbijtjes zouden zijn. Niemand heeft het ooit over de administratie gehad.'

Mevrouw Barley zette de kom op het aanrecht, legde een doek over het gezicht van het hoofd en begon met de efficiëntie van een lijkschouwer een grapefruit te snijden. 'Dat komt omdat je alleen de kaften leest. Zal ik een bloedzak voor je halen voor later, of ben je weer aan het vasten?'

'Ik red me wel,' zei Vincent, en deed alsof de knoop in zijn maag van de cafeïne was.

Hij keek nog eens naar het omhulde hoofd, de glief die nog door de stof heen schemerde, en vroeg zich niet voor de eerste keer af hoe het zou zijn om een leven te hebben waarin je niet de rommel van oude fouten hoefde op te ruimen.

Hij vermoedde dat het ondraaglijk saai zou zijn.

Mevrouw Barley goot kokend water in de gootsteen, en de stoom steeg op en besloeg het raam. 'Wat ga je doen?'

'Niets,' zei Vincent. 'Het is vrijwel zeker een grap.'

'Vrijwel zeker is niet zeker.'

Hij haalde zijn schouders op en stond op. 'Als ze me willen, weten ze waar ik woon. In dit tempo verschijnen ze in een doos van Amazon Prime.'

Mevrouw Barley maakte een dun, sceptisch geluid. 'Prima. Dan verwacht ik vrijdag een bezorging.'

Hij lachte, en wist niet zeker of het om de grap was, of omdat het er zo weinig een was.

Toen hij de keuken verliet, was de koelkast leeg, op de eerste levensbehoeften na: tonic, batterijen, een half bakje hummus (nu perfect gemarmerd) en een verzameling Tupperware-bakjes die hij nooit meer zonder een gevoel van onbehagen zou openen.

Het zou weer zo'n week worden, dacht hij, terwijl hij het afgehakte hoofd en de profetie in de keuken achterliet, samen met de penetrante zekerheid dat het verleden nog lang niet klaar met hem was.

Vincents werkkamer – officieel aangeduid als het 'schrijvershol' in het huurcontract en onofficieel als 'het papiergetto' door mevrouw Barley – had een geur die moeilijk te plaatsen was, maar ergens tussen een verbrande koppeling en de binnenkant van een antiek-winkel in lag. Het was een vreemd, leemachtig soort comfort, hoewel het comfort voornamelijk psychologisch was en waar-schijnlijk slecht voor je in grote doses. Elk oppervlak had de strijd tegen zijn notities en concepten jaren geleden verloren: het bureau was verdwenen onder een sneeuwlaag van printouts, half-gelezen hardcovers en de laatste proefdrukken van zijn uitgever (die hem updates stuurde in de zeer onjuiste veronderstelling dat het hem iets kon schelen). Plakbriefjes klitten als geel korstmos langs de rand van zijn monitor, elk met een cryptische zin die ofwel een plotpunt, een boodschappenlijstje of een dreigement was.

Hij zat onderuitgezakt aan zijn gehavende bureau, een balpen tussen zijn vingers rollend, en probeerde te beslissen of het waardiger was om het volgende hoofdstuk af te maken of zich-zelf uit het raam te gooien. De laptop staarde hem aan met een leeg document getiteld 'TANDEN_VAN_VERLAN-GEN_BOEK_9'.

Vincents agent had de *Tanden van Verlangen*-serie ooit omschreven als 'Twilight voor de emotioneel geletterden, maar met echte seks.' Vincent beschouwde dit zowel als een belediging als een uitdaging, en daarom was de hoofdpersoon – een vampier genaamd Lord Sanguinius – een nauwelijks verhulde zelfparodie en, naar verluidt, de meest succesvolle literaire vampier sinds Bram Stokers bende van gedegenereerden.

Hij typte, wiste en typte opnieuw:

—*Lord Sanguinius staarde vanaf het in schaduwen gehulde balkon, zijn hart zo leeg als de aderen van zijn laatste verovering. De stad schitterde, onverschillig. Beneden gonsden stervelingen van een urgent leven, terwijl hij zweefde, tijdloos, alleen.*—

Hij las het na, fronste en ramde op de delete-toets tot de zin in stukken lag.

Door de muur heen leken de buren een soort percussieritueel uit te voeren met laarzen en wat klonk als een trompet. Vincent vroeg zich half af of ze met de doden communiceerden. Hij opende een nieuw tabblad en controleerde zijn auteursmail, een masochistisch ritueel dat hij elk uur uitvoerde.

U heeft 3 nieuwe recensies voor 'Tanden van Verlangen: Tokyo Drac'.

Hij las de eerste. 'Absurd en te schunnig, maar ik heb het in één ruk uitgelezen. Sanguinius is zo zielig, lol. 3 sterren.'

De tweede: 'Niet genoeg emotionele diepgang voor een vampierboek. Celeste Evermoon wordt overschat.'

Vincent legde zijn hoofd in zijn handen en kreunde. Hij schreef al decennia – verdomme, al eeuwen, als je de pseudonieme traktaten en de Carmine-profetie meerekende – maar niets had hem voorbereid op de psychische mishandeling van een Goodreads-lezersrecensie. 'Niet genoeg emotionele diepgang,' mompelde hij. 'Probeer maar eens een eeuwigheid niets anders te eten dan de gevoelens van andere mensen en kijk maar eens hoe je dat verdomme bevalt.'

Hij kraakte zijn knokkels en staarde naar het scherm, alsof de cursor verantwoordelijk was voor al zijn levenskeuzes.

Hij had Carmine natuurlijk gekend. Het origineel, het proto-type, de vampier wiens naam een cult en een profetie had voortgebracht en, uiteindelijk, een reeks betreurenswaardige graphic novels. Ze waren vrienden, rivalen, coauteurs van het noodlot geweest. De glief uit de koelkast was het ontwerp van Carmine, en Vincents eigen hand had de eerste versie getekend in een Londense flat die niet veel verschilde van deze, minus de bloedvlekken. Hij vroeg zich soms af of hij voorbestemd was om de hele eeuwigheid op te ruimen na die ene, catastrofale brainstorm.

Er was een geluid in de gang. Eerst negeerde Vincent het, ervan uitgaand dat mevrouw Barley haar nachtelijke kruistocht tegen de stofkolonies had geïntensiveerd. Maar toen kraakten de vloerplanken in een patroon dat duidde op bewuste voetstappen, en een vertrouwde geur van ontsmettingsmiddel en stalen vastberadenheid kwam de kamer binnen nog voordat de eigenaar dat deed.

Mevrouw Barley kwam binnen met de vinnigheid van een vrouw die deurklinken overbodig vond. Ze droeg een mok in de ene hand (thee, zwart als de leegte) en een gevouwen pagina in de andere. 'Je liet dit in de keuken liggen,' zei ze, terwijl ze het papier op zijn toetsenbord legde als een dagvaarding van de Krijgsraad. 'Denk er de volgende keer aan om de vuilnis buiten te zetten. Of laat het bewijsmateriaal tenminste niet op het aanrecht liggen.'

Vincent griste het papier weg en bekeek het. Het was een printout van een forumbericht – een van de ondergrondse forums waar bovennatuurlijk uitschot notities vergeleek over spookverschijningen, profetieën en de beste deals voor menselijk bloed. Het bericht luidde: 'Carmine-zegel in SE10. Heads up. Letterlijk.'

Hij snoof. 'Zo te zien is de komische stijl van de ondoden in de laatste tweehonderd jaar niet geëvolueerd.'

Mevrouw Barley ging op de rand van een kist zitten met het opschrift 'belastingaangiften 1984-2011' en bekeek hem met de koele blik van een ervaren bomexpert. 'Het is geen grap, Vincent.

Hoofden duiken niet op met die gliefen, tenzij iemand een punt wil maken.'

Hij rolde met zijn ogen. 'Het punt is waarschijnlijk "Vincent Lupo is een tragische grap en zou zijn carrièrepad moeten heroverwegen".'

Mevrouw Barley negeerde het lokaas. 'Je was ooit een legende, weet je. Onder de juiste mensen. Je had een geweten en een synoniemenwoordenboek, wat je meerdere klassen boven de concurrentie plaatste.'

'O ja? Kijk waar het me heeft gebracht.'

Ze nam een slok van haar thee en keek hem over de rand aan. 'Er zijn ergere lotgevallen dan vergetelheid. Je had zoals Carmine kunnen zijn. Of erger, zoals het nieuwe soort.'

Vincent rilde. Het 'nieuwe soort' was mevrouw Barley's eufemisme voor de nieuwste generatie vampiers, allemaal memes en haargel en geen gevoel voor geschiedenis. 'Zij weten tenminste hoe ze gepubliceerd moeten worden,' zei hij.

Mevrouw Barley's mond vertrok. 'Herinnerd worden wordt overschat. Geloof me maar.'

Hij trommelde met zijn vingers op het bureau. 'Ik word liever vergeten dan een waarschuwend verhaal te worden.'

Ze boog naar voren. 'De glief betekent dat er iets aan komt. Misschien voor jou, misschien voor ons allemaal. Wat Carmine ook begon, het is onvoltooid.'

Vincent gebaarde naar de stapel onvoltooide manuscripten. 'Sluit je aan bij de club.'

Ze reikte naar voren en klapte zijn laptop dicht, zachtjes maar met finaliteit. 'Je moet je concentreren. Als ze je proberen uit te lokken, is dat omdat je ertoe doet. Doe niet alsof het je niet kan schelen.'

Hij probeerde te protesteren, maar merkte dat hij naar de

muur staarde, denkend aan de profetie en de eindeloze cirkels van onheil die het had veroorzaakt. Hij wilde er niet toe doen, niet op de manier zoals Carmine. Niet op de manier die leidde tot lichamen in koelkasten en cryptische dreigementen.

Hij haalde zijn schouders op, pakte zijn pen en gooide hem van de ene hand in de andere. 'Als iemand me probeert te vermoorden, kunnen ze op zijn minst het fatsoen hebben om bloemen te sturen.'

'Die zouden het niet overleven in deze flat,' zei mevrouw Barley, terwijl ze opstond. 'Ik zorg ervoor dat de voordeur is beveiligd. Voor het geval je geheime bewonderaar een bezoekje brengt.'

Ze was verdwenen voordat hij kon antwoorden, en liet de geest van haar citroenfrisse ontsmettingsmiddel en haar woorden in de lucht hangen.

Vincent opende de laptop weer en staarde naar de knipperende cursor. De woorden kwamen niet. Hij las de laatste paragraaf door die hij had weten te schrijven voor de existentiële implosie:

—Ze klampte zich in het maanlicht aan hem vast, trillend terwijl hij zijn tanden ontblootte. 'Doe het,' smeekte ze. 'Ik wil me levend voelen, ook al betekent het dat ik een beetje sterf.' Sanguinius aarzelde. Het gewicht van eeuwen drukte op zijn schouders. Honger en verdriet, niet van elkaar te onderscheiden.—

Hij wiste het hele stuk, opende toen de browser en zocht uit pure, masochistische verveling naar 'Carmine-profetie'. De resultaten waren even rampzalig als altijd: randblogs, complotsites, links naar korrelige video-'bewijzen' van Carmine's laatste momenten, en een enkele, onleesbare scan van het oorspronkelijke manuscript. Zijn eigen naam verscheen op verschillende plaatsen, altijd begraven onder clickbait of tirades over de 'vampier-Illuminati'.

Hij stond op het punt het tabblad te sluiten toen de deurbel ging.

Vincent wist niet zeker of hij het moest negeren of doen alsof hij niet thuis was. Hij besloot op te staan en zich uit te rekken – elke wervel kraakte – en liep naar de gang. De trap was schemerig, het enige licht kwam van een raam bedekt met vuil en wanhoop.

Hij opende de deur op een kier, volledig voorbereid om een Jehova's getuige te vertellen dat hij moest oprotten, maar er was niemand.

Hij leunde naar buiten en scande de overloop. Niets. Toen keek hij naar beneden.

Aan zijn voeten lag een vrouw. Ze zag er menselijk uit, wat in dit deel van de stad al reden tot argwaan was. Haar haar was zwart, verknoopt met wat hij dacht dat gedroogd bloed zou kunnen zijn. Ze droeg een jas die twee maten te groot was, de mouwen gescheurd en stijf van oud bloed. Ze keek hem aan met één bruin oog – het andere was dichtgezwollen – en ontblootte haar tanden in een gebaar dat een glimlach had kunnen zijn, of misschien een waarschuwing.

Vincent stond op het punt iets te zeggen toen ze vooroverzakte en met de willoze gratie van iemand die onlangs een aanzienlijke hoeveelheid bloed had verloren, pardoes op zijn voeten landde.

Hij hurkte, controleerde haar pols. Zwak, maar aanwezig.

'Geweldig,' zei hij. 'Precies wat ik nodig had. Nog een zwerver.'

Achter hem verscheen mevrouw Barley, met haar armen over elkaar. 'Je hebt de deur toch wel op slot gedaan?'

'Natuurlijk,' loog Vincent.

Mevrouw Barley zuchtte, het geluid bijna liefdevol. 'Breng haar binnen. Ik haal de verbanddoos.'

Vincent sleepte de vrouw de gang in en liet een rood spoor achter. Hij keek op naar het raam op de overloop en dacht, met een soort gelaten irritatie, dat het altijd zo begon: met een vreemdeling, een boodschap en een puinhoop die mevrouw Barley met bleekmiddel zou moeten opruimen.

Hij slaagde erin een halve glimlach te produceren en ontblootte zijn tanden. 'Niet genoeg emotionele diepgang,' herhaalde hij zachtjes, en begon de nieuwe ramp op te lossen.

TWEE

De zitkamer van Vincent had een zekere waardigheid, maar alleen in de zin dat een ter dood veroordeelde man zich zou kleden voor zijn eigen ophanging. De meubels – zwaar, victoriaans, zo goed als nieuw voor een appel en een ei overgenomen uit de nalatenschap van een of ander overleden familielid – stonden mokkend langs de muren als afkeurende geesten. Voorouderlijke portretten staarden vanaf de muren, een en al jukbeenderen en passieve agressie, en de boekenplanken hadden hun functie allang opgegeven voor wankele stapels paperbacks met ezelsoren en lege gin-flessen. Het tapijt had ooit de ambitie gehad bordeauxrood te zijn, maar had nu de sombere kleur van oude wonden.

Ze trokken haar jas uit en legden het meisje op de bank, die onder haar gewicht zuchtte alsof hij het extra gezelschap kwalijk nam. Vincent knielde naast haar neer, fronsend naar de constellatie van verwondingen die al paars kleurden op haar armen en kaak. Ze zag eruit als een jaar of zeventien, hooguit achttien, hoewel de trek om haar mond iemand suggereerde die gedwongen was in sneltreinvaart volwassen te worden en er vervolgens herhaaldelijk door was overreden.

Mrs Barley kwam voorbijschuifelen en liet een walm van antiseptische lotion en iets scherps achter – salie misschien, of de geur van een ritueel dat een beetje mis was gegaan. Ze smeet een armvol handdoeken op de salontafel en overzag de bewusteloze gast met de kille onpartijdigheid van een SEH-verpleegster aan het eind van een dubbele dienst.

'Heb je een naam, schat?', vroeg Mrs Barley, zonder echt een antwoord te verwachten.

Het meisje maakte een geluid dat ergens onder de grens van het bewustzijn lag en zakte toen dieper weg in de kussens. Haar knokkels waren rauw geschaafd en haar hoodie droeg de bloed-en-modderinsignes van een recent straatconflict. Vincent doorzocht haar zakken met geoefende discretie en vond niets, behalve een bibliotheekpas (naam: Ren B), een stukje kauwgom zonder wikkel en een telefoon die zo onherstelbaar gebarsten was dat hij op een spinnenweb leek.

Mrs Barley knielde bij het hoofd van het meisje, klemde haar kin tussen twee vingers en inspecteerde haar ogen. 'Pupilreactie normaal. Geen hersenschudding, of niets wat je niet verdiend hebt.' Ze zei het met een soort ruwe sympathie die zowel beledigend als vreemd geruststellend wist te zijn. 'Geef me die mok eens.'

Vincent gaf haar het minst bevlekte exemplaar dat binnen handbereik was. Mrs Barley haalde een kleine flacon uit de plooien van haar schort, schonk er een scheut glinsterende, smaragdgroene vloeistof uit en roerde het met het handvat van een lepel tot een pasta.

'Dat ziet eruit alsof het de lak van een Ford Fiesta zou kunnen oplossen,' zei Vincent, die met afschuw en fascinatie toekeek.

Mrs Barley knikte kordaat. 'Dat is juist de bedoeling. Wonden schoonmaken, paden openen. Het is een oud legerrecept. Drink dit en je kunt drie dagen marcheren op een gebroken enkel.' Ze kneep de neus van het meisje dicht, wrong haar kaak open en goot het medicijn in de opening. De keel van het meisje bewoog, een reflexmatige slikbeweging, en ze hoestte, rolde op haar zij en keek Mrs Barley boos aan met de ogen van iemand die, ondanks alles, nog steeds verwachtte beroofd te worden.

'Waar ben ik?', kraakte het meisje, haar stem geschuurd door pijn en verrassing.

Vincent zette zijn beste poging tot een oomachtige blik op. 'Je bent veilig. Raak de afstandsbediening niet aan, die reset het universum.' Hij wees naar de kamer, alsof dat alles verklaarde.

Het meisje veegde haar mond af met de rug van haar hand en ging zo abrupt overeind zitten dat Vincent bijna zijn neus verloor. 'Wie de fuck zijn jullie?'

Mrs Barley, onverstoorbaar, depte de snee op de wang van het meisje met een theedoek die in het groene brouwsel was gedrenkt. 'Taalgebruik,' zei ze. 'Er is een kind aanwezig.'

'Ik ben het kind,' snauwde het meisje.

Mrs Barley glimlachte slechts, dun en voldaan. 'Precies.'

Vincent ging op de rand van de salontafel zitten. 'Ik ben Vincent, dat is Mrs Barley. Je verscheen op onze stoep, zo lek als een mandje. Gebeurt dat vaker, of is dit een speciale gelegenheid?'

Ren overwoog dit, en haalde toen haar schouders op, een beweging zo defensief dat er net zo goed een reflecterend hesje bij had kunnen zitten. 'Het gebeurt. Meestal niet met een welkomst-comité.' Ze keek rond, nam de kamer in zich op, het gesloten raam, het crucifix aan de muur dat was omgebouwd tot een flesopener. Haar ogen bleven hangen op de plank met bloedzakken in de verste hoek, en schoten toen terug naar Vincent, waarbij ze smaller werden.

'Ben jij een vampier?'

Vincent grijnsde en liet een vleugje hoektand zien. 'Alleen op maandagen en feestdagen.'

Ren maakte een sceptisch geluid. 'Geweldig. Ik word gered door de Addams Family.'

Mrs Barley gaf haar een glas water en een koekje, dat er zowel dodelijk als huisgebakken uitzag. 'Je overleeft het wel. Tenzij je dat liever niet wilt?'

Het meisje negeerde de vraag en porde in plaats daarvan met klinische afstandelijkheid naar de gekorste wond op haar arm. 'Hebben jullie een ambulance gebeld?'

Mrs Barley schudde haar hoofd. 'Zou je geen goed doen. Je loopt met een ander soort letsel rond.' Ze depte het bloed weg, en Vincent zag het: onder de uitgesmeerde korst zat een kleine tatoeage, half genezen en boosrood. Drie in elkaar grijpende halvemanen, en op hun knooppunt een lijn van kleine, beenkleurige stippen. Het was de glyf van het afgehakte hoofd, opnieuw vormgegeven door iemand met een vastere hand en minder geduld.

Vincent reikte naar haar pols. Ren trok zich terug, maar niet snel genoeg om te voorkomen dat hij het merkteken zag. 'Waar heb je dat vandaan?'

Ze trok haar hand terug en stopte die onder haar hoodie. 'Gaat je niks aan.'

'Integendeel,' zei Vincent, die zich plotseling erg moe voelde, 'het is precies mijn zaak. Dat symbool verschijnt niet voor de lol op willekeurige tieners. Het is het soort ding dat je vindt op zeer oude, zeer dode mensen. Of erger, op mensen die op het punt staan zeer dood te worden.'

Rens uitdrukking – die al neigde naar 'zou door gewapend beton kunnen bijten' – sloot zich volledig. 'Het is maar een tattoo. Een vriendin van me heeft hem gezet. Ze zei dat het iets beschermends was.'

Mrs Barley snoof. 'Je vriendin is een leugenaar. Of ze heeft een heel duister gevoel voor humor.'

Ren keek Mrs Barley kwaad aan, en daarna Vincent. Even was het enige geluid in de kamer de klok boven de haard, die de tijd bijhield als een gevangenisbewaker.

Vincent keek opnieuw naar het merkteken en ving dit keer een vage glinstering langs de rand op. Dat had hij eerder gezien, in een achterkamertje in Krakau, en nogmaals in de nasleep van het Carmine-bloedbad. Het was geen inkt, niet helemaal; er bewoog iets anders onder de huid, alsof de glyf zelf aan het metaboliseren was.

Hij deinsde op zijn hoede terug. 'Heb je je... vreemd gevoeld? Sinds je hem hebt?'

Ren haalde haar schouders op, maar er zat iets broos in. 'Definieer vreemd.'

'Van alles. Nachtmerries. Honger. Woede. De drang om poëzie achterstevoren op te zeggen.'

Ze rolde met haar ogen. 'Ik ben zeventien. Dat is gewoon een dinsdag.'

Mrs Barley klopte haar op de schouder, bijna zacht. 'Het komt wel goed. Ga er alleen niet aan zitten peuteren.'

Vincent wilde doorvragen, maar de blik die Mrs Barley hem toewierp, zei 'laat maar', dus deed hij dat.

Ren nam een slok water en verslikte zich onmiddellijk. 'Wat zit hierin?'

'Essence van eerlijkheid,' antwoordde Mrs Barley. 'Het is niet besmettelijk, maar je weet maar nooit.'

Ren veegde haar mond af en zakte tegen de bank, er ineens jonger en vermoeider uitziend dan voorheen. Vincent bestudeerde haar en probeerde de logica van haar verschijning te doorgronden. De glyf, de timing, de oude profetie die rammelde met zijn ketenen in zijn geheugen. Het kon geen toeval zijn. Toeval nam al eeuwen zijn telefoontjes niet meer op.

Mrs Barley begon de handdoeken en flessen op te ruimen, haar bewegingen kordaat en definitief. Vincent ving haar blik op, zag de vraag die ze niet stelde, en beantwoordde die met een knikje van zijn kin: 'Later.'

Ren probeerde op te staan, faalde en liet zich terugzakken in de versleten bekleding. 'Mag ik gaan?'

Mrs Barley dacht na. 'Morgenochtend. Je hebt rust nodig. En er hangt vanavond iets in de lucht.'

Ren keek haar boos aan. 'Dat is een regel uit een nummer van Phil Collins.'

Mrs Barleys mondhoek trilde, heel even. 'Het is een regel uit het leven, meid.'

Er viel een gespannen, ongemakkelijke stilte. Vincent vulde die op de enige manier die hij kende: met een verhaal. 'Heb ik je ooit verteld over die keer dat ik een tatoeage liet zetten door de persoonlijke huurmoordenaar van de paus?'

Ren keek hem aan alsof ze hem uitdaagde om door te gaan.

'Hij bleef niet zitten,' zei Vincent. 'Maar ik heb drie nieuwe scheldwoorden geleerd en de huurmoordenaar kreeg er een gratis oorlelpiercing voor terug. Soms pakken die dingen gewoon goed uit.'

Ren sloot haar ogen en viel even later weer in slaap, haar kaak in diezelfde strijdlustige houding.

Mrs Barley stopte haar met professionele zorg onder een deken. 'Ze is niet bezeten, weet je.'

Vincent keek hoe de glyf pulseerde, een zwak maar onmiskenbaar licht dat onder de huid verschoof. 'Nee,' zei hij met zachte stem. 'Maar er is iets dat zich naar binnen schrijft.'

Het antwoord van Mrs Barley ging verloren in het gekraak van het zettende gebouw, terwijl de voorouderlijke portretten in stilzwijgen en oordeel neerkeken.

Vincent ging rechtop zitten, zich er plotseling van bewust hoe donker de kamer was geworden en hoe de glyf op Rens pols met de minuut helderder leek. Hij vroeg zich af of de profetie hem uitlachte van gene zijde, of dat dit gewoon de manier was waarop het universum hem eraan herinnerde dat onafgemaakte zaken altijd, maar dan ook altijd, weer op je stoep staan.

Hij schonk zichzelf een drankje in, en nog een, en keek naar het slapende meisje, wachtend op de volgende ramp die op de deur zou kloppen.

Het zou niet lang meer duren.

Het meisje sliep als een blok, maar werd de volgende avond wakker met dezelfde achterdochtige blik die ze de vorige avond voor Vincent had gereserveerd. Tegen de tijd van het ontbijt – een te gaar gebakken eiersandwich en oploskoffie zo bitter dat die uit Vincents eigen jeugd had kunnen zijn geoogst – was Ren genoeg hersteld om aan de keukentafel te blijven hangen met de zenuwachtige opstandigheid van een verwilderde kat die voor het eerst naar binnen is gelokt.

Mrs Barley zat de maaltijd voor met alle warmte van een openbare beul en hield een doorlopend commentaar over het weer, de ophaaldagen van het vuilnis en de inferieure kwaliteit van moderne antibiotica. Ze zette een kom pap voor Ren neer, die deze met onverholen afschuw bekeek.

'Het is biologisch,' zei Mrs Barley, wat waar was, als je 'biologisch' definieerde als 'gekocht voor het rookverbod en achtergelaten om een persoonlijkheid te ontwikkelen'.

Ren porde in de brij en keek toen op naar Vincent, die nog niet de wil had gevonden om te gaan zitten. 'Mag ik nu gaan?'

Mrs Barley zei, zonder ook maar een tel te missen: 'Eerst eten. Dan zien we wel.'

Vincent bleef in de deuropening hangen en voelde zich vreemd misplaatst in zijn eigen keuken. Hij wilde het meisje ondervragen over de glyf – waar ze hem vandaan had, wat het voor haar betekende, of hij jeukte in de regen – maar iets in de stand van haar kaak vertelde hem dat hij niets zou krijgen behalve een blauw oog voor zijn moeite. Bovendien wist hij dat de enige echte antwoorden boven lagen.

Dus liet hij Mrs Barley achter bij haar huiselijk beleg en beklom de smalle trap naar zijn studeerkamer.

De zolder was precies zoals hij hem had achtergelaten: een crypte met een laag plafond, vol stoffige planken en onstabiele stapels, verlicht door een enkele gloeilamp en het licht van de maan dat door een aangekoekt raam naar binnen gluurde. Vincent ademde de geur in – oud papier, opgedroogde inkt en een spoor van meeldauw – en voelde zich bijna getroost. De rommel was allemaal van hem, en dus op zijn minst een vertrouwd soort chaos.

Hij ging aan het werk, rommelend door dozen met de opschriften 'Rommel', 'Absoluut Geen Bewijs' en 'NEE'. Hij negeerde een stapel oude bonnetjes en uitgeverscontracten, en ging rechtstreeks naar de kartonnen kist achterin – die met 'Carmine' op het deksel gekrabbeld in zijn eigen zorgvuldige, door een kater gecorrigeerde handschrift.

Binnenin: geannoteerde drukproeven, een handvol 'speciale editie' hardcovers (in perfecte staat, nooit gelezen), en een fluwelen buidel met daarin de benen dolk die Carmine ooit had gebruikt om de keel van een ambassadeur door te snijden op een oudejaarsfeest. Het lemmet glinsterde nog steeds met een vage, olieachtige gloed, alsof het een mening had over het feit dat het werd gestoord.

Vincent legde de dolk opzij en opende het eerste manuscript. Daar was de glyf, op de titelpagina: drie halvemanen, hetzelfde als de tatoeage op Rens pols, hoewel deze was weergegeven in de zwartste inkt en werd gecompenseerd door een nette spiraal van Latijnse tekst. De lijnen krulden en overlapten op een manier die de ogen deed jeuken.

Hij bladerde naar de achterkant, waar Carmine ooit correcties had gekrabbeld met een bloedrode balpen. In de kantlijn naast een bijzonder smeuïge passage had de oude klootzak geschreven: *Onderschat de aantrekkingskracht van transformatie niet. Het is het enige dat voor hen telt.*

Vincent snoof. Typisch Carmine om zevenhonderd jaar existentiële horror samen te vatten in een oneliner die geschikt was voor een boekomslag.

Hij groef dieper, door een stapel correspondentie die de boog van zijn eigen morele verval in kaart bracht: fanmail van sekteleden, haatmail van andere sekteleden, steeds wanhopiger verzoeken van zijn agent om deadlines te halen. En toen vond hij het – een map, gehavend en bespikkeld met wat koffie of mogelijk bloed had kunnen zijn, met het opschrift 'Boekarest – originele versie'.

Hij opende hem, zijn handen trillend, net genoeg om irritant te zijn.

Daar, op de eerste pagina, stond de strofe. Hij herinnerde zich dat hij het schreef, of beter gezegd, hij herinnerde zich de nasleep: het gevoel van koude helderheid dat was voortgekomen uit een nacht vol absint en de vage, dringende behoefte om koste wat kost indruk te maken op Carmine.

—In bloed begint het, maar inkt zal binden / De levenden aan het verleden, met elkaar vervlochten. / Wanneer het teken in jeugd wordt gedragen / Zal het vat ontwaken en in waarheid lopen.—

Het had destijds als een woordenbrij geleken, het soort cryptische, vaag dreigende vers dat profetieën authentiek deed aanvoelen, terwijl het absoluut niets betekende. Maar Carmine was er dol op geweest, en dus bleef het erin.

Vincent vergeleek de glyf op het manuscript met de herinnering aan Rens tatoeage. Ze kwamen perfect overeen, tot aan het streepje rechtsboven. Geen twijfel mogelijk.

Hij leunde achterover en liet de implicaties bezinken, als slib in een modderige rivier. Het meisje was een vat. Of ze het nu wist of niet, er was iets dat zich een weg naar binnen schreef en haar als een pagina gebruikte. En gezien hoe Carmine in het verleden 'vaten' had beschouwd, zou het waarschijnlijke resultaat geen feestelijke groepsfoto zijn.

Er was beweging buiten in de tuin. Hij tuurde door het raam en zag Ren in de tuin, verlicht door de bewegingssensor van de beveiligingslamp, ineengedoken op de achtertreden in een deken die te dun was voor het weer, met beide handen thee nippend. Mrs Barley stond boven haar, met haar armen over elkaar, haar silhouet op de een of andere manier zowel afschrikwekkend als moederlijk.

Hij keek toe hoe Mrs Barley iets zei en Ren lachte. Een kleine lach, scherp en plotseling, en even verliet de argwaan haar gezicht.

Vincent rilde. Hij had deze scène eerder gezien, of iets dergelijks – elke keer als een profetie begon te ontvouwen, elke keer als een of andere slimme klootzak besloot dat de regels niet van toepassing waren. Het begon altijd met gelach, en het eindigde altijd, maar dan ook altijd, in geschreeuw.

Hij bladerde door de rest van de map, maar vond niets behalve oude rekeningen en een gedroogde bloem die tussen de pagina's was geperst. Hij sloot hem, legde de benen dolk boven op de stapel en stofte zijn handen af.

Beneden klonk Mrs Barleys stem: 'Kom je, of moeten we zonder je beginnen?'

Vincent wierp een blik terug op het manuscript, en vervolgens op het raam en het meisje beneden.

'Dit gaat in vlammen op,' mompelde hij en ging naar beneden om zich bij hen te voegen.

DRIE

Ren zat op de rand van een doorgezakte oorfauteuil en klemde een gebarsten mok met Mrs Barley's zwarte brouwsel vast. De smaak was een mengsel van kamille en iets anders dat haar tong een zacht gescrubd gevoel gaf. Haar lip, die de vorige avond was opengesprongen, had een mooi korstje gekregen, maar de rest van haar stond nog op scherp: verkrampte schouders, een trillend been en ogen die heen en weer schoten tussen Vincent en de crucifix-annex-flesopener die boven de schouw hing.

Vincent bekeek haar vanaf de bank, met een onderuitgezakte lichaamshouding maar met vingers die een nerveus allegro op zijn knie trommelden. Hij had een overhemd aangetrokken dat er van een afstandje fris uitzag, maar van dichtbij een sterrenstelsel van koffievlekken vertoonde. Zo nu en dan wierp hij een blik op Ren en keek dan weer weg met de bestudeerde nonchalance van een man die een gaslek in een vol theater negeert.

'Nou,' zei Ren, terwijl ze een stilte doorbrak die zwaar en wantrouwig was neergedaald, 'is dit het moment waarop je me vertelt dat ik de uitverkorene ben, of alleen dat ik op een heel inventieve manier doodga?'

Vincent deed alsof hij erover nadacht. 'Geen van beide. Dit is het gedeelte waarin ik de boot afhoud en hoop dat je je verveelt voordat je iets zinnigs vraagt.'

Ren ontblootte haar tanden in een glimlach die even vriendelijk was als een verroeste val. 'Te laat. Je zit er tot over je oren in. Begin maar te praten. Wat betekent dat symbool? Waarom kruipt het onder mijn huid? En waarom droom ik steeds in verdomde rijmvorm?'

'Dromen in rijmvorm komt vaker voor dan mensen denken,' zei Vincent. 'Het is een klassiek symptoom van blootstelling aan een slecht opgestelde profetie. Of een privéschool.'

Ze kneep haar ogen tot spleetjes. 'En de stemmen?'

Hij zuchtte en plukte een schilfertje van iets – verf, misschien huid – van de armleuning van de bank. 'Stemmmen zijn standaard. Daar wen je aan. Maar ga niet hardop ruziemaken in de supermarkt, dat maakt het afrekenen ongemakkelijk.'

Ren staarde hem vol ongeloof aan. 'Maak je nu serieus grapjes? Weet je dat ik gisteren bijna een hand verloor aan jouw "profetie"?'

'Technisch gezien is het niet mijn profetie,' zei Vincent. 'Slechts een afgeleid werk. Ik wijs alle verantwoordelijkheid van de hand.'

Ren maakte een geluid dat suggereerde dat ze de mok naar zijn hoofd had gesmeten als ze er niet nog uit had gedronken. 'Wiens puinhoop is het dan?'

Vincent keek haar van opzij aan. 'Doet er niet toe. Hij is dood. Of ondergedoken. Of hij doet alsof hij dood is op een heel openbare, aandachtzoekende manier. Carmine was nooit subtiel.'

Ren kneep haar ogen samen, een vonk van herkenning. 'Carmine, als in de Carmine Profetie? Is dat echt? Ik dacht dat het gewoon goth-onzin was die je in duistere hoekjes van Reddit vindt.'

Vincent glimlachte half, een gebaar dat er meer uitzag als een grimas. 'Alles is uiteindelijk echt. Profetieën hebben gewoon een beter pr-team.'

De gang weerklonk van het geluid van praktische schoenen en nauwelijks verholen ergernis. Mrs Barley kwam de kamer binnen met een dienblad met toast en een fles schoonmaakmiddel, het laatste gehanteerd als een wapenstok.

'Eet op,' zei ze, terwijl ze het bord voor Ren neerzette. 'Je zult je krachten nodig hebben. En als je weer op het tapijt gaat bloeden, laat het me dan van tevoren weten.'

Ren pakte de toast, maar haar aandacht was volledig op Mrs Barley gericht. 'Jij weet dus van die profetie?'

Mrs Barley veegde met chirurgische precisie een vlek van de tafel. 'Natuurlijk. Daarom ben je hier. Je lekt profetie.'

Ren verslikte zich. 'Pardon?'

Mrs Barley haalde onaangedaan haar schouders op. 'Dat gebeurt. Normaal gesproken merken we het voordat iemand een tatoeage krijgt, maar wat gebeurd is, is gebeurd.'

Vincent bestudeerde de verste muur met een plotselinge interesse in het afbladderende behang. 'Ze lekt niet, niet precies. Meer een soort... uitstoot. Alsof ze het uitzendt.'

Ren draaide zich venijnig naar hem om. 'Wat de fuck betekent dat?'

Vincent streek met een hand door zijn haar en liet het toen verslagen weer naar beneden vallen. 'Het betekent dat er iets in je zit dat eruit wil. Een profetie is een beetje als een parasiet, of een kettingmail. Je raakt besmet en plotseling is het niets dan voortekenen, rare trek en de overweldigende drang om dingen op te schrijven.'

Ren sloeg met haar mok op de tafel. 'Ik ben geen parasiet. En ik wil dit allemaal niet. Ik was gewoon...' Ze zweeg, de woede zakte weg en maakte plaats voor een beklemmende, ingehouden paniek. 'Ik probeerde gewoon te ontsnappen. Ze lieten me niet gaan.'

Mrs Barley keek haar aan met een plotselinge, ongemakkelijke sympathie. 'Wie?'

Ren aarzelde, en zei toen: 'Weet ik niet, een soort sekte. Denk ik. Ik weet niet of ze zichzelf zo noemden, maar alle anderen wel. Ze zeiden dat ik... het Vat van de Pen was.' Ze keek hen woest aan, hen uitdagend om te lachen, maar noch Vincent, noch Mrs Barley deed dat.

Vincents uitdrukking veranderde niet. 'Klassiek. Altijd met die vaten.'

Ren kromp ineen in haar hoodie. 'Ze lieten ons die boeken met de hand overschrijven. Pagina's en pagina's. Zeiden dat het voor de "overdracht" was. Maar elke keer dat ik schreef, werden de dromen erger. En toen verscheen het teken.'

Mrs Barley knielde voor haar neer, al haar scherpe randjes een beetje verzacht. 'Je bent gevlucht. Dat was slim.'

Ren knikte, haar vuisten gebald op haar schoot. 'Ja. En ik heb een van de boeken gegapt. Dacht dat als ik het had, ze het ritueel, wat ze ook van plan waren, niet konden afmaken.'

Vincent hield zijn hoofd schuin. 'Wat heb je met het boek gedaan?'

'Verbrand,' zei Ren. 'Of dat geprobeerd. Het bloedde. Toen schreeuwde het.'

Een stilte, dik genoeg om te besmeren, viel over de kamer. Vincent sloot zijn ogen, kneep in de brug van zijn neus en reikte naar een wijnglas dat van de avond ervoor was overgebleven. Hij nam een slok, trok een vies gezicht en nam nog een slok alsof het met volharding beter zou worden.

'Natuurlijk deed het dat,' zei hij, zo zacht dat het bijna voor zichzelf was.

Ren keek hem aan, wachtend op de clou.

Vincent opende zijn vermoeide ogen. 'Dat soort boeken zijn moeilijk te vernietigen. Ze hebben meestal noodmaatregelen. Vangnetten. Soms in de binding, soms in de persoon die het verbrandt.'

De weinige kleur die Rens gezicht nog had, verdween. 'Dus wat, verander ik nu in een boek?'

Mrs Barley antwoordde als eerste, haar stem zacht en onkarakteristiek moederlijk. 'Nee, kind. Jij bent het verhaal. Het boek is slechts de drager.'

Ren keek naar Vincent voor bevestiging, maar zijn gezicht was een masker van berusting. 'Het is niet zo erg als het klinkt,' zei hij, maar zelfs hij leek niet overtuigd.

Ze leunde naar voren, haar stem laag en hard. 'Hoe stop ik het?'

Vincent wervelde het bezinksel van zijn wijn, kijkend naar hoe het sediment spiraalde. 'Dat doe je niet,' zei hij. 'Je overleeft het. Als je geluk hebt, mag je je eigen einde schrijven.'

Een stilte met de kracht van een gevangenisstraf sloot zich om hen heen, alleen onderbroken door het meedogenloze tikken van de klok en het verre geluid van ruziënde kraaien in de tuin.

Ren nam een hap van haar toast en kauwde met doelbewuste agressie. 'Wat gebeurt er als ik dat niet doe?'

Vincent keek haar recht in de ogen, voor het eerst sinds ze was aangekomen. 'Dan schrijft het jou af. En in die versie ben jij niet de hoofdpersoon.'

Ze staarde hem aan, hopend dat hij zou terugdeinzen of wegkijken, maar hij hield haar blik vast met de vermoeide bravoure van een man die dit argument al eerder had verloren.

Mrs Barley stond op, pakte het dienblad en gaf hun beiden een blik die een combinatie was van ergernis, trots en de duidelijke indruk dat ze al was begonnen met het plannen van Rens ontsnappingsroute en Vincents begrafenis. 'Eet op,' zei ze. 'We zullen onze krachten nodig hebben.'

Ze verliet de kamer, en de echo's van haar praktische vastberadenheid bleven in de lucht hangen.

Ren keek naar haar handen, het teken op haar pols pulseerde vaag met een eigen logica.

Vincent dronk zijn wijn op, zijn ogen nog steeds op niets gericht. 'Het zijn altijd de slimmen,' zei hij, tegen niemand in het bijzonder, en schonk toen – uit gewoonte of hoop – zijn glas bij en zette zich schrap voor wat komen zou.

Lunch als concept had in Vincents appartement nooit echt wortel geschoten, deels omdat zijn lunchtijd middernacht was en hij dan altijd midden in iets zat. Deels omdat hij het altijd als aanstellerij beschouwde, net als meditatie of mondhygiëne. Maar Mrs Barley was een fanaticus als het op routine aankwam, en dus had ze vijf over twaalf 's nachts Vincent en Ren de keuken in gedirigeerd, een brood en een pot met iets ingelegds op tafel gezet en strenge waarschuwingen uitgedeeld over de gevolgen van 'je bord niet leegeten, jonge dame'.

De keuken was minder een kamer en meer een wachtcel voor op hol geslagen groenten en afgedankte apparaten. Het raam, besmeurd met de uitloopsels van duizend mislukte experimenten, keek uit op de tuin – een kleine rechthoek van onkruid en verwilderde rozemarijn, omzoomd door een schutting die in een hoek van vijfenveertig graden leunde, alsof hij probeerde te zien wat er aan de andere kant groeide.

Vincent zat met zijn rug naar de deur en sneed brood met het mes met benen heft dat ooit was gebruikt voor rituele offers (en vaker nog voor salami). Het mes leek enigszins beledigd door de banaliteit van zijn taak. Mrs Barley schonk thee uit een gebarsten theepot, het brouwsel zo dik dat het nauwelijks in de kop klotste.

Ren zat op het puntje van een stoel, haar armen over elkaar, haar hoodie tot aan haar kin dichtgeritst. De tatoeage op haar pols – drie halvemanen en de keten van benige stippen – zag er bijna gekneusd uit, de huid eromheen vurig tegen haar knokkels. Ze keek onafgebroken naar Vincent.

'Dus,' zei ze, 'dat profetiegedoe. Welke wordt het? Ga ik dood, of verlies ik gewoon mijn verstand?'

Vincent besmeerde zijn brood met de plechtige concentratie van een man die het onderwerp volledig vermeed. 'Beide zijn mogelijk,' zei hij. 'Maar laten we niet op de zaken vooruitlopen. Soms verdwijnen deze dingen gewoon...'

Mrs Barley maakte een scherp, afwijzend geluid. 'Hou op met die onzin. Als je je eigen werk had gelezen, zou je weten dat het nooit verdwijnt.'

Ren wees met de punt van haar brood naar Vincent. 'Zie je? Zelfs je huishoudster heeft je door.'

Vincent kromp ineen, legde toen zijn mes neer en leunde achterover, terwijl hij naar het plafond keek alsof daar, tussen de barsten, een antwoord geschreven zou kunnen staan. 'De Carmine Profetie was niet bedoeld als iets echts,' zei hij. 'Het moest satire zijn. Ik was jong, ik was dronken, en Carmine dacht dat de wereld een nieuwe Openbaring voor het postmoderne tijdperk nodig had.'

'Laat me raden,' zei Ren. 'Jij was degene die het schreef?'

Hij haalde zijn schouders op. 'Technisch gezien heb ik het als ghostwriter geschreven. Carmine zette er alleen zijn naam onder. En heel veel onnodig bloed.'

Mrs Barley vulde de koppen bij met een flair die suggereerde dat ze de vloeistof op elk moment als wapen kon gebruiken. 'Hij is bescheiden. De profetie is zijn kindje. Zoals alle mannen heeft hij er direct na de bevalling spijt van.'

Vincent wierp haar een blik toe, maar Mrs Barley's gezicht was van puur graniet.

Ren nam een slok thee en trok een vies gezicht. 'Je hebt mijn vraag niet beantwoord.'

Vincent keek haar aan, en voor een keer was zijn ontwijkende houding verdwenen. 'Het gaat niet om sterven. Het gaat erom overschreven te worden. De profetie is... viraal. Het wil verteld worden, en het maakt niet uit wie het vertelt.'

Mrs Barley knikte. 'Als een zeer enthousiaste schimmel-infectie.'

Ren nam dit in zich op. 'Dus het gaat mij herschrijven in zijn verhaal.'

Vincent knikte, zijn mond een strakke lijn. 'Als je geluk hebt, mag je de stukjes die je leuk vindt behouden. Zo niet – nou, heb je ooit fanfictie gelezen die zo *out of character* was dat het pijn deed?'

Ren gaf hem een vlakke blik. 'Alle fanfictie is *out of character*. Dat is het punt.'

Mrs Barley schaterde het eenmalig uit. 'Ze heeft geen ongelijk.'

Vincent slaakte een zucht die zowel frustratie als bewondering uitdrukte. 'Prima. Ja. Jij bent de bladzijde. Iets gaat proberen zijn weg naar binnen te schrijven. Je verzet je ertegen, of je stuurt het. Dat is het beste wat iemand tot nu toe heeft weten te doen.'

Ren keek naar haar pols en dan weer op. 'Hoe stuur je het?'

Vincent haalde zijn schouders op. 'Blijf in beweging. Blijf onvoorspelbaar. Laat het je niet vastpinnen. Als je stopt, als je het verhaal laat inlopen, schrijft het je in het script. Dat is gebeurd met het laatste Vat. Zij eindigde als een stadslegende in Boedapest, half vrouw, half allegorie, en volkomen onuitstaanbaar.'

Ren knipperde met haar ogen en lachte toen – kort, scherp, uitdagend. 'Moet dat me bang maken?'

'Nee,' zei Vincent. 'Het is bedoeld om je aan te moedigen. De profetie kan niet tegen ironie.'

Ren dronk haar thee op en zette de mok met een klap neer. 'Wat als ik de tatoeage gewoon laat verwijderen?'

Mrs Barley schudde haar hoofd. 'Het zit onder de huid. Dan zou je de hele arm moeten villen.'

Ren keek naar Vincent, wiens gezicht zei: *denk er niet eens aan.*

De maaltijd ging verder in een ongemakkelijke stilte, slechts onderbroken door het ritmische gekauw en het af en toe gekrijs uit de tuin. Buiten stak de wind op en de schutting kraakte, alsof er iets groters dan een vos rondliep.

Vincent at zijn brood op, stapelde zijn bord op en begon toen met het verzamelen van de stukjes papier die over de tafel verspreid lagen – oude notities, concepten van de Carmine Profetie, sommige met correcties in rode inkt, andere met losse woorden gekrabbeld in een handschrift dat verontrustend veel op dat van Ren leek.

Mrs Barley leunde naar voren, haar ogen strak op Vincent gericht. 'Je zult haar het volgende stukje moeten vertellen.'

Vincent aarzelde. 'Het is niet nodig. Niet tenzij—'

'Vertel. Het. Haar,' zei Mrs Barley, met de stem die ooit een demon overtuigde zich te verontschuldigen voor zijn gebrek aan manieren.

Vincent keek naar Ren, die heel stil was geworden. 'De profetie is zelfreplicerend,' zei hij met zachte stem. 'Als je besmet bent, kun je het doorgeven. Soms door woorden, soms door bloed, soms gewoon door op het verkeerde moment op de verkeerde plaats te zijn. Het wil een publiek.'

Ren trok haar knieën op tot aan haar borst. 'Dus er zijn er meer zoals ik?'

'Waarschijnlijk,' gaf Vincent toe. 'Maar die houden het niet lang vol. De meesten branden op, of worden opgeslokt door het verhaal.'

Ze was even stil en vroeg toen: 'Waarom ik?'

Vincents antwoord was een kleine, bittere lach. 'Waarom iemand? Je was op de verkeerde plek, je las het verkeerde boek, je rende op het verkeerde moment weg. Het universum heeft geen smaak.'

Mrs Barley stond op, verzamelde de borden en zette ze met meer kracht dan nodig was in de gootsteen. 'Dat is wel genoeg zelf-medelijden voor één maaltijd. Ze moet weten wat eraan komt.'

Vincent wierp een blik op het raam. De lucht was zwart geworden, wolken stapelden zich op als natte was boven de daken. In de tuin bewoog iets – slechts een schaduw, maar hij bleef langer hangen dan zou moeten.

Hij stond op. 'Prima. Dit is wat er nu gebeurt. De profetie zal escaleren. Er zullen tekenen zijn. Mensen die je ontmoet zullen proberen je de ene of de andere kant op te duwen – om het verhaal te vertellen, of om het voorgoed te stoppen. Geen van beide kanten is bijzonder aardig.'

Mrs Barley droogde haar handen af en kwam toen naast Ren staan. 'Maar je bent niet alleen. We kunnen je rug dekken. Je tijd kopen.'

Ren keek naar hen beiden, en voor het eerst verdween een deel van de strijdlust uit haar. 'En als het me inhaalt?'

Vincent glimlachte, somber maar oprecht. 'Dan wordt het tenminste een dijk van een verhaal.'

Ze ruimden op, waarbij Mrs Barley de keuken weer in haar versie van orde bracht – bleek, kokend water, de aanhoudende geur van rozemarijn en verlies.

Toen Vincent de kruimels bij de deur naar buiten wilde gooien, onderschepte Mrs Barley hem op de drempel. Ze hield haar stem zacht. 'Ze lekt niet alleen profetie. Ze is een onbeschreven blad. Er is al iets begonnen.'

Vincent keek haar aan. 'Wat bedoel je?'

Mrs Barley wierp een blik terug naar de tafel, waar Ren met haar kin in haar handen zat. 'Kijk naar haar aantekeningen. Het handschrift is niet van haar.'

Vincent slikte, terwijl het besef en een oude angst in zijn borstkas botsten. 'Denk je dat het Carmine is?'

Mrs Barley knikte eenmaal. 'Of iets vervelenders. Hoe dan ook, jij moet het oplossen. Dit keer goed.'

Vincent keek naar Ren, de tatoeage op haar pols brandend als een deadline. Hij voelde de oude, diepgewortelde zekerheid dat de geschiedenis zich herhaalde, en vroeg zich af wat erger was: de profetie, of zijn rol daarin.

VIER

Het geklop klonk met de precisie van een sluipschutter: drie keer, dan twee, dan weer drie keer, zo luid en gecodeerd dat het morsecode had kunnen zijn voor 'doe open of ik blijf kloppen'. Alle drie verstijfden. Vincents eerste gedachte was 'deurwaarders', direct gevolgd door 'profetiecultus', en pas op een verre derde plaats, 'postbode'.

Mevrouw Barley stond op, haar houding was die van een vrouw die op het punt stond de Dood zelf een uitzettingsbevel te betekenen. Ze haalde een klein schilmesje uit haar schortzak, zette haar kaken op elkaar en beende naar de deur. 'Overleg maar even met elkaar,' mompelde ze, 'ik ben zo terug'.

Vincent wierp Ren een blik toe. Ze haalde haar schouders op, schonk meer thee in en hield de gang in de gaten als een vos die een kippenhok vol vuurwerk observeert.

De gang was smal en onwelkom voor bezoekers. De enige gloeilamp flikkerde toen mevrouw Barley de deur opende. 'Ja?'

Op de drempel stond een vrouw van achter in de dertig, met kortgeknipt haar op de manier van iemand die föhnen tijd- en geduldverspilling vond. Ze droeg een zware, zwarte caban over een trui die er handgebreid uitzag maar ontworpen was voor warmte, en ze droeg een koerierstas met het geoefende gemak van iemand die bereid was hem als geïmproviseerd wapen te gebruiken. Haar ogen, een tint te licht om je op je gemak te voelen, taxeerden mevrouw Barley in een seconde voordat ze haar afdeed als onvoldoende bedreigend.

'Zara Delacourt,' zei de vrouw. 'Ik word verwacht. Of dat zou moeten.' Haar accent was Algemeen Beschaafd Nederlands, maar dan afgestemd op de frequentie van een centralist van de alarmcentrale: efficiënt, onverblufbaar, ontworpen om boven chaos uit te komen.

Mevrouw Barley deed een stap achteruit, het mes nog steeds zichtbaar, maar nu meer een suggestie dan een belofte. 'Kom dan maar binnen.'

Zara stapte het appartement binnen als een expert die vijandig terrein doorkruist. Ze negeerde de rotzooi en het feit dat het plafond iedereen boven de één meter vijfenzeventig dreigde te onthoofden. Met één blik nam ze de keuken en haar bewoners in zich op, en bleef toen op de drempel staan, haar aanwezigheid even dwingend als die van een bibliothecaresse met een wrok.

'Lupo,' zei ze tegen Vincent, met een glimlach die voor de spiegel was ingestudeerd voor precies zulke ongemakkelijke situaties.

Vincent probeerde een gastvrij gebaar te maken, maar kwam ergens in de buurt van een berustende verontschuldiging terecht. 'Zara. Ik dacht dat je in Zweden zat.'

'Stockholm was een dood spoor. Ik ben teruggekomen.' Ze keek naar Ren, toen naar de theepot, en toen naar mevrouw Barley, die haar post aan het aanrecht weer had ingenomen en nu Zara's tas bekeek alsof die vol levende cobra's kon zitten. 'Nu snap ik waarom we altijd bij mij afspreken.'

Vincent gromde. 'Het is knus. Makkelijk schoon te houden.'

'Voor wie,' keek mevrouw Barley Vincent aan.

'Je hebt mevrouw Barley, mijn huishoudster, al ontmoet.' Hij gebaarde naar Ren. 'Dit is Ren. Ze is de, eh...'

'Drager,' vulde mevrouw Barley aan. 'Of de gastvrouw. We zijn nog bezig met een functietitel.'

Zara richtte zich op Ren, die reageerde door haar mok weg te schuiven en op te kijken. De spanning in de kamer kreeg een extra scherp randje, alsof iemand zojuist het begin van een messenwerp-wedstrijd had aangekondigd.

Zara sprak Ren direct aan, haar stem een millimeter zachter. 'Hoe staat het met de profetie?'

Ren snoof. 'Nog steeds viraal. Maar de bijwerkingen zijn best wel vet, denk ik. Ben jij de dokter?'

Zara glimlachte, ditmaal oprecht. 'Ik ben de onderzoeksafdeling.' Ze knoopte haar jas open en onthulde een afgedragen T-shirt met het logo van een obscuur sciencefictiontijdschrift. 'Ik deed vroeger research voor Vincents boeken, om te zorgen dat ze historisch en geografisch accuraat waren. Voordat hij besloot om alles gewoon te verzinnen.'

Vincents mond vertrok. 'Sommigen van ons moeten de huur betalen. Mijn lezers maakt het toch niet uit, zolang er maar een breuk in de derde akte en een happy end in zit.'

Zara negeerde hem en wendde zich weer tot mevrouw Barley. 'Heb je iets sterkers dan thee? Ik ben vanaf het station gelopen.'

'De gin zou ik niet aanraden,' zei mevrouw Barley. 'Die gebruiken we als terpentine.'

'Ik waag het erop,' antwoordde Zara, en mevrouw Barley haalde na een korte afweging een fles en drie glazen, die ze met een harde klap op tafel zette.

Zara ging ongevraagd zitten en overzag de keuken als een forensisch onderzoeker op de plaats van een meervoudig delict. Ze schonk een borrel voor zichzelf in, sloeg die achterover en ademde toen uit, alsof ze de lucht zuiverde van de geesten van de vorige huurders.

'Laten we ter zake komen,' zei ze, terwijl ze haar glas tussen haar palmen rolde. 'Er is een nieuwe cultus. Een afsplitsing van de Carmine-aanhang, maar dan gemener. Ze noemen zichzelf het Carmine Apostolaat.'

Vincent werd bleek, of verschoof in ieder geval naar een nieuwe tint grijs. 'Apostolaat? Dat is niet eens een echt woord.'

'Nu wel,' antwoordde Zara. 'Ze zijn begonnen met het uitdelen van traktaten in Soho, en iemand heeft de National Portrait Gallery beklad met jouw zegel.' Ze haalde een verfrommelde flyer uit haar tas en gooide die op tafel. Het papier was glanzend, het logo een drievoudige maansikkel met een rode veeg door het midden. Eronder stond in een zwaar schreeflettertype: *DE DRAGER VAN DE PEN IS ONTWAAKT. DE GEHELE GESCHIEDENIS BUIGT VOOR HAAR SCHRIFT.*

Ren las het, uitdrukkingsloos. 'Pakkend. Wel een beetje dramatisch.'

Zara trok een wenkbrauw op. 'Dat is niet het dramatische deel.' Ze boog voorover en sprak zachter. 'Een boekwinkel in Bloomsbury — gespecialiseerd in apocriefe en zeldzame profetieën. Gisteravond tot de grond toe afgebrand. Geen overlevenden, maar wel volop verkoolde botten met jouw merkteken erop, Lupo.'

Vincent probeerde dapper te klinken maar produceerde alleen maar matheid. 'Waarschijnlijk verzekeringsfraude.'

Zara nam nog een borrel, en schonk er ditmaal ook een in voor Ren, die het opdronk zonder een spier te vertrekken. 'Ik doe niet aan verzekeringen. Ik doe aan data. Deze mensen zijn serieus, en ze zijn al begonnen met de jacht op jouw "Drager".' Ze knikte met haar kin naar Ren, wier houding in minder dan een minuut was veranderd van argwanend naar strijdlustig.

Ren pakte de flyer op en draaide hem om, alsof er een geheime boodschap op de achterkant zou kunnen staan. 'Ik snap nog steeds niet waarom het mij heeft gekozen?'

Zara haalde haar schouders op. 'Omdat je hier bent. Omdat iemand het moest zijn. Een profetie heeft een perverse voorliefde voor toeval.'

Mevrouw Barley werkte haar eigen drankje naar binnen, zonder de moeite te nemen haar frons te verbergen. 'Een paar schurken met een brandijzer kunnen we wel aan. Wat is het echte risico?'

Zara schoof een klein plastic bewijszakje over de tafel. Erin zat een fragment van een verkoold bot, of misschien hout, met daarop een kerf van een glief die Vincents maag deed verstijven. 'Ze hebben de tekst als wapen ingezet. Ze zijn begonnen hem in fysieke ankers te verankeren. Het laatste wat ik hoorde, was dat ze de oude rituelen uit de archieven van Boekarest probeerden te doen herleven.'

Vincent vroeg, meer uit gewoonte dan uit hoop, 'Is Carmine er zelf bij betrokken?'

Zara schudde haar hoofd. 'Nog steeds vermoedelijk dood. Maar je weet hoe dat gaat — profetiecultussen recyclen leiders als pausen.' Ze keek naar Ren, en toen naar Vincent. 'Ik ben hier niet voor de nostalgie. Ik ben hier om ervoor te zorgen dat dit niet weer viraal gaat.'

Ren trommelde met haar vingers op de tafel. 'Wat heb je van me nodig?'

Zara bekeek haar met de analytische onthechting van een wetenschapper die een zeldzame kikker ontleedt. 'Doe gewoon precies wat je anders ook zou doen. Blijf leven. Blijf onvoorspelbaar. Als je nog meer dromen krijgt, leg ze dan vast. Dan vergelijken we onze aantekeningen. En als je iemand in een rode soutane ziet, ren dan de andere kant op.'

Ren keek naar Vincent. 'Rode soutanes? Serieus?'

Vincent schonk haar een sombere glimlach. 'Oordeel niet. Iedereen heeft een fetisj.'

Het gesprek versplinterde, zoals de beste gesprekken dat doen. Mevrouw Barley rommelde in de keuken, mompelend over 'academische types' en de superioriteit van een goede dweil boven welke occulte theorie dan ook. Zara en Ren stoeiden met woorden in korte, elliptische loopings; beiden genoten duidelijk van het intellectuele schermen. Vincent keek toe, onthecht, terwijl de wereld die hij jarenlang had proberen te ontwijken zich stukje bij beetje om hem heen opnieuw vormde.

Hij probeerde zich voor te stellen dat hij zou vluchten, gewoon zijn spullen pakken en de profetie en haar bizarre, herhalende aantrekkingskracht ontvluchten. Maar hij verroerde zich niet. Hij schonk zichzelf nog een drankje in, luisterde naar het statische gezoem van de koelkast en wachtte tot de volgende ramp zich zou aandienen.

Het was slechts een kwestie van tijd.

De nacht vorderde en de keuken vulde zich geleidelijk weer met de muffe hoop op een normaal leven. Maar de sfeer was nu anders. Geladen, alsof de profetie meeluisterde, wachtend op haar kans om van gastvrouw te wisselen.

Zara, in een zeldzaam moment van stilte, keek Vincent aan. 'Je weet dat jij het anker bent, toch?'

Hij veinsde onwetendheid. 'Waarvoor?'

'Voor alles. De profetie, de cultus, het meisje, het verhaal. Jij was altijd het anker. Wij anderen cirkelen er alleen maar omheen.'

Vincent schonk haar een broze glimlach. 'Niemand houdt van een vast punt, Zara.'

Ze haalde haar schouders op, dronk haar glas leeg en stond op. 'Maakt niet uit. Als de bladzijde wordt omgeslagen, ben jij er nog steeds. Kun je het maar beter interessant maken.'

Ze verliet de keuken, met mevrouw Barley in haar kielzog, en Vincent hoorde de twee met zachte, snelle stemmen overleggen. Ren, nog steeds aan tafel, tekende de omtrek van de drievoudige maansikkel op de flyer na. Haar lippen bewogen geruisloos, alsof ze de vorm van haar eigen handtekening oefende.

Na een lange minuut keek ze op. 'Hoe weet ik of ik mijn eigen gedachten denk of wat de profetie wil dat ik denk?'

Vincent dacht aan het bewijs, de dromen, het merkteken op haar pols. 'Ik denk dat jij de auteur bent. De rest is slechts redactie.'

Ren overwoog dit en knikte toen. 'Had erger gekund.'

En op een toon die zo droog was dat hij poedervormig had kunnen zijn, voegde ze eraan toe: 'Ik krijg er in ieder geval goed materiaal van.'

Vincent moest bijna lachen. Bijna.

Zara kwam de keuken weer binnen en ging zitten. Ze deed het met haar kenmerkende combinatie van intellectueel ongeduld en sociale toondoofheid — één wenkbrauw opgetrokken, beide handen gevouwen op tafel alsof ze zich voorbereidde op een TED-talk over de onvermijdelijkheid van hun collectieve ondergang.

'Je hebt het Archief bewaard, toch?' zei ze, met haar ogen op Vincent gericht.

Vincent trok een grimas, alsof hij een tandartsbehandeling verwachtte. 'Bedoel je datgene waarvan ik twaalf jaar geleden beloofde het in brand te steken?'

Zara haalde haar schouders op. 'Jij en ik weten allebei dat sentimentaliteit zwaarder weegt dan zelfbehoud.'

Ren veerde op. 'Wat is het Archief?'

'Dat is waar Vincent alle dingen bewaart die hij liever zou vergeten, maar die hij niet over zijn hart kan verkrijgen om daadwerkelijk weg te gooien,' zei Zara. 'Vroege versies, geannoteerde kaarten, mislukte bloedspreuken, een enkele vervloekte vulpen. Alles uit de Carmine-tijd.'

Ren knikte, haar ogen glinsterend bij het vooruitzicht van een echt horrorverhaal. 'Dat wil ik zien.'

Vincent keek naar mevrouw Barley voor rugdekking, maar zij grijnsde alleen maar en gebaarde naar het plafond. 'Laat een dame niet wachten.'

Hij zuchtte en rolde met zijn schouders als een veroordeelde die zich opwarmt voor het schavot. 'Goed dan. Maar jij stofzuigt hierna.'

De klim naar de studeerkamer was het materiaal voor arbonachtmerries. De trap had twee werkende lampen, geen van beide op hetzelfde circuit, en de loper probeerde hen bij elke trede te vermoorden. De lucht op de overloop was zelfs nog dikker dan in de keuken, gemarineerd in decennia van tweedehands rook en existentiële malaise.

Vincent liep voorop, duwde de deur open en onthulde het hol van literaire zonde.

Zara nam het allemaal in zich op met een professionele koelheid. 'Je hebt hier niet meer heringericht sinds Victoria op de troon zat.'

'Ik wilde niet het risico lopen de chi te verstoren,' mompelde Vincent, terwijl hij naar de boekenkast achter het bureau liep. Hij reikte naar de derde plank van onderen, zijn vingers gleden over de met stof bedekte banden, en trok aan een gehavend exemplaar van E.L. James' *Vijftig tinten grijs* tot het klikte. Met een kraak en een zucht zwaaide de plank naar voren en onthulde een holte in het oude pleisterwerk.

Binnenin: een schoenendoos, een stapel manilla-enveloppen

en een pot met het etiket 'voor noodgevallen — niet openen'. De doos was dichtgeplakt met ducttape en bedekt met waarschuwingen in minstens vijf alfabetten.

Ren keek over zijn schouder mee. 'Is dat het? Het lijkt wel een tijdscapsule van een ondergefinancierde basisschool.'

Vincent zette de doos op het bureau en begon de lagen tape los te peuteren. 'Als je dan toch moet sneren, doe het dan na de spookverschijning.'

Hij deed het deksel open en deinsde onmiddellijk terug. De lucht erin trilde, alsof de doos decennialang zijn adem had ingehouden en zojuist een massa slechte ideeën had uitgeademd.

Hij viste het eerste artefact eruit: een stapel vergeelde papieren, elk vel bedekt met bloedrood schrift dat kronkelde en op zijn vingertoppen afgaf.

Zara maakte een goedkeurend geluid. 'Het originele Carmine-manuscript.'

'Ongeredigeerd,' zei Vincent. 'In een koortsdroom geschreven. Carmine wilde het rauw.' Hij bladerde door een paar pagina's; de gliefen in de kantlijn pulseerden, vaag lichtgevend. Ren boog zich voorover, dichtbij genoeg voor de inkt om haar haar te parfumeren.

Vervolgens haalde hij een ganzenveer tevoorschijn, de punt nog nat. De veer trilde in zijn greep en werd toen stil. 'Laat dit je huid niet raken,' zei Vincent, 'tenzij je de komende week in het Latijn wilt hallucineren'.

Ren grijnsde. 'Genoteerd.'

Hij legde de veer neer — voorzichtig — en reikte naar de enveloppen. De bovenste was geadresseerd aan 'De Onwillige Ontvanger' in Vincents eigen handschrift, hoewel hij het nooit had geschreven. Hij maakte hem open en er gleed een enkel vel uit, het handschrift onmiddellijk herkenbaar.

Er stond: *Het begint opnieuw. Probeer het deze keer niet te verkloten.*

Geen handtekening, geen datum, alleen die ene zin, geschreven in een handschrift dat van Vincent was, maar, zo zou hij op zijn eigen graf zweren, niet door hem geschreven.

Hij gaf het briefje aan Zara, die het las en het toen omdraaide alsof ze een clou verwachtte.

'Dit is geen profetie,' zei ze op verduisterende toon. 'Dit is narratieve recursie.'

Ren fronste. 'Nederlands, alsjeblieft?'

Zara legde de brief op het bureau. 'Het is geen boodschap die de toekomst voorspelt. Het is een boodschap uit de toekomst. Of uit de volgende lus. De volgende iteratie. Iemand — misschien jij, misschien Carmine, misschien de profetie zelf — is het script aan het resetten. De kladversie aan het verbeteren.'

Ren nam dit in zich op, op haar lip kauwend. 'Dus ik zit niet alleen in het verhaal. Ik ben het verhaal dat wordt herschreven.'

Vincent schonk zichzelf een glas rood in uit de fles die verborgen was achter een stapel duistere romans over gedaanteverwisselaars. Hij dronk en schonk bij. 'Briljant,' zei hij, zijn stem een eenmans Grieks koor van teleurstelling. 'Al die jaren, en ik word nog steeds gecorrigeerd door een redacteur.'

Mevrouw Barley, die in de deuropening was verschenen als 's werelds meest veroordelende Valkyrie, bekeek het gebeuren met gevouwen armen. 'Heb je gevonden wat je zocht?' vroeg ze aan Zara.

Zara stak het briefje in haar zak, haar uitdrukking ernstig. 'Ja. En wat het betekent, bevalt me niet.'

Vincent, die een beginnende hoofdpijn achter zijn ogen voelde opkomen, zakte in zijn bureaustoel. 'Betekent het dat we allemaal gedoemd zijn?'

Zara dacht na. 'Het betekent dat we allemaal personages zijn. En dat de auteur ongeduldig wordt.'

De studeerkamer werd stil, op de koelkast beneden na, die

aansloeg en aan bleef, het gezoem plotseling zo luid dat het zijn eigen bezweringen had kunnen reciteren.

Ren stond bij het raam en tekende de Drager van de Pentatoeage op haar pols na. De huid daar zag er rauw uit, alsof het etiket was gebrandmerkt in plaats van geïnkt. Ze drukte haar duim op het merkteken en testte de druk.

'Wat als ik gewoon wegloop?' vroeg Ren, zonder zich van het raam af te wenden. 'Een trein pakken, mijn naam veranderen, niet omkijken?'

Vincent lachte zo hol dat het gebouw dreigde in te storten. 'Verhalen laten je niet weglopen. Niet als jij de hoofdlijn van de plot bent.'

Ren was stil, haar schouders recht. Toen, met een snelle en heftige beweging, wendde ze zich van het raam af. 'En wat nu?'

Vincent dronk zijn wijn op. 'Nu wachten we op het volgende hoofdstuk. Of de volgende bezoeker. Of de volgende ramp.'

Zara knikte en liep al naar de deur. 'Ik bel mijn contacten. Misschien kijken of de recursie in kaart kan worden gebracht. Als het zichzelf herschrijft, is er een patroon. Dat is er altijd.'

Mevrouw Barley keek hen na terwijl ze naar buiten liepen en bleef toen hangen tot de anderen weg waren. Ze sloot de studeerkamerdeur en boog zich voorover, met zachte stem.

'Je moet ophouden dit te behandelen alsof het jouw schuld is,' zei ze tegen Vincent.

Vincent staarde naar zijn handen, met inktvlekken en licht trillend. 'Wat als dat wel zo is?'

Mevrouw Barley schudde haar hoofd. 'Maakt niet uit. Het verhaal is groter dan jij. Altijd al geweest.'

Vincent keek op en voor een keer was zijn glimlach bijna oprecht. 'Doet toch nog steeds pijn.'

Mevrouw Barley klopte op zijn arm. 'Je mag pijn hebben. Je mag niet opgeven.'

Ze vertrok en sloot de deur achter zich. Vincent bleef waar hij was, omringd door geesten en mislukte manuscripten, het gewicht van de volgende zet drukte van alle kanten.

Hij keek naar het briefje op het bureau — *Probeer het deze keer niet te verkloten* — en vroeg zich af welke versie van hemzelf het had geschreven. En of hij deze keer misschien zijn eigen advies zou opvolgen.

Beneden zoemde de koelkast verder en wachtte het verhaal op zijn teken.

VIJF

Ren kwam met een schok bij bewustzijn, een snak naar adem die de hele kamer in haar longen leek te zuigen voordat ze haar ogen zelfs maar kon openen. Het was een bekend soort ontwaken: graaiend, dwingend, het staartje van een nachtmerrie dat zich als een klit aan haar ribben vastklampte. Het onbekende deel was de geur.

Ze lag in Vincents logeerkamer, of wat daarvoor doorging: een omgebouwd zijkamertje, waarvan de afmetingen optimistisch in halve meters waren opgemeten, volgepropt met gothic parafernalia en Vincents pogingen tot olieverfschilderijen. De muren hadden dat soort zwart dat licht en mogelijk ook belastingfraude absorbeerde. Het beddengoed was een slachting van bij elkaar geraapte spreien, de een nog synthetischer en vatbaarder voor statische elektriciteit dan de ander. De lucht smaakte naar schimmel en dat unieke, spookachtige stof dat zich alleen op boekruggen en ongewassen dromen verzamelt.

Ren lag in een cocon van minstens drie dekens en een laken dat zich met opgedroogd zweet aan haar gezicht had vastgelast. Ze probeerde zich te verroeren, maar haar hoofd protesteerde met een bonzende pijn, een doffe pijn die vanuit haar neus uitstraalde. Ze raakte haar bovenlip aan en haar vingers kwamen nat, glibberig en — ze tuurde door de duisternis — zwart terug.

'O, wat de tering,' kraakte ze.

Het was geen bloed. Of als het dat wel was, was het gefilterd door een olieraffinaderij en er aan de andere kant als pure, onversneden nachtmerrie uitgekomen. Het parelde op haar vingertop, dik als drukinkt, en toen ze het op het laken uitsmeerde, liet het een glibberige vlek achter die in de kou leek te glinsteren en te dampen. Het effect was, als niets anders, geheel in stijl.

Er plakte een papiertje aan haar wang. Ze trok het eraf, half verwachtend dat het een Post-it zou zijn met een van Vincents motiverende boodschappen ('Je bent nog niet dood! Doe beter je best!'), maar in plaats daarvan was het een afgescheurd vodje met aangebrande randen en een onbekend handschrift. De boodschap was kortaf:

Het meisje zal in het gareel lopen, of ze zal uit elkaar vallen.

Ren kneep haar ogen samen en dwong ze om mee te werken. De woorden stonden niet zomaar op de pagina; ze kropen, trillend aan de randen, alsof ze zich ertegen verzetten om gelezen te worden. Ze vouwde het een keer, toen twee keer, en stopte het in de zak van haar hoodie, waar het zich bij een fossielenarchief van eerdere rampen voegde.

Vincent materialiseerde in de deuropening, zijn silhouet omlijst door de vlekkerige oranje gloed van een ganglampje dat de Thatcher-jaren nooit te boven was gekomen. Hij droeg een kamerjas die ooit bordeauxrood was geweest, en zijn haar was in het soort wanorde dat suggereerde dat hij een gevecht had verloren met zowel het kussen als het concept van persoonlijke waardigheid.

Hij keek haar aan, toen naar de zwarte sporen die uit haar neus sijpelden, en toen naar het laken, dat er nu uitzag alsof het betrokken was geweest bij een spraakmakende zelfmoord van een printer.

'Morgen,' zei hij, zijn stem geschuurd door oude sigaretten en nog oudere spijt. 'Heb je geslapen, of heb je de hele nacht alleen maar op de matras rondgespookt?'

Ren probeerde rechtop te gaan zitten. 'Definieer slapen.'

'Als je hebt gedroomd dat je in je eigen gedachten verdronk, dan ja. Welkom bij de familievloek.' Hij kwam de kamer in en ging op de rand van een krakkemikkig bureau zitten, de enige concessie aan 'meubilair' los van het bed. 'Je hebt het hele kussen ondergebloed,' voegde hij er niet onsympathiek aan toe.

Ze depte weer op haar gezicht. 'Het is geen bloed.'

Hij kneep zijn ogen samen en knikte toen, alsof dit een klinisch onderscheid was dat het observeren waard was. 'Inkt? Profetisch residu? Of gewoon een heel ambitieuze bijholteontsteking?'

Ren dacht na. De smaak in haar mond was metaalachtig en onbekend, maar niet geheel onaangenaam. 'Kan van alles zijn. Of alles tegelijk. Of wat er ook gebeurt als je een overdosis bovennatuurlijke metaforen neemt.'

Vincent nam een slok uit zijn mok, trok een vies gezicht van de bitterheid en nam nog een slok. 'Mevrouw Barley is een of ander geneeskrachtig brouwsel aan het maken,' zei hij. 'Ze liet me niet in de buurt van het fornuis komen. Blijkbaar "vervuil ik de lucht met sarcasme".'

Ren slaagde erin een halve lach te produceren, die overging in een hoest, die overging in een tweede, kleinere bloedneus. Ze veegde het af met de rug van haar hand en smeerde de inkt als oorlogskleuren over haar wang. 'Ik had een droom,' zei ze. 'Behalve dat het geen droom was. Het was...' Ze aarzelde, op zoek naar een woord dat niet als een symptoom klonk. 'Gescript. Ik bewoog, maar ik had de leiding niet. Ken je dat, dat je jezelf van bovenaf bekijkt?'

Vincent knikte, zijn ogen even hol. 'Derde persoon alwetend. Het is een klassieke bijwerking. Veel schrijvers krijgen het. Meestal voordat ze opbranden.'

Rens stem werd zachter. 'Heb jij het ooit?'

Hij staarde in zijn mok, alsof hij op de bodem een antwoord hoopte te vinden. 'Niet meer. Slaap is tegenwoordig een luxeartikel. En de dromen...' Hij liet zijn zin onvoltooid, haalde zijn schouders op en probeerde het opnieuw. 'Als ik droom, krijg ik de *editor's cut*, niet die van de auteur.'

Rens handen trilden, een heel klein beetje, en ze verstopte ze onder de dekens zodat hij het niet zou zien. 'Ik denk dat er iets verandert. In mij. Of om me heen.' Ze haalde adem, wat in haar borst ratelde. 'Het is alsof ik de profetie voel verschuiven. Alsof hij op me wacht om...' Ze schudde haar hoofd, niet in staat het juiste werkwoord te vinden.

Vincents houding werd zachter, het sarcasme vloeide weg en onthulde de verfrommelde empathie eronder. 'Hij wil dat je het verhaal afmaakt,' zei hij. 'Dat is het probleem met profetieën. Ze zijn nooit tevreden met hoe de dingen zijn. Altijd met één oog op het volgende hoofdstuk.'

Ren dacht aan het vodje papier, het kruipende handschrift, de waarschuwing die ze niet nodig had omdat haar eigen lichaam het al duidelijk genoeg had gemaakt. 'Is het veilig? Voor mij om hier te blijven?'

Vincent dacht na en wees toen naar de muren. 'Deze kamer is op zes manieren tegen zondag beveiligd. Als een profetie je hier probeert om te leggen, moet hij eerst een huurcontract tekenen en een flinke borg betalen.' Hij grijnsde, maar het bereikte zijn ogen niet.

Ze vroeg niet wat de andere vijf manieren waren, of wat er

met de vorige huurders was gebeurd. In plaats daarvan concentreerde ze zich op het kleinste ding dat ze aankon. 'Heb je nog een kussen?'

Hij stond op, en even gaf de kamerjas hem de uitstraling van een bezeten dominee. 'Ik pik er eentje van mevrouw Barley. Ze zal het niet merken, tenzij het die met het lavendelzakje is.'

Hij wilde weggaan, maar pauzeerde in de deuropening. 'Hé, Ren?'

Ze keek op, een nieuwe slechte grap verwachtend.

Vincents gezicht was een seconde lang rauw. 'Je valt niet uit elkaar. Je wordt gewoon geremixt.'

Ze wist niet of dat als troost bedoeld was. Maar het hielp, op de manier waarop het kennen van je diagnose soms helpt, zelfs als de remedie nog ver weg is.

Hij vertrok en de gang slokte hem op.

Ren zakte terug in bed. De dekens waren te veel, maar ze liet zich erdoor vastpinnen, voor nu. De zwarte inkt uit haar neus had een kleine constellatie op de kussensloop achtergelaten, elke vlek als een klein planetenstelsel van mislukte eindes.

Ze veegde opnieuw haar gezicht, dit keer een opzettelijke streep van haar jukbeen naar haar kaak smerend. In het schemerdonker leek het alsof ze halverwege was om iemand anders te worden.

Ze dacht aan de zin: *Het meisje zal in het gareel lopen, of ze zal uit elkaar vallen.*

Ze vroeg zich af, niet voor het eerst, of dat echt verschillende opties waren.

Ze lag wakker, luisterend naar hoe het huis tot rust kwam en de koelkast zoemde, totdat mevrouw Barley een uur later binnenkwam met een mok thee en een schoon kussen. Tegen die tijd had ze al besloten niemand te vertellen over het andere wat ze bij het ontwaken had ontdekt: de manier waarop haar polsslag nu in lettergrepen tikte, niet in slagen. De manier waarop ze, als ze goed luisterde, het verhaal kon horen denken.

Ze drukte haar duim in de zwarte inkt, voelde het warm worden onder de huid, en sloot haar ogen.

Ren telde twaalf scheuren in het keukenplafond voordat ze haar eerste boterham op had, en tegen de tijd dat ze de tweede naar binnen had gewerkt, had ze ook de zes nieuwe blauwe plekken op haar armen en de vijf manieren waarop de kruidenthee van mevrouw Barley als straf smaakte, gecatalogiseerd. De keuken was koud, onvriendelijk, en als hij ooit zonlicht had gekend, had hij die herinnering allang uit zijn eigen muren gebrand. De achterdeur stond op een kier voor 'ventilatie', maar het enige dat naar binnenkwam was het lawaai van de peuters van de buren die zich verzetten tegen badtijd, en een weersfront dat het best omschreven kon worden als 'enthousiaste schimmel'.

Vincent stond aan het aanrecht, met glazige ogen, te nippen aan een infuuszak met synthetisch bloed alsof het een gin-tonic was. Het rietje stak eruit onder een hoek die suggereerde dat hij de schone schijn had opgegeven, maar het leven nog niet helemaal. Hij had de kamerjas van de bezeten dominee uitgetrokken, maar het T-shirt dat hij droeg (World's Okayest Dad, ironisch aangeschaft) en de joggingbroek hielden niemand voor de gek.

Mevrouw Barley was nergens te bekennen. Ren vermoedde dat ze ofwel achter het huis de compostbak aan het ondervragen was, ofwel een offer bracht aan de plaatselijke buurtwacht, wiens passief-agressieve briefjes ('Gelieve geen botten te verbranden in uw tuin, sommigen van ons hebben allergieën.') met de frequentie en furie van bijbelse plagen arriveerden.

Vincent verbrak als eerste de stilte. 'Je ziet eruit alsof je in je slaap bent overleden en de memo niet hebt gekregen.'

Ren haalde haar schouders op en veegde toen met de rug van haar hand langs haar neus. Geen inkt dit keer, alleen de vaagste veeg opgedroogd zwart onder haar linker neusgat. 'Jij ziet er zelf ook niet zo gebalsemd uit.'

Hij grijnsde, een uitdrukking met alle warmte van een gekoelde mortuariumlade. 'Het is te vroeg op de avond voor complimenten. Zeker van een vrouw die bijna een drukpers heeft doodgebloed over mijn logeerbed.'

Ren draaide haar pols om en controleerde het teken. De drievoudige halvemaan was vervaagd tot een lichte blauwe plek, maar er was iets nieuws verschenen aan de binnenkant van haar onderarm, net onder de elleboogplooi: een slanke, gestileerde veer, de inktpunt diep in de ader begraven. De huid glinsterde waar het symbool en het vlees elkaar raakten, en af en toe pulseerde het, alsof het zich herinnerde te bestaan. Ze raakte het aan, verwachtend dat het verheven of heet zou aanvoelen, maar het was gewoon huid — haar huid, of iets dat deed alsof.

Vincent, die de beweging opving, fronste. 'Dat was er gisteren niet.'

Ren stroopte haar mouw op en legde het teken volledig bloot. 'De blauwe plekken ook niet, maar ik zie je je daar geen zorgen over maken.'

Hij liet zijn bloedzak achter, slenterde naar haar toe en inspecteerde haar arm. Hij raakte haar niet aan — hij raakte nooit iets aan, tenzij hij dronken was, of er een wond was om in te porren — maar zijn onderzoek was intens genoeg om zijn eigen druk achter te laten. 'Dat is niet het zegel van het Vat,' zei hij, zijn stem bijna eerbiedig. 'Het is een variant.'

Ren probeerde de trilling uit haar stem te houden. 'Dus wat

doet het? Herschrijft het, zeg maar, mijn genoom, of zorgt het er alleen voor dat ik poëzie uitpoep met duizend woorden per dag?'

Vincents lippen trilden even, maar de glimlach stierf bij aankomst. 'Het is een Redactieteken.' Hij zei het zachtjes, alsof zelfs de woorden iets konden oproepen. 'Het is wat je gebruikt als een profetie uit de hand is gelopen en met geweld... omgeleid moet worden.'

Ren staarde hem aan, zonder de moeite te nemen haar scepticisme te verbergen. 'Dus iemand probeert de herschrijving te herschrijven?'

Vincent aarzelde. 'Of te herformatteren. Of je als voetnoot uit het bestaan te verwijderen.'

Ren wilde lachen, maar de blik op Vincents gezicht liet de grap verdwijnen. Ze prikte in het teken, willend dat het logisch was, of op zijn minst pijn deed. Dat deed het niet.

De achterdeur klapperde en mevrouw Barley kwam binnen, haar handen vol met wilde rozemarijn en een sfeer van beheerste gewelddadigheid. 'Je gloeit,' zei ze tegen Ren, haar stem zo vlak als de tafel. 'Niet metaforisch, helaas. Er is een zichtbare licht-signatuur.'

Ren knipperde met haar ogen. 'Zeg je dat ik radioactief ben?'

'Erger,' zei mevrouw Barley. 'Je bent trending.'

Vincent wreef over zijn slapen. 'Dit escaleert.'

Mevrouw Barley liet de rozemarijn in de gootsteen vallen, waste haar handen met chirurgische grondigheid en haalde haar telefoon uit een schortzak. Ze typte met twee vingers, elke toets-aanslag een doodsklok. 'Ik stuur een bericht naar Zara. Zij weet wat dit is.'

Ren keek naar het teken. Het gloeide inderdaad, vaag, in het ziekelijke halogeenlicht van de keuken. Ze draaide haar arm, hopend het in een flatterend licht te vangen, maar het liet alleen de botten onder haar huid opvallen. Ze at haar boterham op, de handeling van het kauwen het enige dat haar aan het moment verankerde.

Vincents telefoon zoemde. Hij keek ernaar, en toen naar mevrouw Barley. 'Hoe heb je haar zo snel laten reageren?'

Mevrouw Barley haalde haar schouders op. 'Ik vertelde haar dat het dringend was en dat jij niet hielp.'

Vincent wierp een blik op Ren, alsof hij wilde zeggen: 'Zie je waar ik mee te maken heb?', maar zij was druk bezig haar levenskeuzes te heroverwegen.

De deurbel ging. Dit keer nam niemand de moeite voor een aanloopje. Zara liet zichzelf binnen en beende door de gang als een deurwaarder op commissie. Ze droeg dezelfde zeemansjas als gisteren, maar nu was hij dichtgeknoopt over iets wat een pyjama had kunnen zijn, en haar haar was vochtig van een snelle, agressieve douche.

Ze inspecteerde de keuken, zag het gloeiende zegel en begon onmiddellijk uit haar tas uit te pakken: een juweliersloep, een objectglaasje, een pipet. 'Niet bewegen,' zei ze tegen Ren, niet onaardig, en nam haar arm in een verrassend zachte greep.

Ren deinsde terug. 'Je gaat geen bloed afnemen, toch?'

Zara schudde haar hoofd. 'Niet tenzij het teken parasitair is. Dan schroei ik het dicht en bied ik later mijn excuses aan.' Ze boog zich voorover en onderzocht het zegel van alle kanten, haar eigen adem besloeg in de kou. 'Het is prachtig,' zei ze, feitelijk. 'Geen Carmine. Dit is nieuwer, meer iteratief. Je bent een early-access bètaversie.'

Vincent zweefde achter haar, even nieuwsgierig als geschokt. 'Een Redactieteken, toch?'

Zara gromde. 'Een soort van. Maar het is niet standaard. Iemand is de lading aan het aanpassen.' Ze keek op naar Ren, haar ogen scherp. 'Wie dit ook heeft gedaan, ze zijn er niet alleen in geïnteresseerd je als een bladzijde te gebruiken. Ze proberen de profetie bij de bron te hacken.'

Mevrouw Barley maakte een geluid dat het midden hield tussen afkeer en bewondering. 'Dus wat doet het?'

Zara dacht na, en prikte toen met een pen met dop op het teken. 'Als ik moest gokken? Het is een tool voor externe toegang. Je bent nu officieel genetwerkt met wie dan ook de bewerkingen schrijft.'

Ren verwerkte dat. 'Dus iemand kan me van een afstand herschrijven.'

'Ja,' zei Zara, en zelfs zij klonk onder de indruk. 'Maar je bent nog niet overschreven. Je bent nog grotendeels jij.'

'Grotendeels,' herhaalde Ren, en dit keer lachte ze, somber en scherp. 'Misschien word ik eindelijk interessant.'

Zara deed de dop op haar pen, haar ogen niet van Ren afwendend. 'Nee. Alleen narratief handig.'

Vincent zakte terug in de stoel, alsof de waarheid gewicht had en hij er de volle laag van kreeg. 'Dit is niet zomaar een herhaling,' zei hij. 'Het is een mutatie. De profetie past zich aan.'

Mevrouw Barley haalde drankjes voor iedereen: koffie voor Zara en haarzelf, een bloedzak voor Vincent, water voor Ren. Het gebaar was zo huiselijk dat het grensde aan parodie.

Zara blies op haar koffie, wachtend op de volgende ramp. 'We moeten het in bedwang houden. Of haar op zijn minst in een sandbox plaatsen totdat we weten wat het teken doet.'

Ren keek opnieuw naar haar arm. De veer was helderder, de pulsen dichter op elkaar. Ze voelde het nu, in haar hoofd en haar handen en ergens net achter haar ogen: een laag, aanhoudend gedreun, als een stem net buiten bereik, die wachtte om haar te vertellen wat ze moest doen.

Ze verborg haar handen in haar schoot. 'Moet ik me zorgen maken?'

Zara haalde haar schouders op en nam een slok van haar koffie. 'Als ik jou was, zou ik in paniek raken. Maar je houdt je staande. Dat is een positief teken.'

Vincent keek haar lang aan. 'Je hoeft niet stoïcijns te zijn. Dit is... ongekend.'

Ren haalde haar schouders op, maar klemde de mok strakker vast. 'Het is prima,' loog ze, en probeerde zich niet af te vragen hoe de volgende versie van haarzelf eruit zou zien.

Ze waren allemaal al minstens een uur door hun slimme opmerkingen heen.

Ren zat ineengedoken op de rand van de bank, een mouw opgestroopt, haar duim gravend in de huid net onder haar elleboog. Het teken trilde alsof het een eigen hartslag had. Het straalde hitte af, en bij elke tweede interval stuurde een subtiele dreun een naschok door haar schedel en rechtstreeks haar tanden in.

Aan de overkant van de tafel bladerde Zara door haar notities met de houding van iemand die een moord probeert op te lossen met alleen waskrijtjes en buigrietjes. De bladzijden, de meeste met vlekken en een paar met schroeiplekken, maakten een broos, nerveus ritselend geluid. Af en toe pauzeerde ze, mompelde een reeks meerlettergrepige verwensingen, en schreef dan een nieuwe berekening in de kantlijn. Haar haar, altijd agressief steil, krulde nu bij de slapen van zweet en statische elektriciteit.

Mevrouw Barley had de leunstoel bezet, haar paraplu als een mokkende schoothond op schoot. Ze had de laatste paar minuten onder haar adem gemompeld, soms in het Engels, soms in een Latijn zo antiek dat het appartement er middeleeuws van aanvoelde. Haar handen maakten langzame, geheime gebaren, en af en toe wierp ze een blik op Rens arm en maakte dan een kruisteken, voor het geval dat.

Vincent, die de keukenkruk en het grootste deel van de overgebleven wijn had opgeëist, bekeek het gezelschap met de tedere uitputting van een dierentuinverzorger aan de verkeerde kant van de tralies. Hij probeerde een glas voor zichzelf in te schenken, miste, en schonk het rechtstreeks in zijn mond. Hij kromp ineen toen de alcohol een aft raakte, en zei toen, door het gesis heen, 'Voelt iemand anders zich ook alsof ze net een stopcontact hebben gekust?'

Niemand antwoordde. Het appartement trilde van de stilte, het enige geluid was het lage, ontevreden gezoem van de koelkast en het zachte tikken van de wandklok in de gang.

Ren wreef opnieuw over het teken. Het was niet langer alleen pijn; het was een vector, een klein motortje dat onder de huid brandde. Elke puls bracht haar hart uit de pas en synchroniseerde haar bloeddruk met een externe bron waarmee ze niet had ingestemd. Het zou poëtisch zijn geweest als het niet zo verdomd irritant was.

Uiteindelijk snauwde ze, 'Wordt dit nog erger, of heb ik gewoon geluk?'

Zara keek niet op. 'Waarschijnlijk beide,' zei ze, haar potlood dansend op de rand van de pagina. 'Als je je aangetrokken voelt tot een startincident, dan doet het zegel zijn werk.'

Vincents wenkbrauw schoot omhoog. 'Pijn met een vleugje plot? Fantastisch. Hoe lang voordat ze begint te zweven of in het Latijn te blaffen?'

Mevrouw Barley's ogen versmalden. 'Je zou willen dat je zoveel geluk had. De laatste persoon die ik met zo'n teken zag, eindigde met het profeteren van de Korenwetten in het Aramees, en verdronk zichzelf vervolgens in een vogelbadje.'

Ren gromde, deels uit respect, deels om te verbergen dat haar tanden nu trilden. Ze drukte twee vingers op de polsslag aan haar pols. De hartslag was regelmatig, maar elke derde of vierde tik viel uit de maat, alsof haar lichaam een noodsignaal in morsecode probeerde te sturen.

'Ik denk dat het synchroniseert,' zei ze, en had onmiddellijk spijt van het woord.

Zara keek op, alert voor het eerst sinds de laatste crisis. 'Beschrijf het.'

Ren beet op haar lip, verbaasd dat ze er nog een had. 'Het is alsof... ik een metronoom ben. Of een verdomde pacemaker. Ik voel het vastklikken. Soms loopt het voor, soms loopt het achter. Maar het komt steeds dichterbij.'

Barley's paraplu trilde. 'Iets wil je op schema hebben. Waarvoor?'

Zara bladerde terug door haar notities, haar wijsvinger volgde een lijn van inkt. 'Het zegel is ontworpen om een aanhoudende narratieve verbinding tot stand te brengen. Als je synchroniseert, betekent dit dat de andere kant aan het uitzenden is. Wat betekent...'

Ren maakte de zin voor haar af. 'Iemand gebruikt me als baken.'

'Weet je, toen ze zeiden dat de ondoden onder ons zouden wandelen,' zei Vincent, 'dacht ik dat we meer voordelen zouden krijgen. Misschien een tandartsverzekering.'

Hij ving Rens blik, en even werd de lucht elastisch. Hij probeerde een glimlach, faalde, en streek toen met een hand door haar dat twee dagen te laat was voor shampoo en enkele eeuwen te laat voor een openbaring.

'Nou,' zei hij, 'wachten we tot de apocalyps aanklopt, of gaan we zelf aankloppen?'

Mevrouw Barley stond al. Ze klapte haar paraplu dicht en slingerde haar tas over haar schouder. 'Niemand met een half brein wacht tot de problemen hun thee op hebben. Laten we gaan.'

Zara verzamelde haar papieren en stond op, maar niet voordat ze een zorgvuldige foto van Rens arm had gemaakt. Ze leunde dichtbij, haar lippen getuit. 'Het patroon verandert. Het is niet langer alleen een teken, het is schrift. Kijk...' ze wees, 'er vormen zich letters. Een taal.'

Ren kneep haar ogen samen naar de huid, nu een blauwe plek van veranderend blauw. De tekens pulseerden en vervormden met elke hartslag. Ze kon het niet lezen, maar dat hoefde ook niet. De betekenis kwam door als een clou na een wrede grap.

'Steegje,' zei ze. 'Scènewisseling.'

Vincent maakte een geluid dat het midden hield tussen een lach en een kreun. 'Het script wil dat we in vuilnisbakken gaan duiken. Briljant.'

Ren stond op en rekte de kramp uit haar kuit. Op het moment dat ze gewicht op haar been zette, werd de aantrekkingskracht sterker. Het zat niet langer alleen in haar arm — het liep langs haar ruggengraat en in de zolen van haar voeten. Elke stap die ze zette, echoden de vloerplanken van het appartement terug, luider dan zou moeten.

Ze pakte haar jas, ritste hem dicht. 'Ik zweer het, als dit me naar een Starbucks sleept, loop ik over.'

Ze verlieten het appartement in de soort orde die alleen na een ramp ontstaat, Ren voorop, de rest vormde een losse en nerveuze falanx erachter. Ze namen de trap met twee treden tegelijk, het geluid van hun voetstappen dat als een waarschuwing door het trappenhuis dreunde.

Buiten was Londen een vochtige veeg van straatverlichting, motregen en vocht. Het was serieus gaan regenen, de druppels fijn genoeg om voor stof te worden aangezien, maar hardnekkig genoeg om een trui in minuten te doorweken. Het neon van de avondwinkel naast de deur liep in stroompjes langs het metselwerk en vormde plassen in de scheuren van het trottoir.

Ren pauzeerde onder de luifel, en voor een moment werd het lawaai van de stad tot een fluistering gereduceerd. Ze kon het teken nog steeds onder haar huid voelen tikken, maar nu had het een richting — een ruk naar het oosten, de zijstraat in vol vuilnisbakken en gebroken beloften.

Ze draaide zich om en ving Vincents blik. 'Gaan we dit doen?'

Vincent knikte, zijn handen al in zijn zakken, zijn schouders gebogen alsof hij de regen met alleen zijn houding probeerde af te weren.

Mevrouw Barley was al halverwege de straat, paraplu omhoog, de mist klievend als een scheepsboeg. Zara jogde om bij te blijven, een hand haar notities klemmend, de andere haar telefoon beschermend tegen het weer.

De wandeling was kort, maar elke stap spande de spanning strakker aan. De gebruikelijke soundtrack van de stad — sirenes, geschreeuw, het verre geblaf van een hond — vervaagde tot alleen het geschuifel van hun laarzen en de onverbiddelijke tik van Rens arm overbleef.

Vincent bleef achter, de zichtlijnen scannend. 'Heeft iemand anders het gevoel dat we in een val lopen?'

Mevrouw Barley vertraagde niet. 'Het is geen val als je weet dat hij eraan komt. Het is een feestje.'

Ren snoof, en stapte toen naar voren. Toen ze een café naderde, werd de puls van het zegel bijna ondraaglijk, elke slag ging gepaard met een steek van hitte en een vage, fluisterende echo in haar linkeroor. Ze probeerde het te negeren, maar het begon te articuleren, woorden te vormen — niet haar eigen, maar ergens dieper geschreven.

Ze stopte bij de deur en keek achterom. 'Het... spreekt. Het teken. Het zegt—'

Zara kwam dichterbij, haar ogen glinsterend. 'Wat?'

Ren sloot haar ogen, concentreerde zich. De woorden waren niet in het Engels, of enige taal die ze herkende, maar de betekenis was precies, chirurgisch.

'Achterom. Beëindig het verhaal.'

Vincent kreunde. 'Altijd met die metaforen.'

Mevrouw Barley stapte langs haar, de punt van haar paraplu tikte tegen de drempel. 'Geen metafoor als het je doodt,' zei ze, en leidde hen verder.

ZES

Het steegje achter het café was precies het soort plek waar je een lijk zou verwachten: deels vochtige verzamelplaats voor vuilnisbakken, deels geïmproviseerd urinoir, en alles gelakt met een olieachtige glans van verwaarlozing. Boven het tafereel flikkerde het neonbord van Occult Café zijn belofte – KOFFIE | CHAI | KRISTALLEN – en wierp een pulserende blauwe en ziekelijk roze gloed op het metselwerk. De regen, die elke schijn van reiniging had opgegeven, stroomde in lange, vettige stromen door de goten en verzamelde zich rond het lijk met een ijver waar de meeste gemeentelijke diensten alleen maar jaloers op konden zijn.

Ren bereikte als eerste de ingang van het steegje. Ze zag het ineengedoken hoopje wat een berg wasgoed had kunnen zijn, realiseerde zich toen wat het was, en wenste onmiddellijk dat ze dat niet had gedaan. Ze draaide haar gezicht naar de muur, spuugde eenmaal en trok de capuchon van haar jack diep over haar ogen, alsof de duisternis haar kon beschermen tegen wat er zich in dit achterafstraatje had afgespeeld.

Zara volgde en ploeterde door de enkelhoge goot met de pragmatische tred van een vrouw die hakken naar een drassig veld had gedragen. De zaklamp van haar telefoon sneed een witte balk door het tafereel en verlichtte het tafereel in segmenten: de gespreide handen, het hoofd in een hoek die was berekend op maximaal effect bij het publiek, de stroom zwartachtig bloed die al begon te stollen tot iets wat meer op teer leek dan op iets menselijks.

Vincent bleef voorzichtig drie stappen achter hen lopen, met zijn armen over elkaar geslagen alsof hij zich schrap zette voor een overhoring over zijn eigen ergste herinneringen. Hij keek toe hoe Zara naast het lichaam knielde en met een knisperend geluid dat in deze context bijna vrolijk klonk, een paar nitril handschoenen aantrok.

'Alles goed?', vroeg Vincent aan Ren, hoewel zijn aandacht geen moment van het lijk afweek.

'Heerlijk avondje voor een wandeling', zei Ren, haar woorden gedempt door haar mouw en het straatlawaai. Ze waagde een blik terug naar het lijk en kokhalsde toen met de elegantie van iemand die jong had geleerd de geheimen van haar maag voor zich te houden. 'God, die stank.'

Zara, die over het slachtoffer gehurkt zat, ademde uit door haar neus en zei: 'Daar wen je wel aan. Uiteindelijk.' Ze drukte twee vingers op de nek van de dode man – niet uit hoop, maar voor de vorm – en begon toen met een reeks kordate, vreemd zachte bewegingen de scène te inventariseren. 'Blanke man, eind twintig. Geen portemonnee, geen telefoon, geen sleutels. Ook geen waardigheid, maar je kunt niet alles hebben.'

Vincent kwam dichterbij. Het lichaam was geposeerd, zag hij nu, met de groteske precisie van een gestoorde theaterregisseur: rechterbeen gestrekt, linkerarm gedrapeerd, vingers precies goed. De kaak was opengewrongen en er was een opgerold stukje papier tussen de tanden geklemd. Het hele tafereel was zo kunstmatig, zo opzettelijk theatraal, dat Vincents eerste, verraderlijke gedachte was: 'Het is een grap.'

Zijn tweede gedachte was: 'Het is mijn grap.'

Zara wierp hem een blik toe. 'Nou? Doet dit een belletje rinkelen?'

Vincent slikte, reikte toen naar voren, plukte de rol uit de mond van het lijk en rolde hem uit. Hij herkende onmiddellijk het lettertype, en ook de woorden:

Je kunt niet uit de beker der onsterfelijkheid drinken zonder te verwachten dat hij je vergiftigt, schat. Daarom houden de slimme-riken het bij whisky.

Hij las het twee keer en slaakte toen een lange, lage kreun. 'Deze zin heb ik geschrapt. Uit *Bloodlust & Biceps*. Het was bedoeld als een metafoor, niet als een... clou.'

Zara lachte kort en schamper. 'Klinkt als een aanrader. Nou, het lijkt erop dat iemand geen fan is van de redactie.'

Ren richtte zich op, veegde haar mond af met de rug van haar mouw en tuurde naar het briefje. 'Is dat die met de bloedorgie in hoofdstuk drie?'

Vincent haalde zijn schouders op. 'Ze hebben allemaal een bloedorgie in hoofdstuk drie. Het gaat om het opbouwen van een merk. Lezers geven wat ze willen...' Maar niemand luisterde naar hem.

Zara ging met een gehandschoende hand door het haar van de dode man en kantelde het hoofd om de hoofdhuid te onderzoeken. 'Geen trauma aan de schedel', mompelde ze. 'Maar kijk hier eens.' Ze trok de kraag opzij en onthulde een rij ondiepe incisies, elk precies twee centimeter van elkaar, die net onder de kaak begonnen en doorliepen tot in het hemd.

'Een patroon', zei Zara. 'Niet willekeurig. Een soort hand-tekening?'

Vincent bukte zich en tuurde door de neonnevel. 'Het zou een ritueel kunnen zijn. Of gewoon iemand die een boodschap probeert te sturen.'

'Of allebei', zei Zara, terwijl ze snel een foto maakte. Ze verplaatste de hand van het slachtoffer – voorzichtig, alsof ze een tentoonstellingsstuk niet wilde verstoren – en onthulde een tweede papiertje, strak opgevouwen in de palm.

Ren, die eindelijk haar kokhalsreflex onder de knie had, zei: 'Kun je tegenwoordig niet gewoon... een dreigement e-mailen? Of het op een muur in een openbaar toilet graffitiën, zoals een normale psychopaat?'

'Handschrift is intiemer', zei Vincent met een bittere ondertoon. 'Alsof je een valentijnskaart van een stalker krijgt. Of een handgeschreven afwijzing van een uitgever.'

Hij pakte het tweede papiertje, vouwde het open en kromp ineen. Deze was nog erger:

Mijn liefste, je was altijd al beter in fictie dan in de realiteit. Kijk nu eens hoe de pen smaakt als je hem niet zelf vasthoudt.

Vincent las het hardop voor en Zara snoof. 'Dat is zeker aan jou gericht.'

Ren rilde. 'Dit is gestoord. Zelfs voor jouw kringen.'

Zara voltooide haar forensische onderzoek en legde elke hoek vast met een telefooncamera en een notitieboekje dat al uitpuilde van de ongearchiveerde zonden van de afgelopen twee maanden. 'Geen ID', zei ze, 'maar de vingerafdrukken zijn waarschijnlijk toch al weg. Zie je?'

Ze hield de rechterhand van het slachtoffer omhoog. De vingertoppen waren afgeschuurd, de huid was rauw, roze en bebloed. Zelfs in het straatlicht was het effect duidelijk – wie dit ook had gedaan, wilde de man ontraceerbaar, anoniem, een code die was ontworpen voor Vincents aandacht.

'Ze hebben een personage van hem gemaakt', zei Vincent zacht. 'Een blanco protagonist.'

'Een dóde protagonist', corrigeerde Zara. 'Dat is een verschil.'

De achterdeur van het nachtcafé, die op een kier stond, liet het gestage gesis en geborrel van een espressomachine door, een geluid dat door het steegje sneed als de boor van een tandarts. Het droeg bij aan het surrealisme: moord van de bovenste plank, ambachtelijke cafeïne en het vage gevoel dat iemand in het café op het punt stond naar buiten te gaan voor een sigaret en zou ontdekken dat zijn avond onherroepelijk verpest was.

Ren liep om de plas heen, knielde naast Vincent en tuurde naar de wonden in de nek. 'Lijken het... beletseltekens?', zei ze met onzekere stem. 'Zo van... je weet wel. Puntje, puntje, puntje.'

Vincent keek van dichterbij. 'Of een beletselteken met een punt. Als een onvoltooide zin.' Hij wilde lachen om de absurditeit, maar zijn maag was te druk bezig zichzelf in de knoop te leggen.

Zara, wiens geduld voor literaire symboliek alleen werd geëvenaard door haar minachting voor onopgeloste moorden, maakte een laatste foto en stond op. 'We zullen het lijk moeten verplaatsen. Het laatste wat we willen, is dat de politie er in dit stadium bij betrokken raakt.'

Rens ogen werden groot. 'Bedoel je dat we hem gewoon meenemen?'

'Niet hem', zei Zara. 'Het verhaal. We nemen het verhaal mee en schrijven zelf het einde.'

Vincent staarde haar aan, toen naar het lijk, en toen naar de briefjes die hij nog steeds in zijn vuist geklemd hield. Hij probeerde zich het soort persoon voor te stellen dat een moord in scène zou zetten op basis van de geschrapte zinnen uit zijn oude manuscripten, en faalde. Of, nauwkeuriger gezegd, hij slaagde erin, maar de persoon die hij zich voorstelde, was hijzelf, twintig jaar jonger en twee keer zo boos.

Hij vouwde de papiertjes op, stak ze in zijn zak en stond op.

De regen was in ijzel veranderd en elke druppel weerkaatste het neonlicht in miniatuur.

'Nog iets?', vroeg Vincent, zijn stem nauwelijks boven het gesis van de espresso uit.

Zara trok haar handschoenen uit en gooide ze in een plastic zak, die ze met militaire efficiëntie dichtknoopte. 'Nog één ding', zei ze, terwijl ze een derde papiertje uit de jaszak van het slachtoffer trok. Ze hield het omhoog zodat hij het kon lezen:

'Hoofdstuk Zeven. Schrap deze maar niet, schat.'

Vincent glimlachte niet. Hij staarde alleen maar naar het papier en voelde het gewicht van 's werelds meest uitgebreide redactionele opmerking recht op zijn borst landen.

Ren gaf hem een klap op zijn rug, hard genoeg om hem uit zijn gedachten te halen. 'Bekijk het van de zonnige kant', zei ze. 'Je hebt tenminste een fanclub.'

Vincent dacht aan het lijk, de beletseltekens, de rauwe vingertoppen. 'Ja', zei hij. 'Ze moorden voor het materiaal.'

Zara haalde klein en praktisch haar schouders op. 'We verstoppen hem in de vuilnisbak. Het is niet waterdicht – iemand kan hem nog steeds vinden – maar het koopt ons tijd. Kom op.'

Vincent gromde, bukte zich en tilde het lijk op als een zak natte boeken. Het lichaam viel slap in zijn armen, vreemd licht en afschuwelijk. Hij droeg hem naar een van de metalen vuilnisbakken in het steegje; Mrs Barley, die bij de deur op wacht had gestaan, stapte naar voren en klapte het deksel open alsof ze het al duizend keer eerder had gedaan – hoewel meestal met archiefkasten.

'Een behouden vaart dan maar', zei ze met een lage en absurd serieuze stem, terwijl ze in de bak tuurde. 'Laat je aan de andere kant niet tot redacteur maken.' Ze gaf het lijk een klein knikje dat een zegen of een berisping had kunnen zijn, en liet Vincent de man toen met een efficiënte duw tussen het afval zakken.

Ze sloten het deksel en liepen de straat op. Mrs Barley legde een meelevende arm op Rens schouder. 'Ik zou je graag vertellen dat dit het eerste en laatste lijk is dat je zult zien.'

'Maar die kans is klein, hè?', vroeg Ren, kauwend op haar onderlip.

'Nee', zei Mrs Barley en wees met haar paraplu in de richting van huis.

Vincent trof Mrs Barley aan op haar gebruikelijke post, het formica oppervlak van de tafel vrijgemaakt van alles behalve een draadmand met rekeningen en een enkele, ceremonieel ogende puntenslijper. Mrs Barley bewerkte het potlood met de geduldige dreiging van een ouderwetse beul, waarbij ze af en toe pauzeerde om de punt te inspecteren voordat ze het terug in het mes stak. Ze droeg haar schort over een dik vest en haar haar zat zo strak opgestoken dat Vincent zich afvroeg of ze haar toevlucht tot lijm had genomen.

'Verwacht je problemen?', vroeg Vincent, terwijl hij naar de verzameling bewapende potloden keek die nu als een kleine falanx naast haar theemok stonden opgesteld.

Mrs Barley keek niet op. 'Het is er de week wel naar. Bovendien is een scherp potlood beter dan een botte staak, tenzij je splinters wilt.' Ze eindigde met een zwier en zette de nieuwste aanwinst van haar arsenaal in een keramische mok met het opschrift 'Beste Huishoudster ter Wereld (Volgens de Doden)'.

Vincent gromde en liep naar de koelkast, op zoek naar iets met een alcoholpercentage dat hoger was dan 'ontbijtsap'. Hij schonk een vingerhoedje gin in een mok — per ongeluk die van Mrs Barley, maar het leek passend — en sloeg het achterover. Hij was halverwege een tweede toen hij de envelop opmerkte: dik, crème-kleurig, bespat met iets wat verdacht veel op slagaderlijk bloed leek, en precies in het midden van de stapel post.

Hij stootte met het puntje van de mok tegen de envelop. 'Fan-mail of een dagvaarding?'

Mrs Barley haalde haar schouders op. 'Geen afzender. Met een speciale koerier bezorgd terwijl je sliep. De koerier wilde niet eens een handtekening.' Ze schoof hem met twee vingers naar hem toe, alsof hij zou kunnen bijten.

Vincent bestudeerde de voorkant. In nette, getypte blokletters: VINCENT LUPO, ESQ. Geen straat, geen stad, alleen zijn naam, alsof het universum niets anders nodig had om hem te vinden. Hij woog hem in zijn hand, schoof toen een duim onder de flap en maakte hem open, voorzichtig om de inhoud niet te scheuren.

Binnenin: een enkel vel, helder en perfect wit, de tekst gezet in een lettertype dat zo sober was dat het aan het theologische grensde. Hij las het hardop voor, want dat deed je met dreigemen-ten, profetieën of zeer goede grappen.

'LUPO DE LICHTLOZE,

UW GODDELIJKE DICTIE BRENGT MIJ IN VERVOERING.

IK ZAL HET VERHAAL TOT ZIJN WARE EINDE BRENGEN.

HOOFDSTUK ZEVEN BEGINT MET EEN VOLGENDE DOOD.

BENT U KLAAR OM HET DEZE KEER GOED TE SCHRIJVEN?'

Vincent staarde naar de pagina, toen naar Mrs Barley, en toen weer naar de pagina. Zijn hoektanden jeukten, een doffe pijn achter zijn tandvlees, maar hij hield zijn mond en schonk in plaats daarvan de rest van de gin voor zichzelf in.

Mrs Barley pakte de brief, scande hem en liet een laag, weinig onder de indruk zijnd gezoem horen. 'Zo beleefd, die maniakken. Altijd met de formele aanhef. Maar nooit een "alstublieft" of "dank u wel".'

'Moet een Amerikaan zijn', mompelde Vincent, maar de grap kwam niet aan.

Vanuit de woonkamer sneed Rens stem door de spanning: 'Jij hebt echt de slechtste groupies.' Ze kwam de keuken binnengelopen, haar haar nog nat van de douche, en keek ondersteboven naar de brief. 'Ze noemen mij niet eens.'

'Geef het wat tijd', zei Mrs Barley, die al met een zo geoefende beweging dat het aan een ritueel grensde door de rest van de post zocht. 'Je bent nog maar net viraal gegaan, schat.'

Ren ging op de rand van het aanrecht zitten en nam een handvol droge ontbijtgranen uit de open doos bij de gootsteen. Ze keek Vincent aan met een uitdrukking die het midden hield tussen amusement en bezorgdheid. 'Dus wat is het plan, genie?'

Vincent dacht na en hield de brief tegen het licht. Er stond niets op de achterkant, geen watermerk, geen verborgen boodschap. Alleen de belofte van meer dood en, vermoedelijk, meer kritiek.

Hij zakte in een stoel. 'Laten we ervan uitgaan dat het volgende lijk zal opduiken met rode pen-correcties en een aanbevolen leeslijst.'

Mrs Barley sleep nog een potlood, de schaafsels vielen in een strakke spiraal op de tafel. 'Of', zei ze, 'we kunnen de redacteur een stap voor zijn. Hen naar ons laten komen.'

Vincent keek haar aan. 'Je stelt een val voor.'

Ze knikte eenmaal, het knotje op haar hoofd instemmend op en neer wippend. 'Dat is wat ik zou doen, als ik de auteur was van zo'n puinhoop als dit.'

'Waar?', vroeg Ren.

'De Occulte Boekhandel', zei Mrs Barley. 'De thuisbasis van alle beste verhalen.'

Ren grijnsde, haar tanden fel in het schemerlicht. 'Ik doe mee. Mag ik het lokaas kiezen?'

Mrs Barleys ogen fonkelden. 'Natuurlijk, schat. Zolang je maar niet op het tapijt morst.'

Vincent vouwde de brief op, zorgvuldig en weloverwogen, en stopte hem toen in de borstzak van zijn hemd. Hij keek naar zijn handen, met inkt bevlekt en licht trillend, en toen naar de twee vrouwen in zijn keuken, die een tegenaanval beraamden met dezelfde kalmte die ze voor een boodschappenlijstje zouden gebruiken.

Buiten sloeg de regen tegen het raam, alsof hij naar binnen probeerde te komen. Het appartement voelde onmogelijk klein, allemaal opeengepakt onder één dak, wachtend tot het volgende hoofdstuk zou verschijnen.

Maar voor het moment waren ze er klaar voor.

Vincent hief zijn mok in een schijngroet. 'Op hoofdstuk zeven, dan maar.'

Mrs Barley tikte haar eigen theekopje tegen het zijne. 'Moge het minder bloederig zijn dan het vorige.'

Ren kauwde op haar ontbijtgranen en haalde toen haar schouders op. 'Betwijfel het.'

Vincent sprak haar niet tegen. Hij nipte gewoon aan zijn drankje en wachtte tot het verhaal hen had ingehaald.

ZEVEN

Er hing een geur in de boekwinkel, en niet degene die je zou verwachten. Zeker, er was de verplichte muskusgeur van dode bomen en ijdele hoop, maar daarboven zweefde iets scherps en prikkelends, het olfactorische equivalent van een gebroken tand. Ze waren om vier uur 's nachts via de achterdeur binnengeglipt, moe en humeurig, aan het einde van een nacht die voor hun zenuwen al veel te lang had geduurd.

De zaak was eigendom van een man die alleen in legendes werd genoemd, een handelaar in verboden paperbacks en peperdure gelimiteerde edities, maar vanavond was hij van Zara. Ze bewoog zich door de gangpaden met het zelfvertrouwen van iemand die elk naslagwerk in de occulte sectie had gelezen en ze allemaal ontoereikend had bevonden. Vincent vermoedde dat ze de winkel verkoos in zijn lege, galmende vorm—minder gericht op de klanten, meer op de verhalen die ze in de kantlijn achterlieten.

De regen beukte op de winkelpui en striemde zijdelings tegen het glas. De straat buiten was een plaats delict van neonlicht, waar elk uithangbord in de rij streed om het volgende te overstemmen, maar binnen kwam het enige licht van een gehavende 'Speciale Aanbieding'-lamp op de toonbank en een flikkerende tl-buis boven de nis met zeldzame boeken. Het effect was *chiaroscuro* op z'n kofferbakmarkts.

Ren had haar voeten op een stapel afgeprijsde hardcovers over kristalgenezing gelegd, de stoel op twee poten balancerend, waarbij ze de zwaartekracht uitdaagde er iets van te maken. Vincent, van zijn kant, zat op het randje van een kruk op wieltjes, met de spanning van een man die elk moment verwachtte dat het brandalarm zou afgaan.

Zara opende de vergadering met het klikken van een aansteker, waarmee ze geen sigaret aanstak, maar een klein, naar kruidnagel geurend kaarsje op de toonbank. 'We hebben niet veel tijd', zei ze, terwijl haar ogen naar de deuropening schoten, waar het veiligheidsrolluik hing als het blad van een guillotine in slow motion. 'Als iemand ons volgt, zullen ze hier als eerste kijken.'

Ren snoof. 'Denk je echt dat die psychopaat ons achterna komt in een boekwinkel? Niet bepaald een waardevol doelwit.'

Zara trok een wenkbrauw op. 'Dat zou je nog verbazen. De meesten van de ergste soort beginnen in bibliotheken.'

Vincent rolde met zijn ogen, maar kreeg er onmiddellijk spijt van toen ze de migraine-opwekkende puls van de tl-buis boven hem vingen. 'Kunnen we ter zake komen? Als ik niet snel terug ben, bleekt mevrouw Barley uit wraak de lakens.'

Zara zette haar tas neer en begon de inhoud eruit te halen: een stapel printjes, een USB-stick en een leesbril die ontworpen leek om in andere dimensies te turen. 'We hebben nog twee incidenten gehad', zei ze, terwijl haar stem verviel in het ritme van slecht nieuws. 'Beide in de laatste achtenveertig uur. Beide met Carmineglyfen, en beide...' Ze draaide een printje om, waarop een politiefoto van een plaats delict te zien was, '...in scène gezet om op scènes uit jouw boeken te lijken.'

Vincent staarde naar de foto, en daarna naar Zara. 'Ik heb er maar vier in die serie gepubliceerd.'

'Ongepubliceerd dan', zei Zara. 'Fanfictie. Verwijderde scènes. Concepten die je nooit hebt afgemaakt.'

Rens stoel kwam weer op alle vier de poten terecht. 'Wacht. Hoe zou iemand daar überhaupt aan kunnen komen?'

Zara antwoordde niet, maar keek Vincent aan met een blik die zei: *Jij weet het.*

Vincents mond werd droog. 'Je denkt dat het... wat, een of andere verdomde verzamelaar is? Of gewoon iemand met te veel tijd en een internetverbinding?'

'Ik denk', zei Zara, 'dat ze jouw werk gebruiken als een draaiboek, een blauwdruk. De vraag is hoeveel je je er nog echt van herinnert, en hoeveel je bereid bent op te graven.'

Ren kraakte haar knokkels. 'Ik zeg: we roken elk snippertje uit. Digitaal, fysiek, het hele kerkhof. Als deze psychopaat scripts schrijft op basis van Vincents Greatest Hits, dan vinden wij de setlist voordat hij dat doet.'

Vincent deinsde terug. 'Wil je dat ik eerste versies opgraaf? Sommige daarvan zijn gevaarlijk. Om nog maar te zwijgen van gênant.'

Ren grijnsde, wolfachtig. 'Niet zo gênant als een lijk met jouw proloog erop getatoeëerd.'

Zara schoof een spiraalgebonden notitieboekje over de toonbank. 'Ik ben begonnen met verzamelen. Alles met de glyfe. Alles met Carmines teken. Maar jij bent de enige die weet wat er ontbreekt.'

Vincent bekeek het notitieboekje alsof het zou kunnen bijten. Hij herinnerde zich de glyfe natuurlijk wel—drie halvemanen, in het midden verbonden, als een derderangs triquetra—en de eindeloze nachten in zijn oude, vochtige flat, krabbelend op alles wat inkt kon vasthouden. Sommige van die manuscripten hadden al eeuwen geen daglicht meer gezien. Sommige waren opgegeten door ratten, andere door vuur. Maar hij had nooit echt geloofd in de permanentie van verwijdering.

Hij pakte het notitieboekje op, zijn handen onvast. 'Als ik dit doe, zou het... recursief kunnen worden. De profetie—'

'Is maar een verhaal', onderbrak Ren hem. 'Dat heb je zelf gezegd. Verhalen kunnen worden herschreven.'

Zara's ogen flikkerden in het kaarslicht. 'Dat is juist waar ik bang voor ben.'

Een windvlaag rammelde aan de deur, hard genoeg om de planken te doen trillen. Ze deinsden allemaal terug, zelfs Ren, die het verbloemde met een kuch. Vincent zette zijn kaken op elkaar en bladerde door de eerste pagina's van het notitieboekje.

'Het staat er allemaal in', zei hij. 'De glyfen, de rituelen, zelfs de verdomde voetnoten. Maar wie dit ook doet—'

Zara onderbrak hem, '—heeft toegang tot jouw proces. Niet alleen tot het product.'

Ren viel haar in de rede: 'Dus dat gebruiken we. We lopen voor op de bewerkingen.'

Vincent schudde zijn hoofd. 'Profetieën zijn niet bedoeld om zelfvervullend te zijn. Het zijn waarschuwende verhalen. Als je het einde probeert te hacken, kom je alleen maar in een lus terecht.'

Zara sloot kort haar ogen, alsof ze zich een hoofdpijn herinnerde die ze ooit aan een vriend had uitgeleend. 'Een profetie vereist geen geloof, alleen narratief momentum. Als onze moordenaar denkt dat hij de profetie vervult, maakt het niet uit of jij erin gelooft of niet. Het verhaal gaat waar het geduwd wordt.'

Ren wees met een felle beweging naar het notitieboekje. 'Dus dan duwen we terug. Wat is het ergste dat er kan gebeuren—dat iemand ons uit de realiteit redigeert?'

Zara en Vincent wisselden een blik uit. Ze wisten allebei,

zonder het te zeggen, dat het ergste al was gebeurd. Meer dan eens.

De lamp op de toonbank en de tl-buis boven hen snerpten en doofden toen, waardoor de winkel in een schemerige blauwe nevel van het neonlicht buiten werd gedompeld. Een moment lang voelde Vincent de druk van honderdduizend boeken, die allemaal samen ademden, wachtend tot hij een zet zou doen.

Hij sloeg het notitieboekje dicht. 'Goed. We doen het op jullie manier. Maar als iets wat ik in die concepten vind iemands gezicht probeert op te eten, ontsla ik mezelf van alle juridische, morele en metafysische verantwoordelijkheid.'

Ren salueerde met een onzichtbare pint. 'Afgesproken.'

Zara zette haar bril weer op, kneep in de brug van haar neus en zei: 'We beginnen morgen bij zonsondergang. Vincent, jij moet een lijst maken van alles wat je ooit met Carmines naam erop hebt geschreven. Zelfs de onvoltooide stukken. Vooral die.'

Vincents gezicht vertrok bij het vooruitzicht. 'Sommige zijn niet eens samenhangend. Er is er een die alleen maar een boodschappenlijstje is, gekruist met een erotische haiku.'

Ren schaterde het uit. 'Geen wonder dat ik je werk niet bij de boekenwinkel kan vinden.'

De wind beukte opnieuw tegen de ramen en ergens verderop in de straat rolde de donder, laag en afkeurend.

Zara pakte de foto's en de USB-stick weer in en bediende zichzelf met twee in leer gebonden grimoires vanachter de toonbank. 'Ik graaf verder. Ren, jij doet verkenning op het digitale front. Vincent... zet je schrap.'

Hij pakte het notitieboekje en de restjes van zijn waardigheid bijeen. 'Als je me wenend over een matrixprinter-uitdraai in een badkuip vindt, onthoud dan: dit was niet mijn idee.'

Ren volgde hem naar buiten, maar niet voordat ze een gehavende paperback van de kortingsstapel pakte. 'Onderzoek', beweerde ze, terwijl ze het in haar zak stak.

Zara bleef achter en inspecteerde de winkel alsof ze de schaduwen telde. Ze ving haar eigen reflectie in het glas van de pui—bleek, licht vervaagd door het gestotter van het neonlicht—en fronste, heel even, bij de vorm van de dingen die komen zouden.

Buiten was de regen in natte sneeuw overgegaan, elke druppel een koude duw richting de volgende ramp. De drie figuren dromden samen in de deuropening, al bezig met het beramen van hun aftocht.

Achter hen wachtte de boekwinkel. De planken bogen naar voren, gespannen om het volgende concept, het volgende verhaal, het volgende hoofdstuk te horen in een profetie die weigerde te sterven.

De nacht was lang en de storm vertoonde geen teken van ophouden.

Maar voor een keer hadden ze tenminste een plan.

Vincent bracht het laatste uur voor zonsopgang door met ijsberen door de flat met de gratie van een hyena in een kooi. Elke ronde bracht hem van het raam—waar de natriumnevel van de stad de contouren van alles wat de moeite waard was vervaagde—naar de koelkast, en dan weer terug, waarbij hij altijd de plek meed waar Ren in haar slaap wild was geworden.

Ze lag opgerold in een hoek van de bank, knieën opgetrokken, armen strak over elkaar, de capuchon van haar hoodie omlaaggetrokken om haar gezicht te verzwelgen. Het effect was cartoonesk, als iemands eerste poging tot menselijke origami, maar wat haar verraadde was die ene voet die uitstak, tenen die trilden telkens als ze een bijzonder energiek stukje droom bereikte.

De rest van de flat was stil, op het aanhoudende gezoem van de koelkast en het metronomische getik van de klok van mevrouw Barley in de gang na—ze had hem 'geleend' van een dominee, zo ging het verhaal, hoewel Vincent vermoedde dat het meer te maken had met een onopgelost vergiftigingsincident in Surrey. Hoe dan ook, de klok hield de tijd bij alsof tijd iets was wat je kon bewaren, en elke tik voelde als een afrekening naar iets waar hij absoluut spijt van ging krijgen.

Hij had het licht uitgelaten en vertrouwde op de koelkast voor verlichting. Elke keer dat hij de deur opende, deed de blauwwitte gloed hem er minder levend uitzien, de botten in zijn handen doorschijnend door zijn huid als een waarschuwing. Hij stond minutenlang voor de open koelkast, terwijl de kou in hem trok, en probeerde zichzelf ervan te overtuigen dat hij geen honger had, alleen maar dorst naar antwoorden.

Op het aanrecht: een notitieboekje, maagdelijk en onaangeraakt, van het soort dat je uitdaagde er een streep op te zetten. Vincent had het zo neergelegd dat hij het vanuit de hele keuken kon zien, als zowel een uitdaging als een dreigement. Zijn vingers jeukten om een pen op te pakken, maar hij wist beter. Na alles wat Zara had gezegd, na het bewijs en de lijken en het sluipende vermoeden dat zijn eigen concepten door de straten liepen, was het enige dat enger was dan schrijven, niet schrijven.

Hij maakte nog een rondje door de flat. De vloerplanken hielden hun geheimen, krakend net genoeg om het gebouw te laten weten dat je leefde. Toen hij Ren passeerde, mompelde ze iets, een fragment van een kinderliedje, en rolde toen om en stompte met de bezieling van een bokser tegen een kussen. De hoodie was te groot voor haar, maar ze droeg hem als een schild tegen alles, inclusief zichzelf.

Hij keerde terug naar de koelkast en opende hem opnieuw. Binnen: de gebruikelijke chaos. Een zak bloed, gelabeld met 'Premium AB Negatief' in een lettertype ontworpen om medische autoriteit te suggereren; een halflege fles gin; drie bakjes met restjes, allemaal onherkenbaar in het donker; en een enkele, treurige wortel, die aan het uiteinde zwart werd.

Hij staarde een lang moment naar de zak bloed. De honger was terug, scherp en dwingend, en hij wist dat als hij er nu niets aan deed, die hem in zijn slaap zou overvallen. Hij pakte de zak, draaide de dop eraf en bracht hem naar zijn lippen. De smaak had geruststellend metaalachtig moeten zijn, de smaak van leven-in-wording, maar in plaats daarvan was het—

Herinnering. Koud, glibberig, als het likken aan een postzegel gedrenkt in tranen.

Angst, zuur en elektrisch, die onder zijn tong kroop als mieren.

Inkt, zwart en oeroud, die zijn mond bevlekte bij elke slok.

Hij kokhalsde, hoestte en spuugde een dikke klodder ervan in de gootsteen. Het spatte en bleef plakken, en weigerde weggespoeld te worden, zelfs toen hij de kraan op volle kracht zette. De smaak bleef hangen, zijn mond en keel bedekkend met een bitterheid die bijna levend aanvoelde.

Hij keek naar de zak in zijn hand, zijn hart bonkte op een manier die het niet meer had gedaan sinds de laatste keer dat hij echt bang was geweest. De dop was nog steeds verzegeld. Onaangeraakt.

Hij zette de zak neer en onderzocht zijn eigen handen, op zoek naar een antwoord in het web van aderen en littekens. Hij wist zeker dat hij hem had geopend. Hij voelde het gladde residu nog op zijn tanden, de manier waarop het aan zijn keel had gekrabd. Maar de verzegeling was intact.

Een rilling liep langs zijn ruggengraat, van het soort dat begint als een redelijke huivering en eindigt met een week lang met de lichten aan slapen.

Aan de buitenkant van de koelkastdeur, geschreven in een stukje condens dat bij het handvat was verschenen, was een boodschap verschenen. Die was er daarvoor niet geweest. Hij wist het zeker.

JE DRINKT WAT JE MORST.

Vincents hoektanden klopten, een herinnering aan zijn eigen slechte bedrading. Hij deinsde achteruit, zijn handen trillend, en draaide zich toen langzaam en weloverwogen om, om de rest van de flat te controleren.

Ren sliep nog steeds, met open mond, een klein kwijllijntje dat de mouw van de hoodie donkerder maakte. Ze mompelde weer iets, zachter dit keer, de woorden aan elkaar geregen in een rijm zo perfect dat het pijn deed.

'In 't hart van 't verhaal stolt de inkt koud,
de letters broeien, de regels ontvouwd.
Spreek je geheimen, mors je bloed,
en verdrink je monsters in de vloed.'

De woorden hingen in de lucht, breekbaar als een spinnenweb. Vincent wilde lachen, of huilen, of iets drinken dat de herinnering zou wegbranden.

In plaats daarvan stond hij in het donker, de seconden tellend tussen elke tik van de klok, en wachtte tot de volgende bladzijde zou worden omgeslagen.

ACHT

De universiteit had er een handje van haar gevaarlijkste bezittingen in het volle zicht te verbergen, maar soms deed ze er nog een schepje bovenop door ze te verbergen in doodgewone, onbewaakte kelders. Zara's archief bevond zich in een soort ruimtelijk en administratief limbo onder het theologiegebouw — door een deur met het opschrift 'Subkelder 2A: Opslag', een trap af met treden die zo ongelijk waren dat ze als grap gegoten hadden kunnen zijn, en een gang in die je met enige welwillendheid kon omschrijven als 'dragende schimmel'.

Vincent, die meer archieven vanbinnen had gezien dan hij wilde catalogiseren, voelde toch een huivering toen hij Ren door de duisternis volgde. De lucht was zwaar van een geur die bestond uit gelijke delen oud papier, leer en het nerveuze zweet van onderzoeksassistenten die nooit meer boven waren gekomen. Hun voortgang werd gemeten aan het gekletter van Rens laarzen, het gestage geschraap van Zara's sleutelbos tegen haar knokkels en de manier waarop Vincents eigen zenuwen begonnen te gieren bij de aanblik van bepaalde verzegelde dozen langs de muur.

Zara leidde hen met het schijnsel van een gehavende hoofdlamp, die spinachtige schaduwen voor hun voeten wierp. Ze negeerde de waarschuwingsborden ('Niet Openen Zonder Handschoenen', 'Pas Op: Psychoactieve Teksten', 'Retourneren Uitsluitend in Drievoud') en liep door naar het uiteinde, waar een dubbel ijzeren hek het eigenlijke archief bewaakte.

Er waren drie sleutels en een gemompeld codewoord voor nodig om het slot te openen ('Golgotha', uitgesproken als een vloek), en toen waren ze binnen: een ruimte zo groot als een bescheiden kathedraal, van vloer tot plafond bekleed met planken in elke staat van verval. Boeken puilden uit de stellingen, boekrollen bungelden aan haken en hele kasten bolden op van mappen die zo vol waren dat ze hun eigen ladefronten vervormden. In het midden stond een bibliotheektafel die een architectonisch model van chaos torste — meer leeslampen dan nodig, meer koffievlekken dan strikt plausibel.

'Welkom in mijn koninkrijk,' zei Zara, haar stem weerkaatste tegen de stenen muren. 'Kijk uit waar je loopt. En pas op met je metaforen.'

Ren deed alsof ze de ruimte inspecteerde en wees toen naar iets wat leek op een bundel bijbels die met tiewraps aan het plafond hing. 'Is dat een veiligheidsmaatregel, of gewoon de nieuwste trend in kerkelijke bondage?'

Zara antwoordde niet; ze zat al tot haar ellebogen in een kist met het label 'Carmine/Lupo, pre-2000', mompelend terwijl ze door mappen en met was verzegelde bundels zocht. Ren, aan haar lot overgelaten, begon op eigen houtje aan een rondleiding, porde naar vreemde artefacten en las de rugtitels hardop voor met een stem die het midden hield tussen stand-upcomedy en een lofrede.

Vincent bleef op de drempel hangen en onderdrukte de drang om ervandoor te gaan. Hij herkende te veel titels, en elk ervan voelde als de geest van een oude fout. Hij hield zijn handen in zijn jaszakken en probeerde er nonchalant uit te zien, maar zelfs de omgevingstemperatuur leek een graad te dalen wanneer hij in de buurt van een specifieke plank kwam.

'Dus welke van deze gaat mijn hersenen infecteren en me in een sektelid veranderen?' riep Ren, terwijl ze een exemplaar van '*Eschatologie: een beginnersgids voor de overdreven toegewijde*' omhoog hield.

Vincent verwaardigde het niet met een antwoord. In plaats daarvan dreef hij dichter naar Zara toe, wier zoektocht was veranderd in een soort archeologische opgraving — lagen stof, dan mappen, dan hele strata van geannoteerde concepten. Ze leek geen licht, voedsel of aanmoediging nodig te hebben; de jacht was haar eigen beloning.

'Waar hopen we precies te vinden?' vroeg Vincent, terwijl hij zachtjes praatte voor het geval een van zijn vroegere werken zou besluiten tevoorschijn te kruipen en een rechtszaak aan te spannen.

Zara keek niet op. 'Originele Carmine-scripts. Van voor de redactie. Als de moordenaar jouw concepten volgt, moeten we weten welke versies in omloop zijn.'

Ren kwam dichterbij, met een dun boekje in haar hand waarvan de kaft met stift zwart was gemaakt, op de ingedrukte titel na: '*Sonnetten van de Nachtmarkt*'. Ze trok een wenkbrauw op. 'Is dit van jou?'

Vincent kreunde. 'Maak het niet open. Dat ben ik echt niet op mijn best.'

Natuurlijk maakte Ren het open en las de eerste pagina. "Aan de lezer: als je nog niet vervloekt bent, lees dan verder.' Wauw, je ging echt vol voor die hele gekwelde onsterfelijke esthetiek, hè?'

Vincent klemde zijn tanden op elkaar. 'Het waren de jaren negentig. Iedereen was gekweld.'

Zara wierp hun beiden een blik over haar schouder toe. 'Jullie kunnen later wel flirten. Ik heb iets gevonden.' Ze haalde een dikke ringband tevoorschijn, vol met plastic hoesjes, die elk de versnipperde overblijfselen van een roman leken te bevatten, plus kanttekeningen in minstens vier talen.

Ze sloeg hem open en Vincent verbleekte bij de aanblik van zijn oude handschrift: schuin, zelfingenomen, alsof de pen sneller probeerde te gaan dan de hand. 'Ik dacht dat ik de vroege concepten had vernietigd,' mompelde hij.

'Vertrouw nooit een universiteit met een papierversnipperaar,' antwoordde Zara. 'Bovendien is er een markt voor literaire necromantie.'

Ren maakte een kokhalzend geluid. 'Je bedoelt dat mensen hiervoor betalen?'

'Verzamelaars, voornamelijk. En een enkele archivaris die ervan overtuigd is dat het einde van de wereld verborgen zit in een kanttekening over wijnsoorten.' Zara bladerde verder en stopte bij een blad waar de inkt was doorgelopen en een rorschach van wanhoop had gevormd. 'Hier is het stukje dat ik zocht.'

Ze las hardop, haar stem vervlakkend tot de uitgestreken toon van iemand die werkelijk geschokt is: *Wanneer het derde teken wordt aangeroepen, zal het vat vorm krijgen, zijn contouren bepaald door de herinnering van bloed en de weigering van de geschiedenis om dood te blijven.*

Vincent trok een gezicht. 'Het klonk beter toen ik dronken was.'

Ren snoof. 'Zo ontstaan de meeste tatoeages ook.'

Zara ging verder en bladerde naar een gemarkeerde pagina. 'De moordenaar kopieert niet alleen de profetie. Hij mixt versies. Deze alinea komt uit het Boekarest-exemplaar. Deze zin — *het hoofd zal het merkteken dragen, evenals de handen* — die staat alleen in het privé-manuscript.'

Vincent fronste. 'Welk privé-manuscript?'

Zara keek hem met een zure uitdrukking aan. 'Dat wat je schreef en nooit hebt gepubliceerd. Dat met het... alternatieve einde.'

Er viel een stilte terwijl Vincent zich met toenemende vrees herinnerde wat een 'alternatief einde' in deze context betekende. 'Dat heb ik verbrand,' hield hij vol.

Zara tikte op de pagina. 'Blijkbaar niet goed genoeg. Want er is nog één scène die de moordenaar nog niet heeft uitgevoerd. Die op het gemaskerde bal.'

Ren, die zich op de rand van de tafel had genesteld, liet haar benen bungelen en zei: 'Laat me raden. Toneel links op, er is een feest, iedereen draagt een masker, iemand verliest letterlijk zijn hoofd.'

Zara knikte eenmaal. 'En het hoofd wordt tentoongesteld, in het openbaar, zodat iedereen het kan zien. Het is de grote finale.'

Vincent sloot zijn ogen. Hij herinnerde zich de scène nu, in misselijkmakend detail — geschreven in een koorts, geredigeerd met walging van zichzelf, en (dacht hij) aan de vlammen toevertrouwd. Het was nooit bij hem opgekomen dat iemand het echt zou willen maken.

Ren bladerde door het boek. 'Je hebt zelfs de regieaanwijzingen voor de moord opgeschreven. Dat is naargeestig, maat.'

'Het is geen script,' zei Vincent, meer tegen zichzelf dan tegen iemand anders. 'Het was gewoon... een gedachte-experiment.'

Zara sloot de ringband met een definitief gebaar. 'Nu is het een script. En als de moordenaar het volgt, hebben we misschien achtenveertig uur voor het volgende lijk.'

Ren knipte met haar vingers, alsof ze plotseling geïnspireerd was. 'We moeten dat feestje crashen. Of wat het ook is. Er als eerste zijn.'

Vincents maag draaide zich om. 'Weet je hoeveel gemaskerde

bals er dit weekend in Londen plaatsvinden? Of zelfs alleen al in Soho?'

'Maakt niet uit,' zei Ren, 'we hebben alleen de meest vreemde nodig.'

Zara was het ermee eens, maar haar ogen waren op Vincent gericht, op zoek naar iets. 'Weet je zeker dat je je niet herinnert naar wie je die concepten hebt gestuurd? Geen verzamelaars, geen oude vlammen?'

Vincent aarzelde, en even verraadde zijn gezicht iets kwetsbaars. 'Er was er één. In Shoreditch. Ze noemde zich 'de Redacteur'.'

Ren schaterde het uit. 'O mijn god. Heb jij gedatet met iemand die zich *de Redacteur* noemde? Dat is een niveau van masochisme waar zelfs ik nog niet naar gestreefd heb.'

Vincent kreunde. 'Ik heb niet met haar gedatet. Het was een... transactie.'

'Natuurlijk was het dat,' zei Ren, grijnzend.

'Ze heeft het niet gelekt of gekopieerd. Daar ben ik zeker van.'

Vincent keek het archief rond, naar de rijen verboden kennis, en voelde hoe het verleden zich om hem heen sloot als een strop. Even wenste hij dat hij echt gewoon een doorsnee vampier was, met al het gemakkelijke geheugenverlies dat daarbij hoorde.

Ren sloeg het sonnettenboek dicht en gooide het naar Vincent. Hij ving het uit een reflex en keek toen met een frons naar de opdracht op het schutblad — zijn eigen, in een handschrift dat veel vaster leek dan hij zich herinnerde: *Aan alle lezers die er nooit om hebben gevraagd achtervolgd te worden. — V.L.*

Ze grijnsde. 'Ik denk dat we nu achtervolgd worden, baas.'

Zara deed haar hoofdlamp uit, en de duisternis viel met een perfect gevoel voor timing. 'Laten we gaan,' zei ze, en de echo van haar stem bleef hangen in de holle ruimte. 'We moeten een feestje crashen. En een script herschrijven.'

Ze liepen naar buiten, het ijzeren hek viel achter hen in het slot, en lieten het archief over aan zijn norse, ademende stellingen. Boven wachtte de wereld, en het verhaal was al een hoofdstuk verder.

Daken waren de enige plek in de stad waar Vincent zich een persoon voelde, in plaats van een memo van de afdeling slechte beslissingen van het universum. De wind, die als een mes vanaf de rivier omhoog sneed, hakte de nacht in scherven en joeg de mist zijwaarts, zodat de lucht boven het archief een ijskoude soep was van mist, smog en af en toe een vleermuis met meer ambitie dan verstand.

Vincent duwde de toegangsdeur van het dak dicht en liet de klap achter zich echoën. Ren was al halverwege het grind, een silhouet tegen een skyline die bestond uit gelijke delen gotische torenspitsen en gebouwen die vernoemd waren naar mobiele-telefoonproviders. Ze droeg haar gehavende hoodie als een harnas en staarde de stad in met een intensiteit die erin slaagde zowel roofzuchtig als verveeld te lijken.

Hij friemelde een sigaret uit het verfrommelde pakje en realiseerde zich toen dat de aansteker in zijn linkerzak zat — natuurlijk degene waar hij niet bij kon zonder een onwaardige dans uit te voeren. Ren keek zwijgend toe hoe hij hem eindelijk aanstak. Het trillen van zijn vingers kwam niet door de kou, maar de wind deed een overtuigende poging het voor hem te verbloemen.

Hij nam een trek, blies de rook uit en zag hoe zijn eigen rook en adem in de lucht verstrengeld raakten. 'Weet je,' zei hij, 'in een ander leven zou ik hierboven hebben gestaan om wereldheerschappij te beramen. Of tenminste een dramatische zelfmoord.'

Ren hield haar hoofd schuin en dacht na. 'Nog tijd voor beide, als je multitaskt.'

Hij lachte, kort en verrast. 'Jij bent dus de optimist in deze relatie?'

Ze grijnsde, maar het was zachter dan haar gebruikelijke sneer. 'Alsjeblieft. Als ik optimistisch was, was ik gestopt zodra dit ding op mijn pols verscheen. Of tenminste nadat we een lijk op straat vonden.'

Vincent tikte de as over de borstwering. 'Je went eraan. Aan het existentiële gedoe, niet aan het aantal lijken.'

Ze stonden een tijdje in stilte en keken hoe de lichten door de mist vervaagden. Ergens beneden loeide een sirene, die halverwege de schreeuw afbrak, waardoor alleen het lage, eeuwige gebrom van de stad overbleef.

Ren verbrak de stilte. 'Dus. Is dit het moment waar we zo'n klef moment van verbinding hebben, of is het meer een groepssessie mokken?'

'Waarom niet beide?' zei Vincent.

Ze haalde haar schouders op, greep in haar schoudertas en haalde een thermosfles tevoorschijn, die ze opendraaide en aan hem gaf. Hij nam hem uit gewoonte aan, niet uit verwachting, en snoof aan de inhoud: koffie, goedkoop en zo zwart dat het als bewijs kon dienen in een voogdijzaak.

'Bedankt,' zei hij, en hij meende het. Hij nam een flinke slok; de bitterheid was een welkom tegenwicht voor de sigaret. 'Weet je, toen ik veranderde, dacht ik dat ik mijn smaak voor dit spul zou verliezen.'

Ren keek hem van opzij aan. 'Niet dus?'

Vincent schudde zijn hoofd. 'Alles verandert, maar niet op de manier die je denkt. Je behoudt je oude hongergevoelens. Er komen alleen nieuwe bij.'

Ze knikte, alsof dit het meest redelijke was wat iemand ooit had gezegd. 'Dus je hebt de hele tijd honger.'

Hij keek naar de stad, de koffie, het gekrioel in zijn eigen maag. 'Ja. Op sommige dagen heb ik genoeg honger om de zon op te eten.'

Ren stroopte haar mouw op, waardoor de binnenkant van haar pols zichtbaar werd. De tatoeage van de Pen van het Vat glom zelfs in de schemering zwakjes. Ze strekte haar arm naar hem uit, niet als grap, niet als uitdaging, maar met de vanzelfsprekendheid van een vriendin die een pleister aanbiedt.

Vincent deinsde terug — niet voor het bloed, maar voor het aanbod zelf. Hij schudde zijn hoofd en deed een stap achteruit. 'Dat — nee. Zo wanhopig ben ik niet.'

Ze hield haar pols nog een seconde uitgestoken, haalde toen ongeërgerd haar schouders op en ritste haar mouw weer dicht. 'Moet je zelf weten. Maar als je begint te somberen over je tragische honger, geef ik je met dwang mijn eigen O-negatief te drinken.'

Hij grijnsde schaapachtig. 'Dat zou je nog doen ook.'

Ren grabbelde opnieuw in haar tas, dit keer kwam er een flesje koudgeperst bietensap tevoorschijn. Ze gooide het naar hem toe en hij ving het, verrast door het gewicht. 'Het is een compromis,' zei ze. 'Geen bloed, maar het geeft overal vlekken en smaakt naar aarde. Als je het niet wilt, ruil ik het met je voor de koffie.'

Hij draaide de dop eraf, nam een slokje en trok een vies gezicht. 'Dat is weerzinwekkend.'

Ze schaterde. 'Zie je wel? Nu ben je te druk met lijden om honger te hebben.'

Ze nestelden zich op het dak, zij aan zij op de afbrokkelende betonnen rand. Het lawaai van de stad vervaagde tot een soort onderwaterstilte, de lichten onder hen vervaagden tot blauwe en oranje geesten. Vincent drukte zijn sigaret uit en stond in stilte, terwijl hij de aanwezigheid voelde van het meisje naast hem — een vreemde, menselijke zwaartekracht die hem beter verankerde dan welke mystieke bescherming dan ook.

Het was Ren die de betovering verbrak, haar stem was lager dan voorheen. 'Denk je dat je, als je nog mens was geweest, iets hiervan anders geschreven zou hebben?'

Hij antwoordde eerst niet. De vraag was te groot, of misschien gewoon te voor de hand liggend. In plaats daarvan staarde hij in de mist en liet de stad de stilte vullen.

Toen hij zich eindelijk omdraaide om haar aan te kijken, verscheen er een glimlach op zijn gezicht die niets te maken had met de sigaret of de honger of het lawaai beneden. 'Waarschijnlijk niet,' zei hij, 'maar misschien had ik er dan aan gedacht een pseudoniem te gebruiken.'

Ze lachte, en het was het soort geluid dat bleef hangen, zelfs nadat de mist zich sloot en de wereld beneden slechts uit vormen en vermoedens bestond.

Ze bleven daarboven, kijkend naar de lichten, totdat de kou helemaal was doorgedrongen en de koffie op was. Toen ze eindelijk weer naar beneden gingen, was het als twee mensen die precies begrepen wat het betekende om achtervolgd te worden — en waarom je desondanks doorging.

De stad ademde door. Het verhaal schreef zichzelf verder. En voor het moment was dat genoeg.

NEGEN

De regen beukte zo volhardend tegen het raam dat Vincent zich afvroeg of de hemel een klacht indiende. Hij lag in bed, met zijn gezicht naar de muur, en luisterde naar het aritmische tromgeroffel van het weer en het lagere, bozere contrapunt van iets dat in de keuken met veel geweld werd geblend. Er zat een zekere symmetrie in: de verontwaardiging van de natuur en die van mevrouw Barley, beide voor hetzelfde uur gepland.

Hij hees zich uit bed en slofte door de gang, zijn voeten koud op het hout. De keuken baadde in het felle, goedkope licht van de plafondlamp. Mevrouw Barley stond aan het aanrecht in wat ze beschreef als haar 'formele confrontatie-outfit' — een marineblauw mantelpak, een hooggesloten blouse en een parelketting die waarschijnlijk een beer zou kunnen wurgen. Ze zag eruit alsof ze een oorlogstribunaal ging voorzitten, niet alsof ze de flat kwam schoonmaken.

De blender brulde en viel toen stil. Mevrouw Barley schonk de inhoud — luguber, stroperig, rood — in een rij sherryglazen, waarbij ze het bestaan van bekers die geschikter waren voor het

98

ontbijt volkomen negeerde. Ze ving Vincents blik op, schonk toen opzettelijk een vierde glas in en zette ze op een rijtje op tafel.

Ren lag ondersteboven op de bank, haar hoofd bungelde net boven het plakkerige tapijt. Ze at een boterham van de korst naar binnen, waarbij de kruimels in de capuchon van haar sweatshirt vielen. Haar gezicht vertoonde een sterrenstelsel van slaapvouwen en een uitdrukking die alleen bereikt kon worden door iemand die duidelijk weinig moeite had gehad zich aan te passen aan Vincents 'de hele nacht op, de hele dag slapen'-levensstijl.

'Avond,' zei Ren, waardoor het woord gedempt klonk als 'aovd'.

Mevrouw Barley negeerde haar en fixeerdevincent met een blik die suggereerde dat dit een interventie was, of misschien wel een exorcisme. 'Zit,' beval ze.

Vincent ging zitten. Mevrouw Barley schoof hem een glas toe. Hij snoof aan de rand: tomaten, selderijzout, iets scherps en bloederigs dat geen enkele groente was die hij ooit had geroken. 'Is dit een ontbijt of een waarschuwing?'

'Beide,' zei mevrouw Barley. Ze schoof op de stoel tegenover hem, haar rok landde met de zwaarte van een meteoorinslag. 'We hebben een probleem.'

Ren maakte een wippende beweging met haar hand. 'Is het een "was-in-de-gootsteen"-probleem of een "wereldvernietigende-vampierensamenzwering"-probleem?'

Mevrouw Barley gaf geen antwoord. In plaats daarvan haalde ze een stuk glanzend papier uit haar mouw, vouwde het met chirurgische precisie open en legde het in het midden van de tafel.

Vincent reikte ernaar. De flyer was professioneel gedrukt, zwart en zilver met een klodder diep donkerrood. Bovenaan stond, in een lettertype dat met een rechtszaak dreigde: DE FLUWELEN ADEr NODIGT U VAN HARTE UIT VOOR...

Zijn ogen gleden naar de subtitel: EEN NACHT VAN MASKERADE, BLOED EN DECADENTIE — EEN

RECONSTRUCTIE VAN HET LAATSTE HOOFDSTUK VAN *HET KARMOZIJNEN ARRANGEMENT*.

Hij las het nog eens. En toen een derde keer, voor het geval het weer of de blender zijn bevattingsvermogen in de war had geschopt. 'Dat is niet... dat kunnen ze niet...'

Ren rolde geïnteresseerd overeind. 'Is dat jouw toneelstuk?'

Vincent aarzelde en zei toen, op een toon van iemand die een dubbele moord bekende: 'Ja.'

De glimlach van mevrouw Barley was zo dun als een scheermes. 'Het lijkt erop dat uw fanbase is geëvolueerd. Ze voeren nu immersief dinertheater op gebaseerd op uw ongepubliceerde tragedies.'

Vincent duwde de flyer van zich af, alsof die kon ontploffen. 'Ik heb alle exemplaren van *Het Karmozijnen Arrangement* verbrand.'

Mevrouw Barley tikte op de tafel. 'Duidelijk niet goed genoeg. Het is morgenavond, elf uur, in De Fluwelen Ader.' Ze liet de naam hangen, een vloek of een zegen. 'U zult aanwezig zijn.'

Hij moest er bijna om lachen, maar het gezicht van mevrouw Barley was een bakstenen muur. 'Ik ga niet naar een vampierencabaret gebaseerd op mijn eigen mislukte toneelstuk.'

Ren haalde haar schouders op. 'Ik zou wel gaan. Klinkt leuk.'

Vincent gebaarde naar Ren, boterham en al. 'Waarom kies je haar kant?'

'Dat doe ik niet,' zei Ren. 'Ik denk gewoon dat het geweldig zou zijn. Bovendien, als jij de auteur bent, krijg je gratis drankjes.'

Mevrouw Barley knikte, een zeldzaam moment van eensgezindheid. 'En het is de enige manier om erachter te komen wie hierachter zit. Ze stappen over van fanfictie op performancekunst. De volgende stap is het naspelen van de slotscène.'

Vincent sloot zijn ogen. Hij herinnerde zich de slotscène. Die bevatte drie moorden, een gesimuleerde bloedorgie en de onthoofding op het podium van een personage met de verdachte naam V. Lupo. 'Nee,' zei hij. 'Absoluut niet.'

Mevrouw Barley vouwde haar vingertoppen tegen elkaar, als een bidsprinkhaan die op het punt stond haar partner te verslinden. 'Als u het niet voor uw eigen nalatenschap doet, doe het dan voor de veiligheid van de flat. Of voor de Kelk,' voegde ze eraan toe, met een blik op Ren.

Ren deed alsof ze haar pols controleerde. 'Met mij gaat het prima. Tenzij er een andere profetie is waar ik nog niets van heb gehoord.'

Mevrouw Barley negeerde haar. 'We hebben kostuums nodig. Maskers. Mogelijk vervalste uitnodigingen.' Ze vinkte de vereisten af op haar vingers, elk een spijker in Vincents doodskist. 'Ik regel de logistiek.'

Vincent zag het plan volledig uit de hand lopen, zoals gewoonlijk. 'Ik heb niets om aan te trekken,' zei hij wanhopig.

Mevrouw Barley glimlachte met iets wat op medelijden leek. 'U draagt een masker, Vincent. Dat is juist het punt.'

Hij keek naar de flyer en toen weer naar de sherryglazen. Hij pakte er een op en hield het op ooghoogte. De rode vloeistof was dik en kleefde in slow motion aan de zijkanten. 'Ik dacht dat dit een Bloody Mary was.'

Mevrouw Barley schudde haar hoofd. 'Het is niet om te drinken. Het is voor de show.'

Hij zette het glas neer, zijn handen trilden. Ren, nu rechtop en klaarwakker, maakte haar boterham op en likte haar vingers schoon. 'Als we naar een vampierenfeest gaan,' zei ze, 'dan claim ik het gevaarlijkste masker.'

Mevrouw Barley keek Vincent aan en daagde hem uit te weigeren. Hij dacht aan morgenavond: de muziek, de vreemden, de waarschijnlijkheid dat hij op het podium vermoord zou worden voor het vermaak van onsterfelijke perverten. Hij keek naar Ren, die stuiterde van opwinding, en toen naar mevrouw Barley, die zo onvermurwbaar was als het noodlot.

'Goed,' zei hij. 'Maar ik ga niet applaudisseren als ze mijn sterfscène verkeerd doen.'

Mevrouw Barley tikte op de flyer. 'Brave jongen. En nu drinken. U zult uw krachten nodig hebben.'

Vincent bekeek het glas, toen de kamer, en probeerde zich te herinneren wanneer hij voor het laatst op een feest was geweest dat niet in geschreeuw was geëindigd. Hij nam een slok van de rode vloeistof. Het smaakte naar rode biet, met een afdronk van diepe vrees.

Ren grijnsde. 'Dit wordt fantastisch.'

Vincent betwijfelde het, maar hij dronk toch door.

De storm kwam terug voor ronde twee toen de avond overging in de nacht en rammelde aan de ruiten van Vincents studeerkamer met de verontwaardiging van een bouwinspecteur die de toegang werd geweigerd. Het uitzicht vanaf zijn bureau was een oorlogsgebied van bliksem en schotelantennes; elke flits onthulde iets meer van het pokdalige optimisme van de stad. Binnen was de sfeer niet minder onbestendig: de boeken waren weer begonnen zichzelf te herschikken en verschoven op de planken met de passief-agressieve energie van samenwonende geesten.

Vincent zat aan zijn bureau, of liever, zat erachter ineengedoken, alsof hij zich wilde beschermen tegen de lawine van zijn eigen werk. De correspondentie van die dag lag voor hem uitgespreid — een onmogelijke to-do-lijst van correcties, waarschuwingen en beleefde bedreigingen van Zara. Op de bloedzak naast zijn elleboog parelden condensdruppels in de kou, maar hij negeerde hem met opzet. Zijn handen leken die boodschap echter niet te hebben begrepen. Ze trilden met de felheid van opiumontwenning, of misschien iets esoterischers, terwijl hij steeds dezelfde zin typte, wiste en opnieuw typte.

Hij was zo gefocust op de doelbewuste daad van het niet eten dat hij Ren pas hoorde toen ze in de deuropening stond, een silhouet, omlijst door het blauwe licht van de overloop. Ze droeg dezelfde hoodie als altijd, maar nu met opgerolde mouwen, waardoor het nieuwe merkteken op haar onderarm zichtbaar was: nog rauw, nog steeds zacht gloeiend in de schemering.

'Je vermijdt je lunch,' zei ze.

Vincent keek geschrokken op. 'Ik ben aan het werk.'

Ren snoof. 'Je bent niet eens ingelogd.' Ze stak de kamer over, pakte de bloedzak en hield hem op ooghoogte als een onwillig huisdier. 'Drink het op, anders giet ik het door je strot.'

Hij probeerde te lachen, maar de inspanning bleef in zijn borst steken. 'Zo werkt het niet.'

Ren bekeek hem, haar uitdrukking een mengeling van minachting en bezorgdheid. 'Je bent een vampier, geen martelaar. Als jij wegkwijnt, halen we het derde bedrijf niet.'

Vincent keek weg, zijn blik gericht op de stadslichten die door de regen vervaagden. 'Soms denk ik dat de honger het enige is wat me echt houdt.'

Ze ging op de rand van het bureau zitten en liet haar voeten bungelen als een verveeld kind. 'Dat is de kutste smoes die ik de hele week heb gehoord, en afgelopen zaterdag heb ik met een man gepraat die voor de lol gloeilampen eet.'

Hij sloot zijn ogen. 'Het is niet zo simpel.'

Ren boog zich naar voren, haar stem zacht. 'Echt wel. Je bent bang dat als je je als een monster gedraagt, je er een wordt.'

Hij deinsde terug, maar ontkende het niet.

Rens toon werd een fractie zachter. 'Denk je dat niet eten je menselijker maakt? Het maakt je alleen maar minder van alles. Hongerig, moe, nutteloos. Uiteindelijk zul je te zwak zijn om zelfs nog fatsoenlijk te kunnen somberen.'

Hij opende zijn mond om te protesteren, maar klapte hem toen dicht. Ze had een punt. Hij haatte het dat ze een punt had.

Ren zette de bloedzak voor hem neer, haar hand bleef er even op rusten. 'Kijk, ik snap het. Niemand wil toegeven dat hij iets nodig heeft. Maar op dit moment hebben we je rechtop nodig en niet hallucinerend over poëzie.'

Hij dwong zichzelf tot een lach. 'Zo erg?'

Ze grijnsde. 'Je probeerde gisteravond in je slaap Ozymandias voor te dragen. Het was gênant voor ons allemaal.'

Hij wreef over zijn slapen. 'Goed dan. Ik drink het op. Later.'

Ren stond op en strekte zich uit tot haar ruggengraat kraakte. 'Doe wat je niet laten kunt. Maar zorg niet dat ik dit nog een keer moet doen.'

Hij keek haar na. De kamer was stiller door haar afwezigheid, maar niet bepaald vredig. De bloedzak lag daar, beschuldigend. Hij pakte hem op en draaide hem in zijn handen om.

Hij wilde niet eten. Eten, zelfs uit een medische zak, herinnerde hem aan alles wat hij in zeven eeuwen van hongerige jaren had verloren. Zelfbeheersing. Waardigheid. Een polsslag.

Maar Ren had gelijk. Zo was hij voor niemand van nut. En ook niet voor zichzelf.

Hij draaide de dop eraf en dronk, de smaak was metaalachtig en dik, bijna genoeg om het achtergrondgeluid van zelfhaat te overstemmen.

Toen hij klaar was, veegde hij zijn mond af met de rug van zijn hand en staarde een hele tijd naar de muur.

Zijn telefoon zoemde. Het was een bericht van Ren: 'Probeer jezelf niet in een coma te piekeren. Kom naar beneden als je er klaar voor bent.'

Hij glimlachte, somber maar oprecht.

Hij opende een nieuw bericht en typte een enkel woord: 'Eten? Morgenavond?'

Zijn vinger zweefde boven de verzendknop. Hij stelde zich de Redactrice voor, waar ze ook was, die het ontving. Hij stelde zich voor hoe ze met haar ogen rolde en dan antwoordde met een tijd en een locatie, beide onnodig precies.

Hij drukte op 'verstuur'. Het pijltje knipperde en verdween.

Vincent zakte achterover in zijn stoel en luisterde naar hoe de storm tegen het raam beukte en de boeken onderling mompelden. Voor het eerst in dagen was de honger slechts achtergrondgeluid.

Hij liet zijn gedachten afdwalen, de stadslichten flikkerden in de natte duisternis, en wachtte af wat er zou gebeuren.

TIEN

De Redactrice woonde in een appartement zo wit dat het pijn deed aan je ogen, een appartement dat de opeenstapeling van persoonlijkheid actief afwees. Vincent aarzelde op de drempel, voelde zich smoezelig in vergelijking, alsof hij op het punt stond graffiti in een operatiekamer te spuiten. De verlichting binnen was led, ingesteld op de kleurtemperatuur van een autopsie, en het enige kunstwerk was een vintage afdruk van *Anatomy of Melancholy*, met chirurgische precisie ingelijst boven het bureau. Boekenkasten stonden langs de muren – Ladderax, natuurlijk, want de Redactrice geloofde in de modulaire herschikking van zowel kennis als meubilair – maar in tegenstelling tot de torens van entropie in zijn eigen huis, waren haar planken geordend, gealfabetiseerd, voorzien van kruisverwijzingen en, zo vermoedde hij, wekelijks afgestoft.

Ze opende de deur met de hoede hoffelijkheid van iemand die deurwaarders had verwacht, geen oude collega's. Ze droeg een lang marineblauw vest dat zowel als laboratoriumjas en als sociale barrière fungeerde, en ze had haar haar zo strak naar achteren getrokken dat het haar een academische facelift gaf. De vage geur van natte hond hing in de hal en was in gevecht met het luchtzuiveringssysteem dat ze onlangs had geïnstalleerd. Hij herkende het model: het werd op de markt gebracht voor mensen met een verzwakt immuunsysteem en de extreem paranoïden.

'Je bent te laat,' zei ze en deed toen een stap opzij om hem binnen te laten. Ze nam niet de moeite voor begroetingen, handen schudden of het geklets over de regen dat de rest van Londen had besmet.

Vincent wrong zich uit zijn jas en hing hem aan de haak die ze met een enkel, vorstelijk gebaar aanwees. Hij wierp een snelle blik op het interieur: witte kubuskasten, een witte tafel, witte vloeren, de enige onderbreking in het sneeuwlandschap was een verzameling kleurgecodeerde dossiers op het aanrecht. In de woonkamer klampte een enkele grijze bank zich vast aan het midden van de ruimte als een zandbank in een steriele oceaan.

'Sorry,' zei hij, hoewel hij het niet echt meende.

'Prima. Ga zitten.'

Hij ging zitten. De bank was zo onbezoedeld dat hij kraakte, een geluid dat klonk als een schennis. Vincent wiebelde, maar dwong zichzelf toen stil te zitten, zijn handen gevouwen in zijn schoot als een schooljongen die tussen een proefwerk en een berisping in zat.

Ze schoot langs hem heen, het vest als een synthetische vlag van intentie achter haar aan wapperend, en keerde terug met twee dingen: een eenvoudig glas water en een gloednieuwe doos tissues, nog in de verpakking. Ze zette het glas op de lage tafel voor hem en opende de doos tissues met de efficiëntie van een chirurg die een scalpel uitpakt.

'Wil je de voorwaarden bespreken?' vroeg ze, terwijl ze plaatsnam in een stoel tegenover hem.

'Voorwaarden?'

Ze keek hem aan met een soort afstandelijke geamuseerdheid die hem onmiddellijk het gevoel gaf dat hij ongeschikt was om de kamer met haar te delen. 'Je hebt om een voeding gevraagd. Ik neem aan dat je je gevoel voor grenzen sinds de laatste keer niet bent kwijtgeraakt.'

Vincent voelde het bloed naar zijn oren stijgen. 'Ik... ja. Natuurlijk. Standaardprotocol. Minimaal, eh, volume. Geen permanente sporen. Jij mag de grenzen bepalen.'

Ze hield haar hoofd schuin, pelde toen een tissue van de stapel en depte op een denkbeeldig vlekje op haar pols. 'De linkerarm dan. En alleen tot ik stop zeg.'

Hij knikte, zich plotseling zeer bewust van de manier waarop zijn eigen tong tegen zijn hoektanden drukte, alsof hij te popelen stond om in actie te komen. Hij hield zijn handen op zijn knieën, met witte knokkels, en staarde naar het glas water alsof het een voorliefde voor metaforen zou kunnen ontwikkelen.

Ze zaten een lang, onderzoekend moment in stilte.

Hij was de eerste die de stilte verbrak. 'Jij bent echt niet van de koetjes en kalfjes, hè.'

De blik van de Redactrice werd scherper, een scalpel dat het overtollige conversatievet wegsneed. 'We weten allebei waarom je hier bent. De aanloop is verspilde moeite.'

'Ik zou kunnen doen alsof ik geïnteresseerd ben in je laatste subsidieaanvraag,' bood Vincent aan, 'maar dan zou ik mezelf alleen maar voor schut zetten met een slechte grap over peerreview.'

Ze rolde met haar ogen, maar het was een oude, vertrouwde beweging, een intellectuele tic uit de tijd dat ze om dezelfde academische kruimels hadden gevochten. 'Het project is uitgesteld. Financiering is stopgezet.' Ze boog haar pols en presenteerde hem met een professionele houding. 'Budgettaire beperkingen, je begrijpt het wel.'

'Chronisch,' zei hij, en hij meende het.

Ze observeerde hem nog een halve ademtocht, haalde toen een compact flesje isopropylalcohol, een watje en een pleister uit haar zak. Ze reinigde haar eigen huid met meedogenloze efficiëntie en gebaarde toen dat hij zijn gang kon gaan.

Vincent schoof dichterbij en probeerde te negeren hoe het licht zijn eigen handen er geelzuchtig en vreemd uit liet zien. 'Je zou op zijn minst kunnen proberen dit minder klinisch te maken,' mompelde hij.

De wenkbrauw van de Redactrice trilde. 'Heb je liever een ritueel? Wierook, sfeerverlichting, een beetje zachte jazz?'

'Nooit jazz,' zei Vincent, en ze glimlachten bijna tegelijk.

Maar het moment was puur zakelijk. Hij nam haar arm, voelde de polsslag door de dunne huidlaag en rilde. Ze hield zich volkomen stil, haar ogen gericht op de witte muur achter hem. Een seconde lang voelde hij zich een indringer, een parasiet, maar de honger was nu wakker, boos en elegant, en het leidde hem met een standvastigheid die zijn zenuwen niet konden evenaren.

Hij beet.

De eerste beet was bijna niets, een speldenprik, maar toen het bloed langzaam en precies opwelde, voelde hij de schok van warmte zich verspreiden van zijn lippen tot aan zijn vingertoppen. De Redactrice ademde uit – een hoorbare, beheerste zucht – en haar andere hand klemde zich vast aan de armleuning, haar knokkels werden wit.

Vincent dronk met korte teugjes, vastbesloten de controle niet te verliezen, om het dier onder zijn huid het moment niet te laten bepalen. Hij hield één oog op haar gezicht gericht, keek hoe ze door de roes heen ademde en was zich absurd bewust van de timer aan de muur die de seconden aftelde.

Na precies dertig seconden hief de Redactrice een hand op. 'Genoeg.'

Hij stopte onmiddellijk, maar de nasmaak bleef hangen – metaalachtig, doorspekt met iets dat aanvoelde als herinnering. Hij drukte de tissue op de beet, depte het overtollige bloed weg en bracht met trillende vingers de pleister aan.

Ze nam haar arm terug, inspecteerde zijn werk en boog toen haar pols. 'Nog steeds nauwgezet,' zei ze. 'Je hebt niets van je precisie verloren.'

Hij zakte achterover, beschaamd door de blos op zijn wangen en de pijn in zijn maag; zowel de honger als de verlichting ervan voelde als een vernedering. 'Ik doe mijn best. Wilde geen slechte Trustpilot-recensie krijgen.'

Ze snoof. 'Je bent nog steeds niet grappig.'

'In bepaalde kringen ben ik hilarisch,' zei hij, maar zijn stem was zachter.

Ze zaten een minuut zo, de lucht zoemend van onuitgesproken zaken. De Redactrice pakte het glas water, nam een slok en zette het toen met onnodige kracht neer. Ze bekeek hem onderzoekend.

'Dus wat is het noodgeval? Je komt meestal niet smeken tenzij de wereld vergaat.'

Hij overwoog te liegen, maar de eerlijkheid na het voeden maakte zijn tong altijd losser. 'Het is het vermiste manuscript. Het manuscript waarvoor je me had gewaarschuwd.'

Haar lippen werden een strakke lijn, maar ze keek niet verrast. 'Heb je het gevonden?'

'Erger,' zei hij. 'Het is in omloop.'

De Redactrice leunde naar voren, haar uitdrukking verhardde. 'Wie heeft het?'

Hij schudde zijn hoofd. 'Niet zeker. Maar er is een fanclub. Een sekte, misschien. Het is recursief, de profetie. Of misschien is het gewoon een verdomd script dat tot op de letter wordt gevolgd.'

Ze tikte op de pleister op haar pols, een gebaar dat het midden hield tussen irritatie en nostalgie. 'Je had het nooit moeten schrijven.'

'Jij hebt het geredigeerd,' kaatste Vincent terug en had onmiddellijk spijt van de kleinzieligheid.

Ze liet het van zich afglijden. 'We kunnen het verleden niet veranderen, Vincent. Het enige wat we kunnen doen is de schade beperken.'

Ze zaten daar, oude wonden ademend in de stilte.

Hij herpakte zich en voelde de nieuwe energie in zijn botten sijpelen. 'Ik zal voorzichtig zijn,' zei hij, en toen: 'Dank je wel.'

De Redactrice knikte eenmaal en stond op. Ze verzamelde de medische resten tot een keurig stapeltje en deponeerde het in een prullenbak onder de gootsteen.

Terwijl Vincent zijn jas aantrok, bleef ze bij de deur staan. 'Je schrijft schuldgevoel nog steeds alsof het een genre is,' zei ze.

Hij keek haar aan, echt aan, voor het eerst sinds hij het appartement was binnengekomen. 'En jij redigeert mensen nog steeds midden in een zin.'

Ze glimlachten allebei, een broze glimlach, en ze opende de deur voor hem. Hij bleef op de drempel staan, half verwachtend een afscheid, een waarschuwing, een verzoek om op de hoogte te worden gehouden.

In plaats daarvan zei ze simpelweg: 'Kom niet terug, tenzij het echt nodig is.'

Hij knikte, stapte naar buiten en liet de gang hem opslokken.

De lucht buiten was frisser, minder gedesinfecteerd, en hij slokte het naar binnen, in een poging het knagende gevoel in zijn borst te vervangen door de realiteit van wat hij zojuist had gedaan. Hij voelde zich beter, in de meest letterlijke, biologische zin. Maar de honger was altijd slechts een symptoom geweest, nooit de remedie.

Hij liep, met zijn handen diep in zijn zakken, door de natte gloed van straatlantaarns en probeerde zich niet alle dingen voor te stellen die hij in die witte, antiseptische wereld had achtergelaten.

Wat hij meer dan wat dan ook wilde, was zich terugtrekken in zijn studeerkamer en werken aan zijn nieuwste roman, maar hij moest naar een gemaskerd bal.

Het was nog geen negen uur 's avonds en Vincents huis zag er al uit als het soort spookachtige kleedkamer dat je alleen aantreft bij theatergezelschappen in hun eindstadium of in bepaalde kroegen in Vauxhall. Elk kledingstuk dat hij in zijn zeven eeuwen had verzameld (de laatste twee in kringloopwinkels) was uit de opslag gehaald en door het appartement geslingerd, waardoor een topografie van afgedankte dassen, fluwelen jasjes en haveloze band-T-shirts was ontstaan. De rotzooi was zo compleet dat hij tot in de keuken was uitgedijd, waar Ren op het aanrecht zat, met bungelende benen, en een masker in elkaar knutselde van stroken rode zijde en een lijmpistool dat eigenlijk als wapen geclassificeerd had moeten worden.

Mevrouw Barley bezette de enige overgebleven stoel, poetste een paar oude gevechtslaarzen en bladerde door een catalogus met vintage operacapes, alsof ze auditie deed voor de rol van 'verlepte dood'. Ze droeg haar haar opgestoken, streng als altijd, maar het effect werd tenietgedaan door het wijnrode fluweel dat over haar schoot gedrapeerd lag.

Ren keek naar de laarzen en vervolgens naar de cape. 'Is dat uit de Blitz of gewoon een statementstuk?'

Mevrouw Barley wierp haar een blik toe. 'Ik was erbij tijdens de Blitz, schat. Het statement is dat ik het heb overleefd.'

Ren snoof en hervatte haar eigen knutselwerk. De zijde was waarschijnlijk gestolen – Vincent herkende het niet van een eerder kostuum, en de manier waarop Ren het knipte, duidde op een totale minachting voor herkomst of doorverkoopwaarde. Ze was een beetje slordig met knippen, waardoor het linkeroog iets groter was dan het rechter, wat het een permanente uitdrukking van verbazing gaf.

Vincent was ondertussen verwikkeld in een strijd met zijn eigen garderobe. Het beste wat hij kon opbrengen was een antracietkleurig pak (twee maten te klein, maar 'vintage' als je met je ogen kneep) en een das die zo funest was dat hij zijn eigen herdenkingsdienst had kunnen leiden. Hij bekeek zijn spiegelbeeld in de halspiegel, hopend op 'Byroniaans', maar kwam vierkant uit op 'onterfde begrafenisondernemer'. De voeding bij de Redactrice had hem energiek en zenuwachtig gemaakt, zijn huid elektrisch, en zijn gedachten weigerden zich in een van hun vertrouwde, geruststellend depressieve patronen te nestelen.

Mevrouw Barley betrapte hem op het staren. 'Je bent aan het friemelen.'

Hij trok aan de das. 'De stof jeukt.'

'Natuurlijk jeukt hij,' zei ze, 'het is de bedoeling dat je je ongemakkelijk voelt. Dat heet verkleden. Ga nu zitten, voordat je een naad uitscheurt.'

Hij ging zitten, gehoorzaam als een kostschoolhond, en keek toe hoe mevrouw Barley haar laarzen veterde. Hij kon het beeld van het appartement van de Redactrice niet van zich afzetten – de antiseptische helderheid, de manier waarop haar aanwezigheid elke kubieke meter had gevuld, de honger die nu gestild maar niet bevredigd was. De herinnering bleef haken aan de manier waarop de Redactrice had vermeden verder over het manuscript te praten, ook al was dat het enige waar ze allebei over wilden praten.

Ren viel hem in de rede: 'Je ziet eruit alsof je op het punt staat te trouwen met een crypte.'

Vincent schonk haar een flauwe glimlach. 'Jij ziet eruit alsof je er net eentje hebt beroofd.'

Ze ontblootte haar tanden, verrukt.

Mevrouw Barley was klaar met het strikken van haar laarzen en zwaaide de cape met een zwierige beweging over haar schouders. 'Goed. Neem het plan door, alsjeblieft. Geen improvisatie. Geen heldendaden. We zijn er strikt om te observeren, informatie te verzamelen en ons niet te laten vermoorden door zelfbenoemde vampiers.'

Ren negeerde het laatste deel al. 'Als we worden gezien, rennen we dan of steken we iets in brand?'

'Eerst rennen,' zei mevrouw Barley, 'en dan pas brandstichten als rennen niet werkt.'

Vincent keek naar de wandklok. 'We moeten gaan. De Velvet Vein doet de deuren na middernacht op slot. En ik ben liever niet de afterparty.'

Mevrouw Barley stond op, controleerde de inhoud van haar tas – een compacte spiegel, sleutels, drie teentjes knoflook ('voor het geval dat,' zei ze met een veelbetekenende blik naar Vincent) – en liep toen voorop naar de hal. De spiegel in de gang ving de meesten van hen op terwijl ze voorbijliepen: mevrouw Barley als een gelaarsde revenant, Ren als een flits van rood-zwarte chaos, en Vincent, als hij een spiegelbeeld had gehad, die de achterhoede vormde met al het enthousiasme van een ter dood veroordeelde op een praalwagen.

Buiten schakelde de stad al over naar haar nachtelijke versnelling. De straat glinsterde van de verse regen en de lucht had het kruidige, achterbuurtaroma van natte bakstenen en gefrituurd eten. Ren huppelde de trappen af, voor hen uit, trok haar masker op zijn plaats en mevrouw Barley hield de stille, stationair draaiende auto's aan de stoeprand wantrouwend in de gaten. Vincents zenuwen trilden bij elke voorbijgaande gedaante; de stoot nieuw bloed zorgde ervoor dat elke schaduw aanvoelde als een geladen metafoor.

'Loop niet zo alsof je op het punt staat vermoord te worden,' zei Ren over haar schouder.

Vincent zei: 'Statistisch gezien, als het nog niet is gebeurd, is het hoog tijd.'

Mevrouw Barley snoof, een zeldzaam teken van solidariteit. 'Probeer er in ieder geval uit te zien alsof je erbij hoort.'

Hij probeerde het. Echt waar. Maar de das was verstikkend en het pak jeukte, en elke stap richting de Velvet Vein voelde als een wandeling dieper de buik van een monster in dat hij zelf had gebaard. Hij kon niet zeggen of de emotionele ruis honger, schuldgevoel of gewoon de anticipatie op een nieuwe ramp was. Gelukkig was de locatie maar anderhalve kilometer verderop.

Toen ze de hoek omgingen naar de straat van de club – een zijweg verlicht door neon en de occasionele flikkering van kaarslicht – pauzeerde Ren en wachtte tot de anderen haar hadden ingehaald.

Ze keek Vincent aan. 'Alles goed?'

Hij wilde iets slims zeggen, of op zijn minst iets afwijzends. Maar het beste wat hij kon opbrengen was: 'Laten we het maar achter de rug hebben.'

Mevrouw Barley klopte hem op zijn rug, met een kracht die zijn schouder dreigde te ontwrichten. 'Dat is de juiste instelling, jongen. Laten we nu een spektakel gaan maken en uitzoeken wat we te weten kunnen komen.'

En dat deden ze: drie onwaarschijnlijke vrienden in geleende pracht en praal, op weg naar de Velvet Vein met de grimmige vastberadenheid van mensen die absoluut beter wisten, maar het niet konden laten.

ELF

De Velvet Vein maakte geen reclame. Dat hoefde ook niet. Haar reputatie groeide als stedelijk verval: onvermijdelijk, onstuitbaar en stilletjes verwoestend voor iedereen met enige vorm van fatsoen. Je kreeg een uitnodiging, of je kreeg die niet. De façade, een verlaten illegaal café ingeklemd tussen een ambachtelijke vape-shop en een pandjeshuis dat nooit open was, had een deur zonder bel en een raam dat zo smerig was dat het dienstdeed als een zwarte spiegel. Als je wist waar je moest kloppen, was je al binnen.

Vincent leidde hun opmars, een drie-eenheid van nauwelijks gecoördineerde ongemakkelijkheid: Ren in haar rode zijden masker en 'oorlogsmisdaad-chique' stijl, Mrs Barley geharnast in het kleermakersequivalent van de Conventie van Genève, en hijzelf in de begrafenisdas die hem nog steeds dreigde te verstikken. De uitsmijter, een kolos in een brokaat gilet, bekeek hun trio en knikte toen met een zweem van respect die te kennen gaf dat hij die avond vreemdere gezelschappen had gezien en van geen ervan spijt had.

Ze daalden een zigzagtrap af die eindeloos leek door te gaan, de muren bekleed met oude opgezette dieren en glazen vitrines met geconserveerde bloemen – elk arrangement zorgvuldig samengesteld om zowel bedreigend als duur te zijn. De bas trilde door de stenen, een puls die je eerst in je voetzolen voelde, en daarna in je vullingen. De deur aan de voet van de trap kwam uit op de hoofdzaal van de club, en het effect was minder 'vampierenhol' dan 'de afterparty van het Eurovisiesongfestival in de hel'.

Het was er afgeladen: de oude garde in maatpakken en avondjurken met open rug, hun maskers zo subtiel als banklogo's; de nouveau-riche in neon en latex, gezichten verborgen achter uitgebreide snavels van pestmeesters en spiegelende vizieren. In de lucht hing de geur van gekruid bloed, sigaretten zonder filter en de collectieve inspanning van meerdere eeuwen aan modeflaters. Op elke tafel stond een kaars, elke kaars was zwart, en elk oppervlak glinsterde met het soort residu dat nooit volledig verklaard kon worden, alleen verdragen.

Vincent schoof zijn masker recht (een klassiek zwart domino – weinig moeite, hoge plausibele ontkenning) en overzag de menigte. De gezichten achter de maskers konden van iedereen zijn: verre neven, ex-geliefden, schuldeisers, een enkele historicus. Hij liet zijn blik over hen glijden met de bestudeerde verveling van een vaste clubbezoeker, maar vanbinnen hield hij een lopende inventaris bij van wie hem waarschijnlijk zou proberen te vermoorden en wie alleen maar beledigd zou zijn door zijn aanwezigheid.

Mrs Barley maakte zich onmiddellijk los en bewoog zich met de focus van een forensisch technicus langs de randen van de ruimte. Ze streek met haar vinger langs de bar, inspecteerde de kaarsenschansen en hield met tussenpozen stil om naar het behang te turen alsof ze een onzichtbaar schrift las. Af en toe maakte ze een foto met haar telefoon en stopte die dan weg alsof ze zich schaamde gezien te worden met moderne technologie.

Ren was minder methodisch, meer kinetisch. Ze baande zich een weg door de menigte, nam een champagnefluit van een voorbijkomend dienblad in bezit en vond haar weg naar een klein groepje nieuwe vampiers die eruitzagen alsof ze zo van een gothicavond in Camden waren binnengewandeld. Ze waren verwikkeld in een discussie over de vraag of het authentieker was om 'lokaal te voeden' of op bloedvakanties naar het continent te gaan. Ren, wiens eigen voedingsvoorkeuren begonnen en eindigden bij 'bij voorkeur niet het mijne', mengde zich in het debat met een oogrollende openhartigheid die haar onmiddellijk tot het middelpunt van de groep maakte.

Vincent drentelde wat rond, met de bar als zijn anker. De barman, een prachtige androgyn figuur met een Venetiaans halfmasker, begroette hem bij naam, wat zijn paranoia niet ten goede kwam. 'Lupo,' zeiden ze. 'Ben je terug aan de rode wijnen?'

'Ik probeer sociaal te zijn,' antwoordde Vincent, terwijl hij een gebaar maakte voor een glas van wat er ook maar doorging voor de specialiteit van het huis.

De barman schonk iets diks en karmozijnroods in, gegarneerd met een schijfje citrus. 'Van het huis. Je ziet eruit alsof je het kunt gebruiken.'

Vincent monsterde de zaal en sprak met gedempte stem. 'Nog iets vreemds vanavond?'

De barman glimlachte, een streepje tanden zichtbaar. 'Definieer vreemd. Het is donderdag.'

Vincent aanvaardde dit met een knikje. Hij nam een slok. Het drankje smaakte naar ijzer en liefdesverdriet, met een boventoon van koelopslag. Hij liet het op zijn tong rusten terwijl hij toekeek hoe Mrs Barley een reeks fluwelen gordijnen omcirkelde en Ren haar tafelgenoten aanzette tot een wedstrijdje wie de meest gênante stadslegende over vampierstamvaders kon opzeggen.

De hoofdzaal van de club was gebouwd in concentrische

niveaus, met de dansvloer in een kuil en de zitjes in oplopende terrassen gestapeld als een soort bloedeloos amfitheater. Boven keek een balkon, omzoomd met balustrades, uit op het gebeuren, en Vincent kon net een handvol figuren onderscheiden die zich bewogen met het zorgeloze zelfvertrouwen van mensen die de eigenaar waren, of op zijn minst de schoonmaakrekening betaalden.

Een paar gezichten, zelfs achter de maskers, werden herinneringen. Daar was de Markies, wiens feesten in de jaren 1950 vaker waren geëindigd in politie-invallen dan in applaus; daar was Lady D, haar masker een ingewikkeld vlechtwerk van maliën, wiens smaak in bloedcocktails alleen werd overtroffen door haar smaak in andermans echtgenoten. Maar geen van hen leek Vincent op te merken, of als ze dat wel deden, verraadden hun gezichten niets dan ennui.

Hij begon zich net een beetje te ontspannen, toen een aanwezigheid aan zijn zijde elk alarmsysteem weer op vol volume zette.

Een man in een kostuum dat al vintage was voordat Vincent geboren werd (de eerste keer), met een zwart masker en zijn mond in een subtiele grijns, boog zich dicht genoeg voorover om intiem maar niet bedreigend te zijn.

'Ik had niet gedacht dat ik je hier weer zou zien,' mompelde de man, de woorden precies, het accent ondefinieerbaar. 'Ik hoorde dat je uit de mode was.'

Vincent glimlachte en liet het masker de helft van het werk doen. 'Ik ben een klassieker. Soms komen die terug.'

De man lachte, zacht en oprecht. 'Niet als je de schrijver bent. Schrijvers zijn altijd de eersten die gaan.'

Ze wisselden een korte, geladen stilte uit. Vincent liet het gesprek hangen, omdat hij zich niet wilde vastleggen aan een herinnering of een herkenning.

De ogen van de man glinsterden achter het masker. 'Als je op zoek bent naar problemen, ben je een paar eeuwen te laat.' Hij lichtte zijn glas – iets bleeks en bubbelends – en loste op in de menigte, alsof hij alleen even was gestopt om Vincent aan zijn eigen overtolligheid te herinneren.

Vincent ademde uit en besefte toen dat hij zijn adem had ingehouden.

De menigte op de vloer verschoof en maakte ruimte toen een nieuwe dj plaatsnam, die iets draaide dat klonk als Boney M op absint. Vincent keek naar de dansers, hun bewegingen afwisselend soepel en roofdierachtig, en vroeg zich af of er enig echt plezier in zat, of dat iedereen hier alleen maar deed alsof tot iemand 'laatste ronde' riep.

Aan de rand van de zaal voltooide Mrs Barley haar ronde en dreef terug naar Vincent. Haar ogen, scherp achter een schildpadbril (gedragen over haar masker, in een schijnbare daad van agressie tegen zowel mode als de natuurwetten), monsterden hem van top tot teen. 'Geen spoor van Carmine's oude ploeg,' zei ze met zachte stem. 'Maar ik heb drie actieve magische beschermingen op de wijndeur gevonden, en iemand gebruikt beenderas als tafelkruiden.'

'De hygiëne van de club is er echt op vooruitgegaan,' grapte Vincent.

Ze negeerde het sarcasme. 'Ziet u iemand van de profetie-aanhang?'

Vincent schudde zijn hoofd. 'Alleen de gebruikelijke verdachten. Eén persoon was misschien bij de menigte in Boekarest, maar ik ken zijn naam niet.'

Mrs Barley overwoog dit, haalde een notitieblokje uit haar tas en krabbelde iets op. 'Ren heeft vrienden gevonden,' merkte ze op, met een rukje van haar kin naar de danskuil.

Vincent volgde haar blik. Ren speelde nog steeds de baas, haar masker scheef, en was duidelijk bezig met het winnen van een weddenschap. Het groepje jonge vampieren was overgestapt van klagen over bloedlijnen naar ruziën over de vraag of zonnelampen echt werkten als een vorm van recreatieve zelfverminking. Vincent was blij haar te zien glimlachen, ook al was het de glimlach van een kat die de vogelkooi omverstoot.

Hij wendde zich weer tot Mrs Barley. 'Moeten we ons mengen, of plausibele ontkenning handhaven?'

Ze trok een wenkbrauw op. 'Ze is sterker dan ze eruitziet, het komt wel goed met haar.'

Hij dronk zijn glas leeg en vertrok toen naar de bovenste verdiepingen. Op de tweede etage van de club was het minder druk, de lucht koeler, de verlichting

zo zwak dat je kon doen alsof je was wie je maar wilde zijn. Hier waren de maskers uitvoeriger – veren, pailletten, zelfs een die eruitzag alsof hij was gemaakt van echte tanden – en de gesprekken werden gevoerd in lage, achterdochtige fluisteringen.

Vincent vond een uitkijkpunt bij de reling en overzag de club beneden hem. Hij ving een glimp op van Ren die door de menigte slingerde, een spoor van gelach en half gemorste drankjes achterlatend. Mrs Barley had zich bij een verzameling oude schilderijen geposteerd en onderzocht de lijsten met de interesse van iemand die op zoek is naar geheime vakjes.

Het moment van rust duurde niet lang.

Een hand sloot zich koud en hard om Vincents pols en trok hem weg van de reling.

Hij draaide zich snauwend om, maar de figuur die hem had vastgegrepen was nog niet de helft van zijn eigen grootte – een jonge vrouw met een masker van porselein en goud, met ogen wijd van wat angst of devotie had kunnen zijn.

'Jij bent hem,' fluisterde ze. 'Jij bent degene die het geschreven heeft.'

Vincent voelde een rilling, kouder dan de lucht in de club, door zijn buik trekken. 'Wat geschreven?'

Ze lachte, een broos geluid. 'Het verhaal. Het script. Jij bent de reden dat we hier allemaal zijn.'

Vincent probeerde zijn hand los te trekken, maar ze hield vast. 'Als dit een fan-dingetje is, ik zet geen handtekeningen meer—'

Ze schudde haar hoofd, langzaam en bedachtzaam. 'Het is geen fandom, Lupo. Het is een erfenis.' Haar hand viel weg, en ze verdween in het trappenhuis, haar voetstappen verzwolgen door de bas.

Vincent keek haar na en controleerde toen zijn pols. Daar, in perfect schrift, had ze met haar vingernagel een symbool getekend: drie halvemanen, verbonden in het midden. Het teken van de Carmine Profetie.

Hij rilde, en voor het eerst in maanden was het geen gemaaktheid.

Hij keerde terug naar de bar, nog steeds wrijvend over de plek op zijn pols, en bestelde nog een drankje. De barman trok een wenkbrauw op, maar zei niets.

De club begon aan de randen te vervagen, de menigte dichter, de muziek harder, de lucht zwaar van het gevoel dat er iets belangrijks stond te gebeuren en niemand de eerste wilde zijn om het te erkennen.

Vincent wierp een blik op Ren – nu in diep gesprek met haar nieuwe sekte, hun gezichten geanimeerd en hun maskers scheef op hun voorhoofd – en op Mrs Barley, die in een verhit debat was met een man met een bisschopsmijter en een smoking. Hij voelde zich heel erg alleen, heel erg de buitenstaander, wat zowel vertrouwd als volkomen onwelkom was.

Hij drentelde, met zijn gedachten ergens anders, en miste bijna de man in het vintage kostuum toen hij voor de tweede keer langs hem streek.

Deze keer hield de vreemdeling stil, boog zich dicht naar hem toe en fluisterde rechtstreeks in Vincents oor:

'Het verhaal eindigt wanneer je het leeg laat bloeden.'

Vincent verstijfde. De woorden raakten hem als een hamerslag op zijn borstbeen: de exacte zin van het afgehakte hoofd in zijn koelkast. De kenmerkende regel uit een script dat hij eeuwen geleden had geschrapt.

Hij draaide zich om, maar de man was al weg, verloren in de stroom van lichamen. Vincent voelde het glas trillen in zijn hand, het bloed – synthetisch of niet – zoemend in zijn aderen.

Daar stond hij, omringd door maskers en monsters, en besefte, met de zekerheid van een man die zijn eigen overlijdensbericht leest, dat iemand in deze kamer precies wist wie hij was.

En erger nog: ze wisten wat hij had geschreven.

Ren zag vanaf de rand van de danskuil hoe Vincent bleek werd aan de bar. Sinds hun eerste ontmoeting was hij een toonbeeld van nerveuze energie geweest, maar nu had hij de blik van een man die zijn eigen gezicht op een opsporingsposter had gevonden.' Ze liet hem nog een minuut zweten en kwam toen in actie.

Ze onderschepte hem aan de voet van de trap en greep zijn elleboog vast met een greep die haar bedoelingen duidelijk maakte. 'Naar boven. Nu.'

Vincent knipperde met zijn ogen; het masker deed weinig om de verwarring te verbergen. 'Kan dit wachten? Ik sta op het punt om op een beschaafde manier een paniekaanval te krijgen – innerlijk, en met wijn.'

Ren rolde met haar ogen. 'Je bent niet grappig. Niet nu.'

Hij hief zijn handen op. 'Goed. Ik luister.'

Ze stuurde hem de smalle trap op, langs een zoenend stel in gevederde tijgermaskers en een vrouw die iets beestachtigs in het oor van haar date fluisterde. Op de overloop dook Ren een privé-alkoof in – ooit een sigarenlounge, nu de kleinste paniekkamer ter wereld – en sloot de deur met de autoriteit van een vrouw die op het punt staat een ondervraging te leiden.

Vincent zocht een stoel, vond alleen een versleten tweezits-bank en ging op het uiterste randje zitten, knieën tegen elkaar, de handen in overgave als een kerktorentje ineengeslagen. 'Krijg ik een telefoontje, of breek je gewoon mijn vingers tot ik praat?'

Ren plofte neer in de stoel tegenover hem, haar ogen scherp boven het masker. 'Je bent niet grappig. Niet op dit moment.'

Hij stak zijn handen op. 'Prima. Ik luister.'

Ze zette haar tas op tafel en haalde er een zine uit: gehavend, bevlekt, de randen gerafeld door het reizen. 'Dit heb ik vorig jaar in Praag op de kop getikt, toen ik me net begon te interesseren in... het occulte en zo. Toen betekende het niets. Nu...' Ze sloeg het open, bladerde er met haar duim doorheen tot ze de pagina vond. Ze las voor:

'Het merkteken zal overgaan via bloed en inkt,
het vat ongemerkt,
de auteur ongered;
wanneer het hart weigert het verhaal af te wijzen,
laat dan de tong worden afgesneden voor het grotere script.'

Ze sloeg de zine hard op tafel. 'Dat ben jij, Vincent. Dat is jouw stijl. Je signeert het praktisch.'

Vincent staarde naar de pagina en herkende niet alleen zijn formulering, maar zijn daadwerkelijke, letterlijke handschrift. 'Het is slechts een slechte vertaling,' zei hij met holle stem. 'Ik bedoelde het alleen als een metafoor.'

Ren leunde voorover, zo dichtbij dat hij het zout van haar

zweet rook, de goedkope hars van het masker. 'Wil je erin zitten? In de profetie, bedoel ik. Wilde je altijd al de hoofdpersoon zijn?'

Vincent deinsde terug, maar de vraag moest beantwoord worden. Hij reikte naar de zine, zijn vingers zweefden net boven het papier. 'Nee,' zei hij, maar het klonk slap.

Ren gaf niet op. 'Waarom zit ik er dan in? Waarom heeft het het over een ongemerkt vat? Waarom komt elke versie die ik vind overeen met wat er met mij gebeurt?'

Vincent voelde de wanden van de kamer op zich afkomen. 'Ik weet het niet. Misschien ben je een betere hoofdpersoon. Misschien raakte het universum verveeld en is het de cast gaan herzien.'

'Lulkoek,' snauwde Ren. 'Jij hebt me hierin geplaatst. Je wist precies wat er zou gebeuren.'

Vincent vond zijn stem alleen terug door zich Mrs Barley's teleurstelling voor te stellen als hij het gesprek hier zou laten eindigen. 'Ik heb dit nooit gewild. Niet voor jou, en voor niemand. Ik probeerde te voorkomen dat het naar buiten kwam. Daarom heb ik de concepten verborgen. Daarom heb ik—'

Ze onderbrak hem. 'Maar dat heb je niet gedaan. Je liet het gewoon rondslingeren, wachtend tot iemand zoals ik erover zou struikelen.'

Hij sloot zijn ogen. 'Als het helpt, ik haat mezelf meer dan jij ooit zou kunnen.'

Ren bestudeerde hem, de woede maakte langzaam plaats voor een soort grimmige, broederlijke empathie. 'Het helpt niet. Maar je liegt er tenminste niet over.'

Ze pakte de zine terug en stopte hem in haar tas. 'En wat nu? Blijven we gewoon rennen tot het verhaal ons zat is?'

Vincent probeerde te lachen, maar het werd een hoestbui. 'Ik denk dat dat de plot is.'

Er werd op de deur van de alkoof geklopt. Vincent schrok op; Ren vertrok geen spier.

Mrs Barley opende de deur met de zakelijke stiptheid van een gezondheidsinspecteur die het pand al heeft afgekeurd. 'Jullie twee,' zei ze. 'Nu.'

Ze volgden haar naar buiten, Vincent dankbaar voor de afleiding, Ren met een blik alsof haar het laatste woord was ontnomen.

Mrs Barley leidde hen naar het uiteinde van het balkon, waar een enorm olieverfschilderij scheef aan de muur hing. Ze wees erachter, voorzichtig om de lijst niet aan te raken. 'Kijk.'

Vincent boog zich over haar schouder. In het pleisterwerk gekrast, nog nat en glinsterend in het zwakke licht van de club, was het Carmine-zegel: drie halvemanen, verbonden in het midden, omringd door een gekrabbel van tekst in een taal die Vincent zich nauwelijks herinnerde maar onmiddellijk herkende als de zijne. De geur van acrylverf hing in de lucht, goedkoop en vers.

Ren strekte haar hand uit, maar Mrs Barley hield haar tegen met een scherp: 'Niet aanraken.' Ze haalde een zaklamp uit haar tas en scheen op de glyphe. Het licht ving de randen, accentueerde de rode druppels die de muur bespatten.

Mrs Barley's stem klonk somber. 'Wie dit ook doet, is hier vanavond. Hij kijkt toe.'

Vincent slikte. 'Het is een waarschuwing.'

'Nee,' corrigeerde Mrs Barley. 'Het is een uitnodiging.'

Ze stonden in stilte, het lawaai van de dansvloer plotseling gedempt en ver weg, alsof het verhaal op pauze was gezet terwijl zij bijkwamen. Ren wierp een blik op Vincent, haar ogen wijd maar standvastig. Hij wilde iets zeggen – wat dan ook – maar zijn hoofd zat vol met alle dingen die hij had geschreven, alle eindes die hij had proberen uit te wissen en nu niet meer kon.

Mrs Barley deed een stap achteruit en borg de zaklamp op. 'We rennen niet weg. Deze keer niet.'

Ren knikte, en zelfs Vincent merkte dat hij het ermee eens was.

Met z'n drieën stonden ze voor het teken, verenigd door toeval en ontwerp, terwijl de rest van de club doordraaide in zijn onwetende, bloedige ritme.

En in de stilte die volgde, begreep Vincent het eindelijk: ze lazen het script niet meer.

Ze zaten er middenin.

TWAALF

Vincent werd wakker van de geur van bleekmiddel, een geur zo puur en indringend dat het voelde alsof de lucht hem een nasaal klysma gaf. Even bleef hij liggen met dichtgeknepen ogen, in de hoop dat als hij de geur maar hard genoeg negeerde, die zou overgaan in de bekendere stank van verbrande toast, of, idealiter, helemaal niets. Maar het universum had, zoals altijd, de memo niet gelezen.

Het appartement weergalmde van het geluid van Mrs Barley, die haar frustraties botvierde op de keuken. Het ritme was onmiskenbaar: niet het halfslachtige deppen van een normale schoonmaakbeurt, maar het soort schrobben dat een oorlogsdaad was. Vincent keek op de klok (tien over zeven, wat heldhaftig of misdadig was, afhankelijk van hoe je over de vroege avond dacht), overwoog zich onder de dekens te verstoppen, kreunde en zwaaide toen zijn benen uit bed. Het tapijt was koud, korrelig met de confetti van eerdere rampen.

Hij trof Mrs Barley gebogen voor de koelkast aan, haar hele lichaam in gevechtshouding. Ze droeg een gesteven marineblauw schort over een geruite ochtendjas en uit de zak van het schort stak een arsenaal aan schoonmaakgerei: een spuitfles, een spons, een houten lepel die nog nooit voor voedsel was gebruikt. Haar haar zat in zijn gebruikelijke zilveren steiger, maar in het heetst van de strijd waren er diverse spelden losgeraakt.

Vincent schraapte zijn keel. 'Als ik het goed begrijp, hebben we een biohazardincident gehad?'

Mrs Barley keek niet op, maar viel een vlek op de koelkastdeur aan alsof die pootjes zou kunnen krijgen en zich verkiesbaar zou stellen. 'Zoiets, ja.'

'Wil ik de details weten?'

Ze wrong de doek uit, haar knokkels wit. 'Kijk zelf maar.'

Ze stak haar kin richting de koelkast. Het gebaar was zo kortaf dat het bijna als fysiek geweld telde.

Vincent opende de deur en zette zich schrap voor iets wat de toon voor zijn hele week zou zetten. In plaats daarvan vond hij de gebruikelijke parade van restjes en yoghurt die rijp was voor de plaats delict, maar ingeklemd tussen zijn persoonlijke voorraad AB-negatief (voor speciale gelegenheden: bruiloften, bar mitswa's, als Liverpool de competitie wint, et cetera) en een verdacht grote pot augurken, lag een vel papier zo dik dat het door kon gaan voor een politieschild.

Hij pakte het eruit en zorgde ervoor de natte rand niet aan te raken. Het papier was zwaar, duur, het soort papier waarvan je je schuldig voelde als je er niks belangrijks op schreef. De tekst, die beide kanten besloeg in een vinnig, hoekig handschrift, had de kleur van oude roest en was onmiskenbaar geen inkt.

Vincents hartslag schoot omhoog en kalmeerde toen tot een doffe, bekende irritatie.

Hij scande de bovenste regels en prevelde de woorden voor zich uit.

'De beker stroomt over, maar niet voor de dorst. De ader vloeit,

maar niet voor de honger. Laat het koor zijn tanden slijpen, want het einde komt niet met het gefluister, maar met het gejammer.' Hij wierp een blik op de ondermarge, waar drie symbolen zo hard waren gestempeld dat het papier bol stond. 'Leuk. Subtiel.'

Mrs Barley maakte een geluid alsof ze een egel aan het wurgen was. 'En?'

Vincent deed de koelkast dicht en hield het vel op armlengte, alsof het radioactief zou kunnen zijn.

Vincent keek naar de rand van het papier, en toen naar zijn vingers. Er zat een vage, bruinrode veeg op, plakkerig en onaangenaam. 'Oké. Nou. Ze gebruiken in elk geval fatsoenlijk papier.'

Mrs Barley kneep haar ogen tot spleetjes, waardoor haar gelaatstrekken een scherpte kregen die zelfs industrieel bleekmiddel niet kon afstompen. 'Je bent weer van die... gedichten aan het schrijven.'

'Sektedichten,' vervolgde ze, haar stem zo afgebeten als een guillotine. 'Die waarvan je zei dat je ermee gestopt was na het incident met de Bisschop.'

Vincent liet de beschuldiging even in de lucht hangen. 'Dit is niet van mij.'

Mrs Barley keek alsof ze een kom koud braaksel voorgeschoteld had gekregen. 'Het is jouw handschrift.'

Vincent staarde naar het schrift en liet zijn blik toen naar haar glijden. 'Het is een imitatie. Vleiend, als je de overduidelijke psychologische instabiliteit negeert.'

Mrs Barley snoof. 'Daar zou jij alles van weten.'

Vincent negeerde de sneer en bestudeerde het vel met de forensische somberheid van een man die zijn eigen slechte recensies leest. De tekst was compact, geschreven in afwisselende blokken Engels en wat Latijn had kunnen zijn, maar ergens in de kantlijnen was gemuteerd. Op gezette tijden gleden er kanttekeningen in de open ruimtes, geschreven in een krullerig schrift dat probeerde op het zijne te lijken, maar daarin faalde.

Hij las nog een regel hardop, zijn stem broos. *'De honger van de schrijver overleeft het lichaam. Het verhaal voedt, zelfs als de inkt schift.'*

Mrs Barley veegde haar handen af aan een theedoek die ooit wit was geweest en nu de vlekken droeg van honderd onopgeloste mysteries. 'Wat betekent het?'

Vincent legde het vel op het aanrecht en drukte zijn vingertoppen in het papier tot ze er bijna doorheen braken. 'Het is een performance. Of een profetie. Of allebei. Maar het is niet van mij.'

Mrs Barley ging op het randje van een stoel zitten en sloeg haar armen over elkaar als een rechter bij een oorlogstribunaal. 'Als het niet van jou is, waarom lag het dan in onze koelkast?'

Vincent wou dat hij 'toeval' kon zeggen, maar het woord bleef in zijn keel steken. 'Iemand wil dat ik het zie. Wil dat wij het zien.' Hij tikte op de hoek van de pagina, waar de karmozijnrode drievoudige halvemaan zwak glom. 'Ze sturen een boodschap.'

Het gezicht van Mrs Barley vertrok geen spier, maar haar ogen schoten naar de gang, de achterdeur, de ramen – ze controleerde zoals altijd de uitgangen.

'Ga je het de anderen vertellen?'

Vincent haalde zijn schouders op en had er meteen spijt van. 'Ze komen er snel genoeg achter. Ren kan niet langs een koelkast lopen zonder existentieel te worden.'

Mrs Barley snoof. 'Dus wat doen we? Wachten op de volgende levering?'

Hij wierp een blik op de klok en besefte dat hij nog geen tien minuten op was en de nacht nu al antwoorden eiste. 'We bewaren de pagina. Misschien kan Zara het analyseren. Of we wachten op zijn minst op het onvermijdelijke vervolg.'

Mrs Barley gromde en begon toen met nog meer overgave de

koelkast te schrobben. 'Als dit vlekken op de deur achterlaat, vervang je dat hele ding.'

'Dat zet ik op de lijst.'

Hij wilde weggaan, maar de stem van Mrs Barley hield hem op de drempel tegen.

'Vincent,' zei ze, zo zacht dat het een waarschuwing of een gebed had kunnen zijn. 'Begin ze niet weer te schrijven. Alsjeblieft.'

Hij aarzelde en knikte toen eenmaal.

'Was het niet van plan,' zei hij, maar de woorden smaakten naar een leugen.

Ren arriveerde in de keuken midden in een discussie, al leek haar tegenstander voor de verandering de kop koffie te zijn die ze in haar rechterhand geklemd hield. Bij elke lettergreep stootte ze die tegen haar tanden, alsof ze de mok uitdaagde om haar tegen te spreken, terwijl haar linkerhand de telefoon bediende met een snelheid waar de gemiddelde bookmaker van onder de indruk zou zijn. Haar haar stond op maximale cafeïnesterkte; haar krullen trilden van de statische lading van iemand die de dag was begonnen met Red Bull en de drang om iets te bewijzen.

Ze stopte in de deuropening, met één opgetrokken wenkbrauw. 'Onderbreek ik een moord, of is dit gewoon de voorjaarsschoonmaak?'

Mrs Barley, nog altijd verwikkeld in haar eenvrouwsoorlog tegen de koelkast, antwoordde zonder op te kijken. 'Vraag het hem maar.' Ze wees met haar duim naar Vincent, die voorovergebogen over de keukentafel zat met het dikke perkament voor zich uitgespreid, zijn uitdrukking ergens tussen die van een forensisch analist en een hond die net een goocheltruc heeft gezien.

Ren kwam dichterbij en hield haar koffie voor zich uit als een politiebadge. 'Dat is toch niet weer zo'n...' Ze hield stil, haar ogen vernauwend. 'Is dat geschreven in... bloed?'

Bij gebrek aan een betere tactiek schoof Vincent het vel haar kant op. 'Gefeliciteerd. Je bent de nieuwe lezer-in-residentie.'

Ren zette haar kopje neer, veegde haar handen af aan haar spijkerbroek en boog zich over het document. De spieren in haar kaak spanden zich bij elke regel aan. 'Het is niet zomaar een gedicht,' zei ze, haar stem dun en vlak geworden. Ze streek met een vinger langs de linkermarge en zorgde ervoor dat ze de plakkerige rand niet aanraakte. 'Dit is een script voor een toneelstuk. Er staan aanwijzingen in – regieaanwijzingen – 'verlaat het toneel, opge-jaagd door honger.' Een deel ervan is in code, of—'

'Het is Oudslavisch, maar met meer sarcasme. Uit *Het Karmo-zijnen Masker*. Mijn laatste grote werk voordat de Orde me verbande uit het live theater. Ze lazen het als een profetie, of op zijn minst als een handleiding.'

Ren las verder, haar lippen bewogen geruisloos, en keek toen op. 'Dit is de voorlaatste scène. Die voor het bloedbad.' Ze tikte op een regel. 'Maar deze zijn nieuw. Ik kan me niet herinneren dat je me hier iets over verteld hebt.'

'Omdat ik dat niet heb gedaan,' zei Vincent. 'Het is nieuw. Iemand heeft aanpassingen gemaakt. Vrijelijk, en zonder enig gevoel voor genreconsistentie.'

Mrs Barley, die nu met de wreedheid van Lady Macbeth haar handen spoelde, mepte met een theedoek op een vlek op het aanrecht en zei: 'Dus ze improviseren. Prachtig.'

Ren tuurde opnieuw naar de pagina, nu met de voorzichtig-heid van iemand die naar landmijnen zoekt. 'Wie is het extra personage?' 'De Fantoom-Auteur?' 'Dat ben jij niet?'

Vincent schudde zijn hoofd. 'Ik schreef mezelf er altijd uit tegen de derde akte. De rest was bedoeld als een waarschuwing, niet als een auditie.'

Rens telefoon piepte. Ze negeerde het. 'Dus we hebben een moordenaar met toegang tot je oude werk, een voorliefde voor symboliek en een sterke mening over het belang van repeteren. Nog iets?'

Vincent pakte het vel en draaide het om. 'Ze hebben een briefje achtergelaten.' Hij wees naar de kantlijn, waar één woord, in blokletters en nog plakkerig, in een ander handschrift was gekrabbeld.

SPOEDIG.

Ren, met de koffie weer in de hand, hief haar kopje in een schijnsaluut. 'Op de vooruitgang.'

Vincent stond zichzelf een halve glimlach toe en legde het vel toen met overdreven voorzichtigheid neer. 'Het is geen vooruitgang. Het is escalatie.'

Ze zaten alle drie in stilte en keken naar het script alsof het zichzelf zou kunnen opvoeren. De koelkast, zijn strijd gestreden, begon weer te zoemen op de achtergrond – een bromtoon die ineens luider was dan voorheen, alsof zelfs de apparaten doorhadden wat er zat aan te komen.

Vincent staarde naar het woord, de lijnen nog nat, door het papier heen bloedend.

'Spoedig,' zei hij, zijn stem kurkdroog.

Ren knikte. 'Ja,' zei ze. 'Maar waarschijnlijk niet spoedig genoeg.'

En even hield de keuken zijn adem in, terwijl ze alle drie wachtten op de volgende aanwijzing.

DERTIEN

Het afgehakte hoofd was terug.

Niet in de existentiële zin – dat specifieke metafysische spelletje had Vincent al verloren – maar in de zeer letterlijke, zeer reële, zeer vochtige zin van een mensenschedel op de bovenste plank van zijn koelkast, neergestreken tussen de voordeelbak Griekse yoghurt en de sriracha met de aangekoekte spuitmond. Het rustte op een vers vel bakpapier als een specialiteit van de slager. Het langzame sijpelen van wat ooit een nek was, drong door de vouwen heen en verzamelde zich in een klein, waardig plasje in het bakje kerstomaatjes eronder. Iemand (bijna zeker Vincent, hoewel geloofwaardige ontkenning het enige was wat hij nog had) had de kin van het hoofd omhooggeduwd, zodat de troebele, halfgesloten ogen er recht uit staarden wanneer de koelkast werd geopend.

En zo vond Ren het om 19:42, op weg om wat volgens haar de laatste eetbare banaan in het gebouw was te stelen.

Daar stond ze, met de deur nog open, het koude licht dat haar gezicht een blauwtint gaf die meestal is voorbehouden aan balsemvloeistof en de zenuwen voor een eerste date. Een lang moment zei ze niets. Toen reikte ze naar binnen, greep de banaan en sloot de deur met een zachte, geduldige klik.

Vincent stond al in de keuken, tegen het aanrecht geleund, met zijn armen over elkaar en een nonchalante uitdrukking op zijn gezicht, waarmee hij niemand voor de gek hield, behalve zichzelf. Hij keek haar aan met de behoedzame beleefdheid van een huiskat die net een onbetaalbare vaas heeft omgestoten en afwacht of iemand het heeft opgemerkt.

Ren wees met haar duim richting de koelkast. 'Is er een verklaring voor dat afgehakte hoofd, of doen we er gewoon mee alsof er niets aan de hand is?'

Vincents mond bewoog even. Toen: 'Het is niet van mij.'

Ren overwoog dit. 'Dat heb je eerder gezegd. En het bleek steeds niet waar te zijn.'

Hij haalde zijn schouders op met een beweging die voor een epileptische aanval had kunnen doorgaan. 'Ik kan de herkomst uitleggen, als je wilt. Ik wilde alleen je eetlust niet bederven.'

Ren keek naar de banaan, toen naar de koelkast, toen naar Vincent. 'Het is nu een beetje laat voor het concept "bederven".' Ze liep naar de tafel en trok met een laars een stoel naar achteren. 'Ik neem aan dat het recent is?'

Vincent knikte, dankbaar voor de impliciete tijdlijn. 'Het is een paar uur geleden weer verschenen. Verpakt, zoals je zag. Mevrouw Barley heeft het al een keer weggedaan. De avond dat jij bij ons op de stoep stond, om precies te zijn.'

Ren zat op het puntje van haar stoel, haar armen over elkaar geslagen als een griffier bij een bijzonder levendig gerechtelijk onderzoek. 'Was het aan jou gericht? Of is dit een algemene dreiging?'

'Alleen het hoofd. Geen kaart. Geen context. Zelfs geen geestig Post-itje.'

De koelkast zoemde door, tevreden in zijn rol als 's werelds koudste trofeeënkast.

Ren pulkte aan de banaan, maar haar aandacht was op Vincent gericht. 'Wie is het?'

Vincent sloot zijn ogen. 'Het hoofd? Een ex-cultist, denk ik. Maximus heette hij. Of zo noemde hij zichzelf in de e-mails, althans. Hij was kwistig met Carmine-glyfen, en karig met basisgrammatica.'

Ren floot zachtjes. 'Profetiedrama dus?'

'Vrijwel zeker.'

Ze dacht na en zei toen: 'Ga je er iets aan doen, of is dit gewoon het nieuwe normaal?'

Vincent tikte met zijn vingers tegen zijn elleboog, een zenuwtrekje dat na eeuwen een deukje in zijn huid had gesleten. 'Ik gaf het een uur. Soms groeien ze weer aan, of krijgen ze benen, of ze...' Hij maakte een vaag, opwaarts gebaar, 'verdwijnen gewoon in het niets.'

Ren trok een gezicht. 'Heeft dat eerder gewerkt?'

Hij dacht na. 'Eén keer, in 1910. Maar het liet een vlek achter.'

Ren nam een hap van de banaan. 'We kunnen gewoon de politie bellen.'

Vincents lach was schor. 'Ja, laten we dat doen. Hallo, agent, iemand heeft me het afgehakte hoofd van een occultist gestuurd, alweer. O, en trouwens, kijkt u alstublieft niet te nauwkeurig naar de bijtsporen op de schedel.'

Ren kauwde, onverstoorbaar. 'Wat zou je doen als je niet... nou ja. Ondood, betrokken, enzovoort was?'

'Ik zou drinken,' zei Vincent uitdrukkingsloos. 'Maar jij lijkt een nuchtere periode te hebben, dus laten we brainstormen.'

Ren gooide de bananenschil in de prullenbak en ijsbeerde toen door de keuken, haar sportschoenen piepten op de tegels.

'Oké. Ten eerste hebben we handschoenen nodig. Misschien een tang.'

Vincents wenkbrauwen schoten omhoog richting zijn haargrens. 'Je wilt het verplaatsen?'

Ze gebaarde geërgerd. 'Het ligt in de koelkast bij het eten, Vincent. De komkommers zijn al naar de klote. Als we het laten liggen, zal mevrouw Barley de hele keuken verbranden, met ons erbij.'

Hij overwoog het. 'Dat zou ze inderdaad doen.'

Ren opende een keukenkastje en haalde er een doos latexhandschoenen uit. Ze trok ze aan en liet het elastiek om haar polsen knappen met de zelfvoldaanheid van een lijkschouwer op tv. 'We stoppen het in een zak, gooien het weg en bleken de plank. Klinkt goed?'

Vincent knikte, en voor een kort moment voelde de keuken bijna als een normale werkplek: collega's, een taak, een gering beroepsrisico.

Ren opende de koelkast en haalde het hoofd eruit, terwijl ze het in haar handen wiegde als een gruwelijke rugbybal. De uitdrukking hield het midden tussen verwarring en verbazing – een blik die Vincent bij menig cultist had gezien voordat de zaken onherroepelijk vreemd werden.

Ze legde het op tafel, fronste toen en boog zich voorover. 'Er staat iets op de achterkant. Het lijkt ingebrand.'

Vincent kneep zijn ogen samen. Jawel, boven de rafelige nekstomp was een nieuw symbool in het vlees gebrandmerkt: een driehoek in een halvemaan, met lijnen die naar buiten straalden als een ruwe zon. De randen waren nog vers, de vorm strak en doelbewust.

Ren wees ernaar. 'Betekent dit iets?'

Vincents polsslag sloeg een slag over, een fysieke onmogelijkheid die hem desondanks wist te ontregelen. 'Het is een aanroepingsteken,' zei hij met een dunne stem. 'Een oud teken. Van voor Carmine. Wie dit heeft achtergelaten – wie *hem* heeft achtergelaten – wilde dat ik het zou vinden.'

'Geluk voor jou dat ik er ben dan, hè,' zei Ren.

Ze porde tegen het hoofd en was voorzichtig de wond niet aan te raken. 'Dus het is een boodschap. Maar waarom het persoonlijk bezorgen? Mailen is sneller.'

Vincent antwoordde niet meteen. Hij bestudeerde het teken, de manier waarop de brandwond in de hoofdhuid sneed, de manier waarop het symbool onder de huid leek te kruipen. 'Soms is het medium de boodschap,' zei hij ten slotte. 'En soms is het een waarschuwing.'

Ren leunde achterover, haar handschoenen besmeurd met residu. 'Wat, een soort liefdesbrief? "*Rozen zijn rood, bloed is goddelijk, hier is een afgehakt hoofd, en nu ben je van mij?*"'

Vincent lachte niet. 'Erger,' zei hij, nauwelijks hoorbaar. 'Het is een dreigement. En nu denk ik dat ik weet wie het heeft achtergelaten.'

De koelkast zoemde luider, alsof hij erop gebrand was het laatste woord te hebben. Ren keek naar Vincent met een blik die suggereerde dat ze dit allemaal wel had verwacht, maar had gehoopt op ten minste één dag vrij voor de volgende crisis.

Het hoofd knipperde niet.

Vincent liet de stilte voortduren, klemde die tussen duim en wijsvinger als een relikwie, voordat hij die eindelijk voor verloren opgaf. Hij zat aan de keukentafel, zijn ellebogen aan weerszijden van een beschadigde kurken onderzetter, zijn handen gevouwen alsof hij bad tot een god die hij allang uit zijn eigen canon had geschrapt. De koelkast, dat chtonische idool, zoemde achter hem. Het hoofd lag er nu weer in, dubbel verpakt en in de groentelade geritst, maar zijn aanwezigheid bleef hangen: een publiek van één, wachtend op de biecht.

Ren schraapte haar keel, de eerste die knipperde in hun staarwedstrijd met de leegte. 'Ga je me vertellen wat dat symbool was?' zei ze, haar stem gespannen van de moeite om te doen alsof dit de normale gang van zaken was.

Vincents ogen gleden naar de tafel. Hij streek met zijn duim over een brandplek, de halvemaan van een oude sigaret, en liet zijn gedachten terugtuimelen door de decennia.

Hij sprak een hele tijd niet.

'Ik was jong,' begon hij, wat, komende van Vincent, alles kon betekenen van de Zwarte Dood tot het einde van de jaren 1890. 'Dom, op de manier die alleen onsterfelijken worden. Wanneer je je realiseert dat je de consequenties kunt overleven, begin je de geschiedenis als een schoolbord te behandelen.'

Ren keek onbeweeglijk toe hoe hij het verhaal afwikkelde. Het keukenlicht flikkerde boven hem en wierp diepe schaduwen onder zijn ogen.

'De Orde van de Sluier,' zei hij eindelijk. 'Heb je van ze gehoord?'

Ren knikte langzaam. 'Menselijke cultisten. Degenen die denken dat vampiers, zeg maar, onbegrepen heiligen zijn.'

Vincents lippen vertrokken, de herinnering was zuur. 'Het waren nooit vampiers, niet echt. Gewoon Renfields met ambitie.'

'Renfields?'

'Menselijke regelaars, voeders, fanatici. Ze wilden dienen. Deel uitmaken van iets.' Zijn stem werd lager, de woorden schraapten als droog brood door zijn keel. 'Ze wilden een profetie. Een echte. Dus vonden ze mij.'

Ren knipperde. 'Jou?'

Hij haalde zelfspottend zijn schouders op. 'Ik was goed met woorden. Ik had destijds een reputatie. Als je een messias wilde uitvinden, huurde je een degelijke ghostwriter in.'

Ze dacht na, en zei toen: 'Dus jij hebt de profetie verzonnen?'

Vincent blafte een lach, scherp en hol. 'Niemand verzint een profetie, Ren. Je neemt gewoon de verhalen die mensen zichzelf al vertellen, geeft ze een plottwist en plakt er een pakkende cover op.' Hij strekte zijn vingers, zijn knokkels kraakten. 'Ze hadden een hele opzet: geheime bijeenkomsten, een ondergrondse pers, uitgebreide rituelen met te veel wierook en niet genoeg zelfbewustzijn. Ik dacht dat het allemaal een grap was. Performancekunst. Totdat het dat niet meer was.'

Hij liet de herinnering de kamer vullen. De keuken verdween en maakte plaats voor het beeld van een crypte: een lage, benauwde kelder onder een vervallen kerk, het plafond zo dichtbij dat je met je adem de schimmel kon aanraken. Tientallen van hen, gezichten wit geschilderd, kappen strak aangetrokken, kaarsen die tot stompjes waren opgebrand in een kring rond het altaar. Ze hingen aan zijn lippen, hongerig naar betekenis, naar magie, naar een reden om te bestaan buiten het serveren van tafels en het rondhangen op internetforums.

Hij kon zichzelf zien, negentig jaar jonger, staand in het midden met een stapel papieren in de ene hand en een glas goedkope miswijn in de andere. Terwijl hij het evangelie voorlas dat hij voor hen had geschreven: de legende van Carmine, de Grote Bloedlijn, het teken van de drievoudige halvemaan. Het deel waar de wereld eindigde, maar pas nadat de juiste mensen in het geheim waren ingelicht.

'Ze behandelden het als de heilige schrift,' zei Vincent. 'Ik bleef maar denken dat ze uit hun rol zouden vallen, lachen, naar huis zouden gaan naar hun huurkazernes. Maar dat deden ze niet.'

De lucht in de crypte was zwaar van zweet en verwachting.

Hij had het toen gezien, een moment te laat: de verschuiving van theater naar liturgie. De manier waarop de gezamenlijke blik van de menigte niet op hem gericht was, maar door hem heen, alsof het script een eigen leven was gaan leiden.

'Een van hen probeerde het eerste ritueel op te voeren,' zei Vincent. 'Echt bloed. Echte dood.' Hij keek Ren aan, een rauwheid in zijn ogen die het keukenlicht niet kon verbleken. 'Ze kenden de woorden niet eens goed. Ze wilden gewoon dat het iets betekende.'

Rens stem was heel zacht. 'Wat is er gebeurd?'

Hij haalde een beetje zijn schouders op, het gebaar van een man wiens skelet voornamelijk uit oude spijt bestond. 'Ik ben weggelopen. Heb elk exemplaar, elke notitie verbrand. Liet ze achter met niets dan een gerucht.'

Hij had niet verwacht dat het hem zou overleven. Maar dat verwachten onsterfelijken nooit.

Ren gunde hem even de stilte. Ze was gestopt met ijsberen, haar armen zo strak over elkaar dat haar handen in haar zachte flanken groeven. 'Dus dat nieuwe teken,' zei ze. 'Dat herken je.'

Vincent knikte, de beweging zwaar. 'Ze noemden het de Ontmaskering. Teken van de Eindtijd, of in ieder geval het einde van het verhaal. Het is bedoeld om de auteur op te roepen, zodat hij de laatste akte kan schrijven.'

Ren wierp een blik op de koelkast. 'En het hoofd is...'

'Een visitekaartje.' Vincent forceerde een glimlach, broos als het ijs in de vriezer. 'Ze willen dat ik afmaak waar ik aan begonnen ben.'

De koelkast klikte, de compressor schakelde naar een hogere versnelling. Ergens in de leidingen schoten en knapten luchtbellen, alsof het gebouw zelf zich schrap zette voor slecht nieuws.

Ren pulkte aan de rand van de tafel. 'Wil je dat?'

Vincent keek scherp op, alsof de vraag zelf een beschuldiging was. 'God, nee. Ik heb het nooit gewild. Maar dat kan ze niets schelen.' Hij aarzelde, het gewicht van oude woorden drukte op zijn tong. 'Dat kon ze nooit iets schelen.'

Hij liet zijn hoofd voorovervallen en boorde de hielen van zijn handen in zijn voorhoofd. 'Ik had het moeten zien aankomen,' mompelde hij. 'Maar het is altijd het vervolg dat de franchise verpest.'

Ren proestte het uit, een geluid dat meer klonk als een snik. 'Dus wat nu?'

Vincents mond vertrok tot iets wat op vastberadenheid leek. 'Nu? Nu gooien we het hoofd weer weg en vervangen misschien de sloten.'

Ren stond op, pakte een vuilniszak en hield die met de zakelijke kalmte van een ziekenhuisbroeder omhoog. 'Aan jou de eer,' zei ze. 'Ik pak het bleekmiddel.'

Vincent pakte de zak aan, zijn handen nu stabiel. Het licht boven hem flikkerde eenmaal en bleef toen branden, waardoor de keuken kortstondig helderder was dan de hele ochtend.

Hij opende de koelkast, wiegde het hoofd in de ziplockzak in beide handen en deponeerde het in de vuilniszak, voorzichtig om het niet te laten rollen of morsen. Terwijl hij het plastic strak trok, ving hij een laatste glimp op van het gebrande symbool – nog steeds vers, nog steeds glinsterend, nog steeds wachtend op zijn teken.

Ren kwam terug met het bleekmiddel en een doek. Ze werkten in stilte en schrobden elk spoor van de bezoeker weg. De koelkast zou zich tenminste niets herinneren.

Toen de klus geklaard was, stond Vincent bij de achterdeur, de vuilniszak in de ene hand, de andere tegen het kozijn. Hij staarde naar de nachtelijke hemel en toen weer naar Ren. 'Je hoeft niet bij me te blijven,' zei hij, net geen fluistering.

Ren haalde haar schouders op en liet zich in een stoel zakken.

'Het is niet alsof ik een betere plek heb om naartoe te gaan. Bovendien,' voegde ze eraan toe, 'moet iemand ervoor zorgen dat je niet weer begint te schrijven.'

Vincent wierp haar een blik toe. 'Als ik dat doe, schiet me dan alsjeblieft neer.'

Ren grijnsde, een smal streepje vrolijkheid. 'Afgesproken.'

De koelkast was schoon, het hoofd was weg, maar het verhaal bleef hangen in de lucht tussen hen in.

Ergens, in het diepste archief van de stad of het ondiepste graf, wachtte de Orde van de Sluier. En Vincent, ondanks al zijn protest, wist dat hij gehoor zou geven.

Maar voor nu keek hij hoe de lucht langzaam lichter werd, voelde het branden van bleek op zijn handen, en probeerde hij heel hard niet te herinneren hoe goed het ooit had gevoeld om aanbeden te worden.

VEERTIEN

Het eerste wat Vincent opviel aan Rens appartement was de geur. Niet het gebruikelijke stortplaatsbouquet van ongewassen bekers en tragische curry, hoewel die bleven hangen als een terugkerend trauma, maar iets scherpers en ouders – wierook, vermoedde hij, maar niet het ambitieuze soort dat sereniteit of goedkope verlichting beloofde. Eerder patchoeli gemengd met printertoner en een vleugje verbrand haar.

Hij stond net binnen de deur, met zijn armen over elkaar, en keek toe hoe Ren een ronde door de kamer maakte, een spoor van chaos achterlatend. Er waren boeken, duizenden, allemaal occult of pseudo-occult of het soort zelfuitgegeven verhandeling die met een waarschuwing en een nasmaak kwam. Elk verticaal oppervlak was beplakt met notities; gele post-its hadden de koelkast, de tv en zelfs de binnenkant van de jaloezieën gekoloniseerd. In het midden van dit alles lag een gehavende encyclopedie opengeslagen, waaruit flarden gelinieerd papier sijpelden als bij een dier met een buikschot.

Ren ijsbeerde niet zozeer, maar ketste, stuiterde en stortte in fases in. Ze droeg nog steeds de hoodie die ze de hele week al aanhad, maar nu had ze er een T-shirt overheen getrokken met de slogan 'Overlevende van een sekte – Vraag me hoe', gecombineerd met een legging die ooit zwart was geweest. Ze had een balpen tussen haar tanden geklemd en een telefoon in elke hand, haar duimen flitsten tussen een Generatieve AI-chatvenster en wat een Roemeens forum voor slapeloze complottheoretici leek te zijn.

Vincent probeerde niets aan te raken. 'Heb je de mogelijkheid overwogen,' zei hij, 'dat jouw opbergsysteem zelf een oproepingsritueel is? Er zijn minstens drie chaoszegels binnen het bereik van mijn linkerelleboog.'

Ren keek niet op. 'Stel je niet aan. Ik heb jouw flat gezien. Jouw idee van opbergen is "stapelen tot het instort en dan hopen dat je eerder doodgaat."' Ze tikte op haar telefoon en scrolde met de urgentie van iemand die over losgeld onderhandelde. 'Bovendien is dit actief onderzoek. Raak de blauwe map niet aan. Die bijt.'

Hij bestudeerde de stapels. De blauwe map zat schuin tussen een Duitse monografie over bloedriten en een gehavende paperback getiteld *Vampiers: Echt, Verzonnen, of Gewoon Heel Goed in Liegen?* De laatste was geannoteerd in drie kleuren en was stijf van genoeg indextabjes om een hele boekhandel voor de sloop te markeren.

Ren stopte abrupt, draaide zich om en plukte een pamflet met ezelsoren van de boekenplank. 'Hier,' zei ze, en zwaaide ermee naar Vincent als een geladen toverstaf. 'Nog een overeenkomst gevonden voor de aanroeping. Derde alinea, tweede regel. Karmijnrode drievoudige halvemaan plus de oude foneem voor "verslinden".' Ze sloeg het open en duwde het toen zonder waarschuwing naar hem toe.

Hij pakte het voorzichtig aan. De pagina in kwestie stond vol runen, waarvan sommige met een zware, boze hand omcirkeld waren. In de kantlijn had iemand in hoofdletters geschreven: 'ALS DIT EEN GRAP IS, IS HIJ NIET LEUK.'

Vincent zei: 'Je weet dat het meeste hiervan onzin is, hè? De helft is geschreven door verveelde Victorianen aan de laudanum.'

'Mooi,' antwoordde Ren, al terug bij het whiteboard, dat een tweede leven had gekregen na een mislukt fitnessregime thuis. 'Dan zul je je er helemaal thuis voelen.'

Hij liet het erbij. 'Ik meen het,' zei hij en volgde haar met zijn ogen. 'Er zijn meer valse grimoires in omloop dan mensen die ooit echt magie hebben bedreven. Of hoe je het ook wilt noemen wat ik doe.'

Ren draaide zich om, stift in de hand, en wees naar een cluster van woorden in de rechterbovenhoek. 'Jij bedrijft geen magie. Je laat iedereen alleen maar geloven dat je het doet. Het is hetzelfde als schrijven, alleen met meer zelfhaat.'

Hij grijnsde, ondanks zichzelf. 'Dat is wreed. Accuraat, maar wreed.'

Ze kauwde op de balpen, haalde toen de dop van de stift en zette een nieuwe cirkel rond de woorden *Drager: veranderlijk?* 'Er is een patroon,' zei ze, vooral tegen de lucht sprekend. 'Elke keer dat dit zegel opduikt, is het in de context van een overdracht. Bloed, tekst, soms beide. Maar waar ik niet achter kan komen, is wat er met de drager gebeurt. Overleeft die het? Wil die het überhaupt wel overleven?'

Vincent haalde zijn schouders op, alsof het hem onverschillig liet. 'Het is meestal een metafoor. Ze willen in onsterfelijkheid geloven, dus enten ze een verhaal op iemand anders en hopen dat het publiek het slikt.'

Ze draaide zich om en haar ogen waren scherper dan haar stem. 'Heb je het ooit echt gebruikt zien worden?'

Hij aarzelde. 'Eén keer. Misschien twee. Het is niet het soort ding dat je vergeet.'

Ren wachtte met gekruiste armen, haar houding een openlijke uitdaging.

Vincent bekeek de stift in zijn hand alsof hij hoopte er antwoorden in te vinden. 'De laatste keer dat ik het zegel correct gebruikt zag worden, was in een crypte in Lyon. Negentien... tweeënveertig, geloof ik.' Hij zweeg even en liet de herinnering de kamer vullen, waardoor een deel van de wierookgeur werd verdreven. 'De man die als gastheer diende was een priester, of beweerde dat te zijn. Hele congregatie, allemaal in het complot. De drager was een vrouw uit de Balkan – Servisch, misschien. Ze sprak niet, liet hen gewoon het teken tekenen. Ze voerden het ritueel uit, dronken het bloed, verscheurden het script, de gebruikelijke heisa.'

Rens stem was dun. 'En toen?'

Hij keek op, zijn mond vertrok. 'En toen explodeerde ze.'

Ren knipperde met haar ogen. 'Je bedoelt...?'

Vincent knikte en genoot net genoeg van haar ongemak om zijn eigen ongemak te verzachten. 'Nou ja. Technisch gezien implodeerde ze eerst, en explodeerde ze daarna. Details doen ertoe.'

Er viel een stilte, waarin beiden probeerden de logistiek van spontane sekteledenontbranding te verwerken.

Ren pakte haar koffie, nam een lange slok en trok een vies gezicht. 'Wat gebeurde er met de priester?'

Vincent dacht na. 'Hij overleefde het. Hield het nog twee jaar vol voordat de nazi's hem neerschoten. Beweerde dat het allemaal performancekunst was. De lokale bevolking was het daar niet mee eens.'

Ze kraste een notitie op het whiteboard, het woord 'ontbranding' dubbel onderstreept. 'Dus wat gebeurt er als deze lui het echt voor elkaar krijgen? Wat als ze niet alleen maar aan het cosplayen zijn?'

Hij keek naar haar, naar de manier waarop haar vingers op de stift trommelden, de manier waarop ze zijn blik nooit helemaal ontmoette als de vragen groot werden. 'Je maakt je zorgen over de verkeerde uitkomst,' zei hij. 'Het risico is niet dat de drager afgaat. Het risico is dat het verhaal uitlekt en mensen het gaan geloven. Dat is altijd het moment waarop het misgaat.'

Ren antwoordde niet. In plaats daarvan liep ze naar het raam, trok de jaloezieën met twee vingers opzij en staarde naar de stad. Het uitzicht was waardeloos: nog een flatgebouw, gestreept door het weer, en een eindeloze parade van duiven op zoek naar een plek om te sterven.

'Denk je dat ze ons in de gaten houden?' zei ze.

Vincent zei: 'Dat doen ze altijd. Vooral als je denkt van niet.'

Ze liet de jaloezieën dichtklappen, draaide zich weer om en keek naar de wildgroei van notities en boeken. 'Als dit allemaal een spel is,' zei ze, 'waarom voelt het dan alsof we aan de verliezende hand zijn?'

Vincent glimlachte, maar de glimlach bereikte zijn ogen niet helemaal. 'Omdat we dat zijn. Zo weet je dat het echt is.'

Ze balde haar vuist om de stift en hield hem stevig vast. 'Ik wil het verbranden. Alles. Gewoon weglopen.'

Hij haalde zijn schouders op. 'Dat zou kunnen. Maar iemand anders zou het oppakken. Verhalen verdwijnen niet zomaar omdat je stopt met ze te vertellen.'

Ren plofte op de bank, de veren protesteerden onder het nieuwe gewicht. 'Dus wat is onze volgende zet?'

Vincent leunde tegen de muur en overzag het slagveld. 'We blijven lezen. We blijven kijken. En als het volgende hoofd opduikt, hopen we dat het niet het onze is.'

Ren snoof, een geluid ergens tussen een lach en een snik in. 'Dat is somber.'

'Realistisch,' verbeterde hij haar. Hij keek op zijn horloge, hoewel hij al wist dat het veel te laat was voor iets gezonds. 'Wil je dat ik thee zet?'

Ze schudde haar hoofd. 'Er staat whisky in de kast. Bovenste plank, achter de ontbijtgranen.'

Hij pakte de fles, schonk twee vingers in een mok met de slogan 'Ik ben liever vervloekt dan alledaags' en gaf die aan haar. Ze nam hem met een dankbaar knikje aan, nam toen een slok, trok een vies gezicht en zei: 'Dus. Je hebt al eerder mensen zien sterven voor dit soort dingen. Denk je dat het deze keer anders zal zijn?'

Vincent staarde naar de tegenoverliggende muur, waar een spin een expeditie ondernam over drie concurrerende post-its. 'Dat is het nooit,' zei hij, en dronk zijn eigen glas leeg.

Ze zaten in stilte, het enige geluid het lage, percussieve gezoem van de radiator en de verre, echoënde sirene van een ambulance die te laat was voor zijn afspraak. De kamer was warmer dan voorheen, en de wierookgeur was vervaagd tot een achtergrondnoot van iets dat bijna als comfort aanvoelde.

Ren gaapte, kroop ineen in de hoek van de bank en liet haar ogen dichtglijden. Vincent keek even naar haar, liep toen naar de deur en stapte voorzichtig om de blauwe map heen.

Hij bleef op de drempel staan, met één hand op het kozijn.

'Ze zullen niet winnen,' zei hij. 'Niet als we ze voorblijven.'

Ze opende haar ogen niet, maar haar lippen krulden zich tot een vermoeide, ironische glimlach. 'Daar houd ik je aan, Lupo.'

Hij trok de deur zachtjes achter zich dicht, de woorden bleven in de lucht hangen als een bindend contract.

Buiten was de wereld vochtig en richtingloos, de straatlantaarns brandden gaten in de nacht.

Hij liep naar huis, zonder haast, en liet de stad zichzelf het volgende hoofdstuk vertellen.

De club had geen naam. Als die er ooit was geweest, was die jaren geleden verdronken onder een vloedgolf van graffiti, bloedspetters en het soort beruchtheid waardoor Google Maps het gebouw markeerde als 'Privé-evenement – Verboden toegang'. Vincent had sowieso nooit een routebeschrijving nodig; zoals alle woeste en verboden dingen, riep de club hem op een frequentie net onder de gehoorgrens, een puls in zijn achterhoofd die scherper werd naarmate hij dichter bij de rivier kwam.

De ingang was een zeecontainer die aan de achterkant van een verlaten pakhuis was gelast. De uitsmijter was gebouwd als een belegeringswapen, zijn armen zo strak over elkaar dat zijn eigen tatoeages vervormden. Hij zag Vincent, keek langs hem heen, en toen weer naar Vincent alsof hij de dreigingsinschatting herkalibreerde.

Vincent gaf hem een knikje, een ontbloting van zijn tanden, en de uitsmijter stapte zonder een woord opzij. Het had zo zijn voordelen om een bekende grootheid te zijn in een scène waar 'bekend' zelden goed afliep voor wie dan ook.

Binnen was de club een lange, vochtige gang die naar een trap in een gat in de vloer leidde, de afdaling gemarkeerd door steeds wanhopigere pogingen tot decoratie. Elke meter ruilde brandveiligheid in voor sfeer: blootliggende draden, kale peertjes, fluwelen koorden bevlekt met oude vreugde, muren die zweetten van de condensatie die op de maat van de bas druppelde. Tegen de tijd dat hij beneden was, bestond de lucht voor de helft uit zuurstof, voor de helft uit verwachting, en was die volledig vijandig tegenover nuchterheid.

Vincent bleef op de drempel staan en liet zijn ogen aan het

rood wennen. Bloedrood, de kleur van herinnering, de kleur waar alle clubs naar streefden maar die ze zelden verdienden. De muziek was industrial, of iets wat zich daarvoor uitgaf – samengevoegde beats en gesampelde kreten, die door de vloerplanken trilden en de botten herschreven van iedereen die dichtbij genoeg was om het te voelen. Het publiek was een koor van bleke, scherpe gezichten en scherpere tanden. Zelfs degenen die geen vampier waren, hadden geleerd zich te kleden alsof ze gevraagd wilden worden.

Hij zocht Lucien met zijn ogen en vond hem onmiddellijk. Sommige mensen veranderen nooit, zelfs als ze om de paar weken van geslacht, garderobe of persoonlijke mythologie wisselden. Lucien lag onderuitgezakt in een hoekcabine, een glas met iets stroperigs en karmozijnroods in de ene hand, een telefoon in de andere. Zijn look was die van een pure vampier-ekster: een hemd van gaas, zilveren kettingen, genoeg piercings om een metaaldetector te rechtvaardigen. Onder de verlichting glinsterde zijn huid met de vage parelmoerglans van de pas bekeerden, of de gevaarlijk verveelden.

Vincent weefde zich door de menigte en negeerde de handen die zijn arm streelden of de uitnodigingen die hem met elke schuine blik werden toegeworpen. Hij hoorde hier niet thuis, niet meer, maar erbij horen was overschat en betaalde nooit goed.

Hij gleed de cabine in tegenover Lucien, de zitting van imitatieleer plakte aan de achterkant van zijn dijen als een dorstige bloedzuiger.

Lucien keek eerst niet op, maar de grijns lag al op hem te wachten. 'Vincent. Als ik zo vrij mag zijn. Ik dacht dat je niet meer op het menu stond.'

'Dat stond ik ook niet,' zei Vincent, terwijl hij de barman een teken gaf voor een drankje. 'Toen liet iemand een hoofd achter in mijn koelkast. Twee keer. Dacht dat ik de gunst zou terugdoen.'

Lucien lachte, scherp genoeg om er een duim mee af te snijden. 'Je hebt altijd een handje gehad van cadeaus.' Hij nam een slok van zijn drankje, likte een druppel van zijn onderlip. 'Dus wat brengt je naar mijn kleine vergeetput? Aan het verpauperen, of gewoon hongerig naar nostalgie?'

Vincent keek naar de dansvloer, waar een stel in identieke latex catsuits elkaar met hun ogen probeerde te overtreffen in moordlust. 'Ik heb informatie nodig. Je zit nog steeds bij de bron, toch?'

Lucien deed alsof hij de vraag afwoog. 'Hangt van de markt af. Hangt van de betaling af. Hangt ervan af of je van plan bent om voor een keer daadwerkelijk te betalen.'

De barman arriveerde en zette een glas neer met iets wat de consistentie van hoestsiroop had en de herkomst van een biologisch gevaar. Vincent snoof eraan, trok een gezicht, maar dronk het toch. 'Gehoord van de Orde van de Sluier?' zei hij.

Luciens ogen schoten omhoog, de glimlach werd scherper. 'Oud bloed. Heel oud bloed. Je loopt een paar eeuwen achter, schat. Die lui zijn nu alleen nog een waarschuwend verhaal.'

Vincent graaide in zijn jas en haalde het hiëroglief tevoorschijn. Hij had het op een servet gekopieerd, maar zelfs het servet leek bang te zijn om zich in dezelfde postcode te bevinden als zijn eigen inkt. Hij schoof het over de tafel en keek hoe Luciens vingers trilden toen hij ernaar reikte.

Lucien pakte het op en hield het tegen het licht. 'Dit had je hier niet mee naartoe moeten nemen,' zei hij met een plotseling vlakke stem. 'Echt, echt niet.'

'En toch,' zei Vincent, 'zijn we hier.'

Lucien legde het servet neer en zorgde ervoor dat hij huidcontact vermeed. 'Er zijn mensen in deze kamer die je voor minder zouden vermoorden.'

'Dat weet ik,' zei Vincent. 'Daar reken ik op.'

Lucien nam een slok, kauwde op de binnenkant van zijn wang. 'Er gaat een gerucht. Het Oude Werk komt terug. Iemand probeert af te maken waar Carmine aan begonnen is, alleen gaat het deze keer niet om profetie. Het gaat om architectuur.'

Vincent knipperde langzaam met zijn ogen. 'Ga verder.'

Lucien knikte. 'Ze bouwen iets. Iets heiligs, iets gewelddadigs. De blauwdruk is in bloed, de stenen zijn lichamen en elke fundering heeft een hoeksteen nodig.'

Vincent voelde de kamer een klein beetje kantelen. 'Wie leidt het?'

Lucien schudde zijn hoofd. 'Geen namen, alleen een titel. De Bloedbard.' Hij grijnsde. 'Dacht dat je dat wel amusant zou vinden.'

Dat vond hij niet. Het zorgde er eerder voor dat zijn maag door de zitting en in het dichtstbijzijnde riool viel. 'Dat is niet mogelijk.'

Lucien grijnsde, met te veel tanden, allemaal voor de show. 'Is het niet? Jij hebt de profetie geschreven. Misschien wil het verhaal gewoon een herschrijving.'

Vincent omklemde het glas, zijn knokkels wit. 'Dus wat – deze Bloedbard wil het oude script afmaken? Een nieuw script beginnen? Het einde der tijden inluiden met een betere soundtrack?'

Lucien leunde naar voren en liet het gekunstelde gedrag varen. 'Ze denken dat je een god bent, Vincent. Of een demon. Eerlijk gezegd weet ik niet zeker of er nog veel verschil is.'

Hij wilde lachen, of schreeuwen, of het glas in Luciens gezicht gooien, maar alle energie stroomde uit hem weg als water door een zeef. 'Geloof je er iets van?'

Lucien haalde elegant zijn schouders op. 'Ik geloof in eigenbelang. Maar als je vraagt of hier mensen voor gaan sterven –,' hij wees naar het servet, '– dan ja. Het is al begonnen.'

De muziek bereikte een hoogtepunt, een jankende muur van

vervorming. Vincent liet het door zijn botten trillen en drukte elk verzet plat dat hij misschien voor later had bewaard. 'Wat is de volgende stap?'

Lucien leunde achterover en toonde een paar hoektanden die niet in een winkel waren gekocht. 'Jij bent de schrijver, Lupo. Wat zou jij doen?'

Hij antwoordde niet. Niet hier, niet nu, niet met de geesten van honderd mislukte versies die door de gerecyclede lucht van de club zweefden.

Hij stond op en liet zijn drankje halfvol staan. 'Als iemand naar me komt vragen, zeg dan dat ik dood ben. Of dat ik op zoek ben naar een beter einde.'

Lucien boog zijn hoofd, een parodie op respect. 'Altijd een genoegen. Probeer niet onthoofd te worden.'

Vincent liep naar buiten en voelde het gewicht van de blikken van de club op zijn schouders, het servet brandde een gat in zijn zak. De uitsmijter bij de deur keek hem na en knikte toen alsof niets ter wereld hem nog kon verrassen.

Buiten was de rivier een gladde, zwarte slagader onder de straatlantaarns. Vincent stond aan de rand, viste een sigaret uit zijn jas en stak die op met handen die niet helemaal ophielden met trillen.

Hij dacht aan de Bloedbard. De naam smaakte naar een clou, een grap die hij tweehonderd jaar geleden in een vlaag van literaire woede had bedacht. Nu sloop die door de stad, bouwde een kathedraal van lijken en sleepte hem terug naar het middelpunt van het verhaal.

Hij rookte tot aan het filter, gooide de peuk in de rivier en zag hoe het gloeiende puntje naar beneden dwarrelde voordat de duisternis het volledig opslokte.

Toen liep hij, snel en doelloos, en liet de stad hem inhalen.

VIJFTIEN

Vincent stond bij het raam en keek uit over de stille straat, toen de voordeur openvloog en Ren naar binnen denderde, een microklimaat van motregen van de North Circular met zich meebrengend. Ze liet een spoor van modderige voetstappen achter in de hal, gooide haar jas over de trapleuning (precies bovenop de zijne, die nog vochtig was) en baande zich een weg de woonkamer in zonder ook maar 'hallo' te zeggen. In haar kielzog werd de vage zweem van bleekmiddel en overgave van het appartement onmiddellijk vervangen door de stank van natte wol en de fellere, roekelozere energie van iemand die zojuist bewijs had gevonden en het absoluut als een knuppel ging gebruiken.

Ze droeg haar laptop als een reliekschrijn onder haar arm geklemd, terwijl ze in haar andere hand nog een blikje Red Bull vasthield dat, zo te zien, was leeggedronken en opnieuw gevuld met een nog duisterder goedje. Ze nam een slok, veegde haar mond af met haar mouw en keek Vincent woedend aan, alsof hij persoonlijk verantwoordelijk was voor het weer, de vuilnisbakken en elke gesloten deur in haar leven.

'Je had kunnen appen', zei hij. 'Of, weet je, kloppen.'

Rens ogen fonkelden wild. 'Geen tijd voor beleefdheden. We hebben een situatie.' Ze smeet zichzelf op de bank, laarzen omhoog, ledematen gespreid met een eigengereide minachting voor de bekleding. 'En ik ga het niet eens mooier maken dan het is, want eerlijk gezegd verdien je dat niet.'

Vincent leunde met gevouwen armen tegen de muur, nu al berustend. 'Ik weet niet of ik een crisis aankan voor het avondeten.'

'Mooi', snauwde ze, 'want je eetlust zal je zo vergaan.' Ze draaide de laptop om, streek met de flair van een spelshowpresentator over het trackpad en zwaaide hem naar hem toe. 'Herken je dit?'

Vincent kneep zijn ogen samen. Het scherm toonde een scan van een gehavend, vergeeld programmaboekje, met de titel in een gotisch lettertype: *HET KARMOZIJNEN MASKER – Een toneelstuk in één akte.* Daaronder een lijst met castleden ('V. Lupo als Zichzelf' op de eerste plaats), een repetitiefoto en – pal daaronder – een handgetekend symbool, drie halvemanen in precies dezelfde formatie die hij voor het laatst op de achterkant van Maximus' schedel had zien branden.

Hij knipperde met zijn ogen. 'Je maakt een grapje.'

Rens grijns was een en al tand. 'Was het maar zo.' Ze tikte op het scherm. 'Blijkt dat jouw mysterieuze moordsekte, en ik citeer, *"een avant-gardistisch theatercollectief uit de late jaren twintig"* is.' Ze zouden één voorstelling doen, een soort proto-immersief theaterding, maar het gezelschap implodeerde voor de première. Omdat, en dit is mijn favoriete stukje, drie acteurs verdwenen tijdens de generale repetitie. Niemand weet of het een stunt was, een massaal ontslag of een op publiciteit belust zelfmoordpact. Maar het script is bewaard gebleven, en de legende ook.'

Vincent streek met een hand door zijn haar. 'Dus je wilt zeggen dat dit allemaal gewoon slecht theater is?'

Ren haalde haar schouders op. 'Is niet alles dat?' Ze dronk het blikje leeg en verkreukelde het in haar vuist. 'Maar nu komt het: het bezweringssegel, de bloedrituelen, alles – rechtstreeks uit het script. Ze hebben zelfs je verdomde naam gebruikt.'

Hij probeerde te lachen, maar het geluid bleef in zijn keel steken. 'Theaterlui. Die zijn nog erger dan sekteleden.'

Ren bladerde naar de volgende pagina, waar een haveloze scan van het originele script was bewerkt met een furie van rode pen en markeerstift. 'Ik heb de halve nacht universitaire archieven en complotblogs doorgespit. Blijkt dat er een hele subcultuur is die geobsedeerd is door het reconstrueren van het verloren stuk. Ze noemen het "Bloedbards Dwaasheid". Sommigen geloven dat het vervloekt is. Anderen denken dat het de sleutel tot onsterfelijkheid is. Het enige waar ze het allemaal over eens zijn, is dat het in zijn geheel moet worden opgevoerd, zonder onderbrekingen, en dat iedereen die het verhaal probeert te verstoren...' Ze wees naar het programmaboekje, waar drie namen met een letterlijk scheermes waren doorgestreept, '... uit de cast wordt verwijderd.'

Vincent keek weg, plotseling koud. 'Dit is krankzinnig.'

Ren grijnsde. 'Welkom op je eigen afterparty.' Ze klapte de laptop dicht en klemde hem tegen haar borst. 'Ik dacht dat je er wel de humor van in zou zien. Je nalatenschap, niet alleen ondood, maar gehercast als een dinertheater.'

Hij wreef in zijn ogen. 'Was er ook maar iets van echt?'

Ze haalde opnieuw haar schouders op, dit keer minder luchthartig. 'Maakt dat uit? Iemand maakt het nu werkelijkheid.'

Ze zaten in stilte, het gezoem van de koelkast wedijverde met het zachte, ritmische getik van Rens laarzen tegen de salontafel.

Vincent verbrak als eerste de stilte. 'Wanneer heb je dit gevonden?'

'Ongeveer drie uur geleden. Ik probeerde te achterhalen hoe het symbool van Roemenië naar Camden Town was gereisd, en de vroegste vermelding was een recensie van een alternatief theater-stuk uit 1926. De recensent haatte het. Noemde het "zelfingenomen, met bloed doordrenkte, zelfverheerlijkende onzin."'

Hij kromp ineen. 'Dat klinkt bekend.'

'Maar dan duikt het weer op in Wenen, en dan in Marseille, en elke keer is er een golf van onverklaarbare sterfgevallen of verdwijningen. Het is alsof iemand al een eeuw lang met het script door Europa leurt, op zoek naar het perfecte publiek.'

Hij plofte neer op de dichtstbijzijnde stoel, die kreunde onder het plotselinge gewicht. 'En het beste wat ze konden bedenken was een afgehakt hoofd in mijn koelkast.'

Ren schudde haar vinger. 'Jij maakt er een grapje van, maar dat met die koelkast? Dat is een regieaanwijzing. *"Het hoofd van de auteur dient op ijs te blijven tot de voorlaatste akte."'* Ze haalde het gescande script tevoorschijn en las voor: 'Scène Twaalf: *"De honger van de schrijver overleeft het lichaam. Het verhaal voedt, zelfs als de inkt schift."'*

Hij staarde haar aan, en toen naar de muur achter haar, alsof het oude pleisterwerk uit protest toneelbloed kon gaan lekken. 'Het was bedoeld als parodie', mompelde hij. 'Ze hoorden te lachen.'

Ze keek hem aan, haar blik iets zachter. 'Nou, dat deden ze niet. En nu neemt iemand het heel serieus.'

De regen begon opnieuw, in dubbel tempo tegen het raam slaand. Ren keek hoe de druppels wanhopige routes over het glas volgden en zei toen: 'Denk je er ooit over na wat er gebeurt als ze slagen? Als ze het script afmaken?'

Hij dacht erover na. Dacht aan de laatste keer dat hij het stuk had zien opvoeren, de manier waarop het publiek in verbijsterde stilte zat, niet zeker of ze moesten applaudisseren of bidden. Dacht aan alle woorden die hij had geschreven en die hem nooit hadden mogen overleven.

'Ik weet het niet', zei hij. 'Misschien niets. Misschien eindigt de wereld met een zucht en een slechte recensie.'

Ze snoof. 'Je bent zo'n zwartkijker.'

Hij dwong een zwakke glimlach op zijn gezicht. 'Beroepsdeformatie.'

Weer een stilte, maar deze minder beklemmend, meer een gedeelde schuilplaats. Ren opende de laptop opnieuw, dit keer voorbij het gescande script scrollend naar een gedigitaliseerd archief van knipsels, brieven, korrelige foto's van het oorspronkelijke gezelschap – mannen met zwarte schmink, vrouwen in sluiers, iedereen met maskers die noch historisch correct, noch smaakvol dubbelzinnig waren.

'Er is nog iets', zei ze. 'Je zei dat je de laatste akte nooit hebt afgemaakt.'

Hij schudde zijn hoofd. 'Ik heb hem leeg gelaten. Vond dat de wereld wel zonder nog een tragedie kon.'

Ze wees naar het scherm. 'Nou, iemand heeft een kopie gevonden. Of denkt dat. En ze zijn het nu aan het samenstellen, scène voor scène, moord voor moord.'

Hij keek haar aan, plotseling bang op een manier die hij niet meer had gevoeld sinds de vampierenzuivering van 1814. 'Hoe stop je een toneelstuk?'

Ze grijnsde, een beetje ondeugend. 'Slecht acteerwerk?'

Hij lachte zowaar, het geluid verraste hem. 'Was het maar zo eenvoudig.'

Ze staarden een tijdje allebei naar de laptop en zagen hoe de cursor knipperde op de laatste pagina van het script – een pagina die nog steeds leeg was, wachtend tot iemand hem zou invullen.

Uiteindelijk zei Vincent: 'Als ze het toneelstuk hebben, hebben ze de kaart.'

Ren vroeg het niet, maar de vraag hing desondanks tussen hen in.

'Naar wat?' zei ze ten slotte.

Vincent keek naar buiten, naar de regen, naar het donkere niets van de stad. 'Naar alles waar ik ooit spijt van heb gehad', zei hij, en liet de woorden als stof neerdalen in de stiltes tussen de zinnen.

Ze keken samen naar de regen, geen van beiden bewoog, beiden wetend dat zodra het weer opklaarde, de echte voorstelling zou beginnen.

ZESTIEN

Het plaatselijke taxichauffeurscafé was om vier uur 's nachts minder een zaak dan een wachtruimte voor de pas vrijgelatenen en de terminaal rustelozen. Het soort plek dat slaap verving door koolhydraten en sociale grenzen door gedeelde, cafeïnehoudende misère. Vincent en Ren hadden het achterste zitje opgeëist omdat het ze geen moer kon schelen wie het anders nodig had. De tafel zag eruit alsof hij was gered van een archeologische opgraving en vervolgens was gevandaliseerd door de afstammelingen van iedereen die ooit door een slechte service had geleden. Het oppervlak was een palimpsest van sleutels, messen en existentiële watervaste stiften — 'DOOD MIJ' over 'Arsenal 4ever' over 'Angela is n trut toch'. Zelfs het zoutvaatje had een houding.

De verlichting, een symfonie van gelig tl-licht, liet iedereen eruitzien als een lijk dat net de slechtste grap ter wereld had gehoord. Het plafond flikkerde in morsecode; het personeel, driekwart in slaap en de rest in ontkenning, vulde op de automatische piloot het filterkoffieapparaat bij. Elke dertig minuten strompelde een nieuwe ploeg buitenbeentjes binnen: taxichauffeurs, uitsmij-

162

ters buiten dienst, de zeldzame academicus die laat op was om redenen die niets met wijsheid te maken hadden. Op dit uur was de enige getuige van je geheimen de volgende slapeloze in de rij.

Ren droeg haar uitputting als een ereteken. Haar hoodie was tot aan haar kin dichtgeritst, haar haar een defensieve explosie onder de aanval van het tl-licht. Ze nipte met theatrale walging van het huismerk en deed er vervolgens vier suikerklontjes in, alsof ze suikerziekte uitdaagde een zet te doen. In haar handen een vers geprinte pagina: korrelig, half verduisterd door de kreukels van het origineel en het forensische enthousiasme van een universiteitsscanner. Over de afbeelding stonden rode pijlen van een balpen, vraagtekens en een diagonale lijn die eindigde in 'DE PREMIÈRE NADERT', geschreven in blokletters.

Vincents eerste impuls was om een whisky te bestellen, maar hij nam genoegen met een flat white, die naar as en iets minder aangenamen smaakte. Hij keek hoe Ren de print boven de kleverige tafel hield en hem vervolgens als een waarschuwing over de tafel schoof.

'Dit is jouw schuld', zei ze.

Hij scande de pagina. Het oude theateraffiche leek onveranderd sinds hij het voor het laatst had gezien, op de nieuwe stigmata van aantekeningen na. 'Je maakt me nostalgisch naar de jaren 20', antwoordde Vincent. 'En dat is niet iets wat ik wil zijn.'

Ren tikte op de foto. 'Kijk naar de namen.'

Hij keek. Daar, onder de titel — *Het Karmozijnen Masker, Een Tragedie in Bloed in Eén Akte* — stond een castlijst: de gebruikelijke verdachten, van wie de helft al lang dood was voordat het affiche überhaupt in omloop was. Een paar namen waren omcirkeld, sommige doorgestreept, andere onderbroken met '?' en 'Levend?' in een steeds wanhopiger handschrift. Onderaan het vel stond de legende: *'Troupe de Carmine, in samenwerking met de Orde van de Sluier'*.

'Ze voeren het opnieuw op', zei Vincent, met een stem zo laf als de koffie.

Ren trok een wenkbrauw op. 'Denk je dat het alleen maar toneel is?'

Hij zuchtte en masseerde zijn neusbrug. 'Met dit zootje? Er zal bloed vloeien in de coulissen, een dodental in de zaal en ergens tussen scène tien en elf een gloeiend portaal.'

Ze grijnsde. 'Dat is vreemd specifiek.'

'Ik heb dingen gezien, Ren.'

Ze geloofde hem, en daarom zaten ze hier in plaats van te slapen. 'Dus, wat is de volgende stap?', vroeg ze.

Vincent trommelde met zijn vingers op het tafelblad. 'Of we negeren het en hopen dat het verhaal zichzelf opeet, of we proberen de cast te vinden en hen de pas af te snijden voor de première.'

'Optie twee', zei Ren, terwijl ze een servet en een geleende pen over het slagveld schoof.

Ze werkten in de norse stilte van mede-samenzweerders. Ren schreef elke naam, elk alias, elke stad die ze kon bedenken op — Lissabon, Parijs, Cluj-Napoca, Hackney — en begon toen lijnen te trekken alsof het een uitdrijving was in plaats van een stroom-schema. Vincent leverde details waar zijn geheugen het toeliet, maar het meeste van wat hij wist was vervaagd in de algehele nevel van zijn eeuwen. De grote namen waren technisch gezien allemaal dood, maar 'technisch gezien' betekende niet meer wat het ooit betekende.

Na tien minuten zag het servet eruit als een moordbord ontworpen door een bijzonder kwade spin. De meeste lijnen eindigden in '?' of 'Waarschijnlijk' of 'Vermist'. Twee namen waren per ongeluk gemarkeerd door een botsing met een koffiekring. Ren wees naar een ervan. 'En de Bisschop?'

'Voor het laatst gezien in Florence', zei Vincent. 'Als hij in Londen is, loopt hij er niet mee te koop.'

Ze wees naar een andere. 'De Turkse Prinses?'

Vincent schudde zijn hoofd. 'Met pensioen in Monaco. Naar verluidt.' Hij leunde naar voren, zijn stem nauwelijks meer dan een fluistering. 'Als dit de Orde is, gebruiken ze plaatsvervangers. Nieuwe gezichten met oude schulden.'

Ren keek onovertuigd, maar haar standaardinstelling was dan ook om het ergste te verwachten en aangenaam verrast te zijn door alles wat minder erg was. Ze leunde achterover, strekte haar benen onder de tafel en keek hoe de lichten streden met de duisternis buiten het raam. De stad buiten was een plak zwart en natriumgeel, de straten stroomden van de regen en de echo's van betere beslissingen.

'We zouden kunnen infiltreren', zei ze.

Vincent verslikte zich bijna in zijn espresso. 'Wil je auditie doen voor 's werelds meest vervloekte toneelstuk?'

Ren haalde haar schouders op, een beweging die puur Noord-Londen was. 'Ik zou kunnen doorgaan voor een toneelknecht. Of een invaller.'

Hij schudde zijn hoofd. 'Mensen van sekte-achtig theater ruiken buitenstaanders. Het is net als met katten, maar dan met een grotere neiging tot rituele offers.'

Ren grijnsde en toonde het soort tanden dat haar een favoriet maakte onder mensen die een hekel hadden aan koetjes en kalfjes. 'Maar jij bent een van hen. Jij hebt het script geschreven.'

Hij trok een grimas. 'Wat betekent dat ik de laatste ben die ze zouden vertrouwen.'

Ze gooide het servet naar hem. 'Je moet gaan. Kijken hoe ver ze zijn. Op zijn minst een blik werpen op de nieuwe cast.'

Hij speelde met de pen en zag de inkt op zijn vingers lekken. 'Je beseft dat dit opgezet spel is, hè? Openingsscènes, ik raak erbij betrokken. Het middenstuk, iemand wordt vermoord. De slotscène—'

'We improviseren', zei ze, waarmee ze zijn zin afmaakte. 'Dat is waar je het beste in bent.'

Daar kon hij niets tegenin brengen. Hij had een carrière opgebouwd met improviseren — wanneer de plot uit elkaar viel, wanneer het geld op was, wanneer het laatste onderduikadres een val bleek te zijn. Zijn leven was een aaneenschakeling van onvoorbereide lezingen en wanhopige herschrijvingen.

Hij dronk zijn espresso op en zette het kopje neer met een vastberadenheid die slechts licht werd ondermijnd door het gewiebel ervan. 'Goed', zei hij. 'Ik ga. Maar als ik op het podium beland, moet je beloven me niet uit te jouwen.'

Ren stak drie vingers op, padvinderseer, en verbrak onmiddellijk de belofte door de ober te wenken voor meer koffie.

Vincent staarde naar het geannoteerde theateraffiche dat repetities aankondigde in de crypten van St. Martin's, de rode inkt die in het oude papier sijpelde, de woorden die trilden met de urgentie van een dreiging die niet helemaal echt was totdat ze je doodde. De lichten van het café flikkerden, stabiliseerden en flikkerden toen weer. Een rilling kroop langs zijn ruggengraat, maar het was de vertrouwde, bijna geruststellende rilling van een verhaal dat tot leven kwam.

Hij stak het servet in zijn zak, stond op en keek de nacht in. Regen beukte op de stoep en waste de stad schoon voor de volgende lichting zondaars.

Hij draaide zich om naar Ren, die hem groette met haar koffiemok. 'Toi toi toi', zei ze.

Hij glimlachte bijna. 'Zo begint het altijd', zei hij en liep de storm in.

De crypten van St. Martin's stonden op de grens tussen verval en sloop, een Victoriaans relikwie dat overeind werd gehouden door inertie en kleinzielige bureaucratie. De stenen gevel was gehavend door de littekens van oude protesten, nieuw vandalisme en een gedenkwaardige poging om het gebouw in de jaren zestig plat te branden. Mos smoorde de gebeeldhouwde kroonlijsten. Regen stroomde van het kapotte dak en verzamelde zich in kuilen die groot genoeg waren om de lokale fauna te verzwelgen. Zelfs de gemeente had het opgegeven en de ingang overgeleverd aan roest en een hekwerk dat 'verboden toegang' suggereerde, maar het eerder met een zucht dan met een dreiging overbracht.

Vincent liep om de hoofdingang heen, zijn schoenen soppend door een plas die de helft van de stoep had gekoloniseerd. Hij vond de zijdeur onafgesloten, zoals verwacht, en dook naar binnen. De duisternis was onmiddellijk en absoluut, op het streepje licht na dat door de hoofdgang filterde. Hij hoorde het gebouw ademen: het uitzetten en krimpen van vermoeid hout, het druppelen en spatten van water dat zijn weg zocht van het dak naar de kelder, het broze trillen van spinnenwebben, verstoord door niets meer dan de herinnering aan beweging.

Hij bewoog zich met een weloverwogen stilte. Zijn zintuigen reikten uit en vingen het lage geroezemoes van stemmen uit de vergaderzaal op — een mix van gewoon menselijk gemurmel en iets dat net daarboven klonk, een boventoon die vibreerde in de holte van zijn schedel. Het was het geluid van mensen die probeerden stil te zijn en daarin faalden, van geheimen die in gefluister werden gerepeteerd.

De gang kwam uit in de grote zaal, een rechthoekige spelonk

omzoomd met gebarsten pilaren en de geesten van vele honderden doden en begravenen. Het plafond, beschilderd met een allegorie van een idyllisch hiernamaals, liet nu bruine tranen vallen op de parketvloer. Het tijdelijke podium aan het andere eind was aangekleed met geïmproviseerde gordijnen — beddenlakens die een verontrustende rode kleur hadden gekregen — en verlicht door een bonte verzameling kaarsen en wat leek op een paar bouwlampen op batterijen, waarvan er een op sterven na dood was.

Op het podium stond een halve cirkel van figuren in karmozijnrode maskers. Ze droegen burgerkleding onder het kostuum, maar het effect was verontrustend: een leger van lege gezichten, monden bevroren in een permanente grijns. In het midden stond een jonge man in een marineblauw pak, op blote voeten, met een masker dat was afgezet met iets wat op bladgoud leek. Hij hield een script vast, maar toen hij sprak, las hij niet. Hij acteerde.

Vincent herkende de monoloog nog voor het tweede woord. Hij had hem als grap geschreven, een stukje zelfingenomen pastiche om een saaie, verklarende scène op te vullen. Hier waren de woorden tot wapen gemaakt. De cadensen waren scherper, elke zin sneed door de stilte en nestelde zich op een onprettige plek.

'Bloed is een script,' declameerde de jonge man, 'en allen zijn gecast in zijn schaduw. We worden geboren als publiek, maar sterven als acteurs, verdronken in een applaus dat niet voor ons is.'

De anderen deden mee, een vraag-en-antwoordspel uit de achterpagina's van Vincents geheugen:

'Laat de inkt vloeien. Laat de ader opengaan. Laat het verhaal zich voeden.'

Hij voelde het toen, een kou die langs zijn ruggengraat liep en zich in zijn voeten nestelde. De lucht in de zaal werd ijler. De kaarsen flakkerden en trokken lange, onmogelijke schaduwen achter elk gemaskerd gezicht. De woorden waren niet langer alleen maar woorden. Ze hadden tanden gekregen.

De monoloog bouwde op, spiraalde, keerde in zichzelf terug. Vincent zag hoe de handen van de jonge man begonnen te trillen, het papier beefde synchroon met zijn stem. Het masker vertoonde een klein barstje in de hoek. Zweet maakte de stof over zijn mond donkerder. De rest van het gezelschap kwam dichterbij, hun eigen zinnen echoënd, overlappend, een koor dat betekenis vervaagde tot ritme.

Toen bereikte de jongen de laatste regel. Hij spuugde hem uit, niet naar het publiek — dat, althans openlijk, alleen uit Vincent bestond — maar naar de lege ruimte boven het podium.

'Het verhaal eindigt wanneer u het droogbloedt!'

De lucht trilde, alsof het geluid een naad in de wereld had opengereten. Een seconde lang zag Vincent het plafond vervormen, de hemelse muurschildering die vervormde tot iets obsceens en hongerigs. De kaarsen brandden een hartslag lang blauw en sprongen toen terug naar oranje.

Vincent klemde zich aan de muur, zijn knokkels wit. Hij had duizend rituelen bijgewoond, honderd aderlatingen doorstaan, maar nog nooit had hij de kracht zo rauw gevoeld, zo volkomen onverschillig voor de mensen die haar hanteerden.

Hij besefte, met iets wat leek op ontzag en heel veel op angst, dat dit geen sekteleden in de oude zin van het woord waren. Het waren fans. De voorstelling was het ritueel. Elke regel, elke regie-aanwijzing, was een spreuk vermomd als script.

Op het podium verbrak het gezelschap hun kring. De jonge man zakte in elkaar, zijn masker scheef, maar zijn ogen waren helder en levendig en staarden recht naar Vincent. Om hem heen richtten de anderen de ruimte opnieuw in — ze zetten een stoel neer, een rekwisietenschedel, iets wat leek op een punchkom van verdachte herkomst. Ze bewogen met de efficiëntie van mensen die dit al honderd keer hadden geoefend, die wisten dat ze in de gaten werden gehouden.

Vanuit de coulissen kwam een nieuwe figuur tevoorschijn. Gemaskerd, maar het masker was zwart, niet rood, en het pak dat het droeg was op maat gemaakt met een extravagantie die grensde aan satire. De figuur pauzeerde en wendde toen zijn gezicht naar Vincent. Het maakte een buiging — langzaam, spottend, weloverwogen. Vincents keel kneep samen.

Hij kende die buiging. Hij had haar gezien op oude foto's, in herinneringen die niet wilden sterven, zelfs niet als je ze met een staak door het hart doorboorde. Hij had haar uitgevonden.

De figuur richtte zich op en verdween toen backstage.

Vincent nam een snelle beslissing: hij vertrok voor het applaus.

De gang was plotseling ijskoud. Hij voelde de statische elektriciteit op zijn huid, de manier waarop de woorden aan hem kleefden als een klamme deken. Hij verwachtte half dat het mos op de buitenmuren zou wachten om hem te omhelzen terwijl hij vluchtte.

Hij strompelde de parkeerplaats op. De regen was nu bijbels, een aanval uit alle richtingen. Rens gehavende Peugeot stond stationair te draaien aan de stoeprand, de ruitenwissers verloren de strijd om de ruit schoon te houden. Ze zat achter het stuur, de motor draaide, haar capuchon op tegen de kou. Ze zag hem, seinde met haar grootlicht en gebaarde met een knikje dat hij moest instappen.

Hij gleed op de passagiersstoel en smeet de deur dicht. De warmte binnen was een onmiddellijke verlichting, maar de herinnering aan de zaal hing als een doorweekte deken om zijn schouders.

Ren keek hem aan, haar handen om het stuur geklemd. 'Nou?'

Hij was een moment stil en keek hoe de regen parelde en over de voorruit stroomde. De natte stad gloeide in uitgesmeerde reflecties, straatlantaarns die als verse wonden uitliepen.

'Ze repeteren geen toneelstuk', zei Vincent, zijn stem laag en gelijkmatig.

Ze wachtte.

'Ze repeteren een apocalyps.'

Ze zaten in de auto en luisterden naar de motor, de regen, de stervende wereld buiten. Geen van beiden sprak, want er was niets meer te zeggen.

In de verte, ergens voorbij de storm, ademden de oude crypten kaarsenrook en triomf uit.

Het verhaal liep, voor een keer, precies op schema.

ZEVENTIEN

Vincent werd twintig minuten eerder wakker dan hij had gewild, omdat iemand papier onder zijn voordeur doorschoof. Niet in de figuurlijke zin (hoewel, zoals altijd, het universum zijn eigen lijst met grieven aan het opstellen was), maar met een letterlijk schrapend en zuchtend geluid tegen het hout, berekend om rechtstreeks langs zijn ruggengraat te trekken en hem aan zijn matras vast te pinnen.

Hij lag doodstil en luisterde naar de avondcyclus van de stad: de sirenes die ruzieden met de riviermist, kantoormedewerkers die na een snelle pint naar huis gingen, en nu, de heimelijke beweging van een boodschapper met een uitgesproken mening over briefpapier. Vincent weerstond de drang om de lamp aan te doen. Zijn ogen, die nooit helemaal menselijk waren, waren hiervoor ontworpen. Het pikdonker van zijn flat was voor hem een melkachtige schemering; de zwakste straatverlichting, de zachtste ledgloed van een vergeten apparaat, verzamelde net genoeg fotonen voor zijn pupillen om de hele kamer in spookachtig reliëf waar te nemen.

Hij luisterde of hij voetstappen in de gang hoorde. Niets.

Degene die de envelop had bezorgd, was ofwel een sluipkoning van olympisch niveau, of was simpelweg in een schaduw opgelost, wat in zijn beroepsgroep niet zo onwaarschijnlijk was als men zou hopen. Hij rolde uit bed, zijn voeten landden op de koude vloerplanken, en sloop naar de deur met de afgemeten tred van een man die ooit om drie uur 's nachts een drukgevoelig zegel had geactiveerd en geleerd had die ervaring nooit, maar dan ook nooit te herhalen.

De envelop was, toen hij hem oppakte, zwaarder dan hij leek: dik, roomkleurig papier, een staaltje textuur met waarschijnlijk een stamboom van vijf generaties en een trustfonds. Hij was verzegeld met was, zo donkerrood dat het bijna zwart was, en bedrukt met een zegel dat hij voor het laatst had gezien op de achterkant van een afgehakt hoofd.

Vincent hield hem omhoog en draaide hem in het zwakke licht dat uit de keuken kwam. Het zegel was een drievoudige halvemaan, bedekt met een doornig schrift dat erin en eruit kronkelde als het meest pretentieuze prikkeldraad ter wereld. Hij weerstond de drang om het met zijn tanden open te breken.

Achter hem liet de bank een kreun horen die alleen kon worden voortgebracht door het verschuivende gewicht van een volwassen mens, en een ogenblik later schuifelde Ren de gang in, gewikkeld in een deken en de soort morele verontwaardiging die alleen beschikbaar is voor mensen die nog een functionerend metabolisme hebben. Haar haar was een chaos, plat aan de ene kant en zwevend aan de andere, en haar gezicht vertoonde de vouwen van iemand die met haar telefoon tegen haar wang had geslapen.

Ze bekeek de envelop, toen Vincent, en toen weer de envelop. 'Dus,' zei ze met een slaperige stem, 'is dit het deel waarin je van Zweinstein wordt gestuurd voor misdaden tegen de postwet?'

Vincent zwaaide met de envelop. 'Speciale bezorging. Geen handtekening vereist.'

Ren leunde naar voren en tuurde naar de waszegel. 'Leuk. Heel erg "we weten waar je woont".'

Hij brak het zegel met een duimnagel en schoof de kaart eruit. De inhoud was eenvoudig: een enkele rechthoekige kaart, ivoorkleurig, met een handschrift zo onberispelijk dat het waarschijnlijk toebehoorde aan een machine die was geprogrammeerd om waanzin te simuleren. De boodschap luidde: 'U wordt hartelijk ontboden' – het hartelijk tweemaal onderstreept, vermoedelijk voor de ironie – 'in het Orpheum Theatre.' Er was geen tijd, geen datum, zelfs geen kledingvoorschrift.

Ren gluurde over zijn schouder, op haar tenen om het beter te kunnen zien. 'Het is een val,' gaapte ze, en verpestte het effect onmiddellijk door nog eens te gapen.

Vincent hield de kaart op armlengte en tikte er met zijn vinger tegenaan, zodat hij als een tarotkaart op de keukentafel rondtolde. 'Ze doen tenminste niet meer alsof. Dat is vooruitgang.'

Ren viste een mok uit het afdruiprek, schonk zichzelf een royale portie koffie van gisteren in en nam een slokje met de onverzettelijkheid van een mijnwerker die een overstroomde schacht inkijkt. 'Ga je?' vroeg ze, zonder hem echt aan te kijken.

Hij haalde zijn schouders op en probeerde het nonchalant te laten lijken, maar de beweging was te scherp. 'Als gekken je naar hun hol ontbieden, dan ga je. Dat is elementaire vampierenetiquette.'

Ren overwoog dit en knikte toen. 'Wil je versterking? Ik kan dreigend doen. Of je ophalen als je snel weg moet.'

Vincent schudde zijn hoofd. 'Als het is wat ik denk dat het is, willen ze me alleen. Jij zou alleen maar bijkomende schade zijn.' Hij werd een fractie zachter. 'Maar als ik bij zonsopgang niet terug ben, bel dan mevrouw Barley. Zeg haar dat ze de boel in de as moet leggen.'

Ren grijnsde, en verpestte het vervolgens door koffie op haar ochtendjas te morsen. 'Dat is niet iets wat je zegt tegen iemand met pyromane neigingen.'

Hij keek naar haar, naar de manier waarop ze zich met de vlek bezighield, de manier waarop ze deed alsof het haar niet kon schelen. 'Wil je echt mee?' vroeg hij.

Rens blik was er een van puur ongeloof. 'Ik ga de kans niet missen om jou een hele vampierencultus te zien overtreffen in ongemakkelijkheid.'

Vincent glimlachte, een strakke, innerlijke glimlach. 'Goed. Ik zou niet willen slagen zonder een waarderend publiek.'

Hij keek weer naar de kaart. Het Orpheum Theatre. Het was al sinds de jaren negentig een bouwval, gesloten na een mislukte duiveluitdrijving en een reeks ongelukkige lekkages. Het gerucht ging dat elke voorstelling sinds 1973 in minstens één kleine bezetenheid was geëindigd, en dat de geest van een mislukte illusionist nog steeds op de catwalkers rondspookte en af en toe uit professionele afgunst met zandzakken naar de levenden gooide. Vincent was ooit ingehuurd om de archieven van het theater te catalogiseren, maar vond de stank van nostalgie zelfs voor hem overweldigend.

Ren zette haar mok leeg en pakte toen haar telefoon. 'Wil je dat ik het Orpheum google, of gaan we er gewoon van uit dat de hele avond vervloekt is?'

Vincent aarzelde. 'Vervloekt is voorspelbaar. Ik hoop op slechts fataal.'

Ze tikte een paar seconden op haar telefoon en hield hem toen omhoog zodat hij het kon zien. 'Orpheum Theatre. Nog steeds onbewoonbaar verklaard. Maar de recensies zijn spectaculair.' Ze scrolde. '"Hier een alternatieve productie van *Phantom of the*

Opera gezien. De Phantom was echt. Vier sterren." "Leuke locatie, zou het niet aanraden aan de lichtgeraakten." "Beste dodenval in Shoreditch."'

Vincent tuurde naar het adres. 'Dat is de achteringang. De oude artiestendeur.'

Ren knikte. 'Wil je dat ik een breekijzer meeneem?'

Hij dacht erover na en schudde toen zijn hoofd. 'Als je een breekijzer moet gebruiken, is het plan al mislukt.'

Ze gaapte weer en liet zich toen op de bank vallen, waarbij de deken als een cocon om haar heen verward raakte. 'Wil je dat ik op zijn minst rijd?'

Hij overwoog het. 'Ja. Als dit misgaat, ben jij mijn extractie.'

Ren salueerde, de beweging overdreven en, gezien de staat van haar pyjama, lichtelijk obsceen. 'Aye-aye, kapitein.'

Vincent keek een moment naar haar en richtte zich toen weer op de envelop. Hij streek met zijn vinger over de gebroken was, de vage afdruk die het zegel had achtergelaten. Hij kon de vorm ervan in zijn geest voelen, zoals je een blauwe plek van binnenuit kunt voelen. Het was niet zomaar een oproep. Het was een claim.

Hij liet de kaart op tafel liggen, pakte een schoon shirt van de wasstapel (het dichtst dat hij bij formele kleding in de buurt kwam) en begon zich voor te bereiden op de avond met de gelaten efficiëntie van een man die bestek neerlegt voor zijn eigen wake. Hij had ergere dingen het hoofd geboden dan theatercultisten, maar zelden op een lege maag en met zo weinig informatie.

In de gang hield hij even stil. De flat was weer stil, op het mechanische gezoem van de koelkast en het zachte, aritmische gesnurk vanaf de bank na. Hij keek naar de gesloten deur, de envelop, de manier waarop de nacht zich bij het raam verzamelde in lagen van vloeibaar donker.

Vincent overwoog een briefje achter te laten voor mevrouw Barley, voor het geval dat. Iets kernachtigs, zoals 'Ben even vermoord worden, terug voor zonsopgang', maar besloot het niet te doen. Zij zou het wel weten. Dat wist ze altijd.

Hij trok zijn jas aan, knoopte hem dicht tegen de kou van voor zonsopkomst en glipte de deur uit met de envelop in zijn zak, het wassen zegel koud tegen zijn handpalm.

Op weg naar beneden keek hij op zijn telefoon. Geen nieuwe berichten. Niets van de Orde. Geen paniekerige telefoontjes van Zara of het archief. De stilte was op haar eigen manier angstaanjagender dan welke vloek dan ook.

Op straat stond Ren te wachten, in een deken gewikkeld en een appel etend alsof het een uitdaging was. Ze gooide hem de autosleutels toe en klauterde toen op de passagiersstoel, voeten op het dashboard. 'Jij rijdt. Ik navigeer. Als we een omweg nemen, is dat omdat de navigatie bezeten is.'

Vincent startte de motor. Hij gromde wakker, rillend van protest. De auto rook naar natte wol en Red Bull. Hij reed achteruit uit de parkeerplaats, de banden piepten in de vochtige lucht, en richtte de motorkap op Shoreditch met de grimmige vastberadenheid van een man die al eens gestorven was en niet van plan was dat nog eens te doen.

'Nog laatste gedachten?' vroeg Ren, haar stem gedempt door de deken.

Vincent dacht erover na. 'Als ik het niet haal, zeg dan tegen mevrouw Barley dat ik haar nog de schoonmaak van vorige maand verschuldigd ben. En dat ze in mijn testament staat.'

Ren grijnsde, haar ogen sloten zich al terwijl de lichten van de stad vervaagden. 'Genoteerd.'

Ze reden in stilte, de wereld buiten de voorruit smolt weg in een brij van neon en nacht. Vincent liet de weg hem meevoeren, het gewicht van de uitnodiging drukte tegen zijn borst, en vroeg zich af wat voor monster zoveel moeite zou doen voor een man die een hekel had aan theater.

Maar toen bedacht hij dat monsters zelden een excuus nodig hadden.

Het Orpheum wachtte, zijn deuren zo zwart als de leegte tussen seconden, en Vincent reed door, de stad sloot zich achter hem als een publiek dat naar de openingsact snakte.

Het Orpheum was van twee straten verderop te zien, wat indrukwekkend was aangezien het de laatste dertig jaar langzaam in zijn eigen legende was ingestort. Het metselwerk, ooit laat-Victoriaanse trots, was gebarsten in tektonische platen die dreigden af te breken en de volgende Instagrammer met een voorliefde voor stedelijk verval te verpletteren. De ramen waren geel uitgeslagen door met nicotine gekleurd plastic, en de stenen trappen bij de ingang werden gekoloniseerd door mos en de geesten van honderd mislukte gemeentelijke renovatieplannen. Een vervaagd spandoek met 'Sloop in Afwachting' hing als een slinger aan het verroeste balkon.

Vincent parkeerde aan de zijkant, half op de stoep, en liet de motor stationair draaien. Hij zat een moment, keek naar het gebouw en ademde uit. De envelop in zijn zak straalde de soort energie uit die normaal gesproken is voorbehouden aan radioactieve isotopen en het soort haatmail dat met een eigen straatverbod wordt geleverd.

Ren, de deken nog steeds als een superheldencape over haar heen gedrapeerd, bekeek hem vanaf de passagiersstoel met een bestudeerd gebrek aan bezorgdheid. 'Heb je een peptalk nodig?' bood ze aan, haar toon zo neutraal als Zwitserland.

Hij overwoog het. 'Tenzij je een handleiding hebt voor suïcidale diplomatie.'

Ze wees naar het theater. 'Ga naar binnen, ga niet dood, stuur een appje als je versterking nodig hebt. Als je begint te monologiseren, geef ik je een halfuur voordat ik het feestje kom verstoren.'

Vincent glimlachte. 'Je bent een nationale schat, Ren.'

Ze grijnsde, een volle vertoning van tanden. 'Breek een been. Of dat van iemand anders, als je de kans krijgt.'

Hij liet haar daar achter, haar ogen sloten zich terwijl ze de radio afstemde op wat blikkerige late-night r&b, en jogde de door onkruid overwoekerde dienststeeg in naar de achterkant van het Orpheum. De artiesteningang stond waar hij altijd had gestaan, met een hangslot aan de klink, maar, zoals de traditie voorschreef, met een half dozijn andere ingangen onvergrendeld voor het geval van brand, ratten, of acteurs met een doodsangst voor stiptheid.

Hij glipte naar binnen, zijn laarzen piepten op het vochtige linoleum. Binnen was het erger dan buiten. De meeste verlichting was jaren geleden gestript voor het koper, waardoor er alleen schaduwen en af en toe een door de maan verlicht plasje overbleven. De lucht stonk naar oude was, schimmel en de lange, langzame uitademing van falende architectuur. De gang achter het toneel leidde naar de foyer, nog steeds geschilderd in een kleur die alleen 'Institutionele Angst' had kunnen heten, en vervolgens naar de coulissen.

Hier pauzeerde hij en liet zijn ogen wennen. Voorbij de opening in de gordijnen gaapte het hoofdpodium, alleen verlicht door kaarsen en de restgloed van de drie oeroude, op batterijen werkende spotlights die hij bij repetities had gezien. Op de planken stonden een dozijn figuren in een halvemaanformatie, met hun rug naar de zaal, gekeerd naar de duisternis van waaruit Vincent nu toekeek.

Ieder van hen droeg een masker. Niet de goedkope Halloweenvariant, maar volgelaatsmaskers, handgeschilderd, van het soort dat wordt gebruikt in producties waar van het publiek wordt verwacht dat het zowel doodsbang als emotioneel gemanipuleerd wordt. De maskers glinsterden – porselein, lak, een paar van leer; elk een andere, bloemrijke uitdrukking van honger of extase of verdriet, alsof de castingdirector de persoonlijke bezittingen van honderd dode acteurs had geplunderd.

In het midden stond de lange vrouw in de bloedrode mantel, haar masker een Venetiaanse aangelegenheid met zwartglazen ogen en een mond gefixeerd in een constante, liploze glimlach. Het decor achter haar was minimaal: slechts een enkele ijzeren lessenaar, een vloer bezaaid met witte rozenblaadjes en een versleten gordijn dat probeerde grootsheid te suggereren, maar daarin faalde.

Vincent stapte de coulissen uit en liet zijn schaduw lang over het podium vallen. De figuren bewogen niet. De stilte was totaal, op het vage sissen van kaarsvet en het gerommel van het verkeer buiten na.

Hij liep naar het midden van het podium, voorzichtig om niet over de kromgetrokken planken te struikelen. De gemaskerde figuren verplaatsten zich als één, draaiden zich naar hem toe, de beweging gesynchroniseerd en veel te soepel.

De Vrouw in de Mantel sprak, haar stem versterkt en vervormd door de ruimte. 'Bloedbard,' zei ze; de titel werd met zoveel genot uitgesproken dat het in zijn nek jeukte. 'U hebt gehoor gegeven.'

Vincent knikte, en veinsde een nonchalance die hij niet voelde. 'U realiseert zich toch dat ik dronken was toen ik het grootste deel van het script schreef?'

De Vrouw in de Mantel negeerde hem en stapte naar voren. Van dichtbij waren de ooggaten van het masker puur zwart; wat erachter lag, reflecteerde de kaarsen niet. 'Uw woorden hebben ons hier gebracht. Uw visie zal het ritueel leiden.'

Hij keek langs haar heen naar de gemaskerde congregatie die

in de zaal zat. De zaal was vol. 'Hebben jullie allemaal een weddenschap verloren, of is dit een of ander meeslepend diner-theater?'

Het publiek lachte niet, maar een paar mensen verschoven, een rimpeling ging door de halve cirkel alsof dezelfde gedachte hen allemaal tegelijk had geraakt.

'Bent u klaar om te beginnen?' vroeg de Vrouw in de Mantel.

Vincent overwoog een grap te maken, maar zijn mond was droog en er zat nu een verse, ijzige angst onder zijn huid. 'Als u een monoloog verwacht, ik heb de tekst niet uit mijn hoofd geleerd.'

De Vrouw in de Mantel wendde zich tot haar volgelingen en gebaarde. Twee van hen verbraken de formatie en verdwenen in de coulissen. Ze kwamen even later terug en sleepten een oeroude, gehavende en met ijzer beslagen kist tussen hen in, het soort dat branden en, nog alarmerender, amateurtheatertours door Oost-Europa overleefde. Ze hesen hem naar het midden van het podium.

'Uw werk,' sprak de Vrouw in de Mantel, 'is niet verloren.' Ze knipte met haar vingers; een van de gemaskerde figuren opende de kist met een breekijzer.

Het deksel viel open en Vincents hart stopte. Binnenin lagen honderden pagina's – sommige ingebonden, de meeste los – in bevlekte, precaire stapels. Hij herkende het script onmiddellijk, niet alleen de krullen, de bewerkingen en de doorgestreepte regels, maar de daadwerkelijke textuur van het papier. Zijn papier, het goede spul, de partij waarvan hij dacht dat hij die in 1947 na het Lyon-incident had verbrand. De bovenste laag was vergeeld, de randen krulden omhoog, maar daaronder zag hij schone, witte vellen, alsof iemand lang was blijven schrijven nadat hij was gestopt.

Hij bukte om een vel op te pakken, maar bedacht zich toen.

De Vrouw in de Mantel kwam dichterbij. 'Het ritueel is onvolledig, Bloedbard. U moet het verhaal afmaken.'

Vincent deed alsof hij het script bestudeerde. 'De laatste keer dat iemand dit probeerde op te voeren, explodeerde de hele cast. Willen jullie echt een vervolg?'

Ze hield haar hoofd schuin. 'U hebt het verkeerd beëindigd. Het koor werd afgewezen. Het vat ongevuld.'

Hij liet de woorden in zijn hoofd rondtollen. Het waren dezelfde zinnen die de cultist in Praag had gebruikt, dezelfde als het hoofd in de koelkast. Het verhaal had zich verspreid, was gemuteerd, geëvolueerd, maar de kern was altijd hetzelfde: voltooi het ritueel, voltooi het stuk, geef het publiek wat het wil.

Vincent keek omhoog naar het balkon. Hij kon ze nu voelen – niet alleen de gemaskerde acteurs, maar ook anderen, in het donker. Meer maskers. Meer toeschouwers. Sommige menselijk, sommige niet. De akoestiek van het Orpheum droeg hun adem naar het podium, een gefluister van anticipatie.

Hij pakte een pagina op. Zijn eigen handschrift staarde hem venijnig aan. Hij las de bovenste regel en zijn maag keerde zich om. Dit was niet zijn versie. Het waren zijn slechtste ideeën, de fragmenten en afgedankte vloeken, aan elkaar genaaid door iemand die hem genoeg haatte om het goed te doen. De volgende pagina was erger: een bezwering die hij had neergekrabbeld en toen had gezworen nooit te herhalen, hier uitgeschreven in een perfect, secuur handschrift.

Hij hield zijn gezicht neutraal. 'Hebt u dit allemaal gedaan voor een scriptlezing?'

De Vrouw in de Mantel knipperde niet met haar ogen. 'Vanavond maken we af wat begonnen is.'

Ze gebaarde naar de kist. 'Lees.'

Vincent keek naar het publiek en toen terug naar haar. 'Geen pauze?'

Ze negeerde de steek onder water. De andere gemaskerde figuren vormden nu een volledige cirkel, hem opsluitend met de kist, hun door kaarslicht verlichte gezichten grijnsden op hem neer als toeschouwers bij een executie. Vanuit de coulissen kwamen nog twee figuren binnen, die een gehavende, oude lessenaar en een bokaal meesleepten die eruitzag alsof hij in de dertiende eeuw uit een kathedraal was gestolen.

Vincent woog zijn opties af. Ren was buiten, maar er was geen schijn van kans dat ze de openingsmonoloog zou overleven als ze zich naar binnen probeerde te forceren. Hij keek nogmaals naar de pagina's. Als hij weigerde, zouden ze hem vermoorden; als hij meewerkte, zouden ze hem waarschijnlijk toch vermoorden, maar met betere productiewaarde.

Hij bladerde naar de gemarkeerde pagina en begon te lezen.

In het begin voelden de woorden onhandig aan – zelfparodie, slechte poëzie, het soort spul dat hij in een vlaag van woede had versnipperd. Maar terwijl hij sprak, veranderde de kamer. De lucht werd dikker, de kaarsvlammen bogen naar binnen en elk gemaskerd gezicht leek dichterbij te leunen. De woorden werden zwaarder, elk woord viel in de put van zijn maag en lichtte op met een oud, onwelkom vuur.

Hij kon voelen hoe het theater reageerde. De barsten in de muren bogen, de afbladderende verf leek te zuchten en ergens boven op het balkon zette een spectrale hand een valstrik voor het gordijn. Hij bleef lezen.

De Vrouw in de Mantel begon zijn woorden te echoën en ze te versterken. De anderen sloten zich, koorachtig, aan, het geluid nam in volume toe totdat het een muur van overlappende stemmen was, onmogelijk om de een van de ander te onderscheiden. Vincent probeerde te stoppen, maar het script liet hem niet los – zijn tong struikelde over zichzelf, zijn mond vormde lettergrepen die hij nooit had bedoeld te schrijven, laat staan uit te spreken voor getuigen.

Hij probeerde de pagina te laten vallen, maar zijn vingers zaten op slot, elke spier in zijn arm was verbonden met de voorstelling. Om hem heen wiegden de gemaskerde cultisten, met opgeheven armen, en de cirkel begon zich verder te sluiten. Hij zag nu dat hun maskers niet vastzaten – ze bewogen een beetje, de uitdrukkingen vervormden bij elke regel, tanden werden langer, ogen werden groter of smaller afhankelijk van het woord. De gezichten veranderden met het verhaal.

Vincent kokhalsde de laatste regel. 'Laat het hart zich openen, laat het vat zich vullen. Het verhaal eindigt als het bloed vrij stroomt.'

De Vrouw in de Mantel schreeuwde, een geluid dat begon als vreugde en eindigde als pure, snerpende pijn. Het gemaskerde koor schreeuwde met haar mee, maar verbrak de cirkel niet. In plaats daarvan vouwde de schreeuw zich in zichzelf terug, verstilde en werd een zoemend geluid.

Hij wankelde achteruit, de pagina viel eindelijk uit zijn hand. De kist bewoog, de pagina's binnenin roerden zich, verschoven, verfrommelden alsof ze van binnenuit werden gekauwd door iets dat te graag wilde ontsnappen.

De Vrouw in de Mantel bukte, pakte de pagina op en hield hem bij de kaars. Het papier vatte met een sissend geluid vlam, en elk masker in de kamer draaide zich om en keek hoe het verbrandde. De ogen erachter waren nu zichtbaar – rood, zwart, sommige puur wit. Sommige waren gewoon gaten.

'Het is volbracht,' sprak de Vrouw in de Mantel, haar stem een heel octaaf lager. 'Nu, Bloedbard, zult u het podium betreden.'

Ze rukte haar masker af. Het gezicht eronder was zonder trekken, zo blanco als een nieuw vel papier, op een mond na – een perfecte, verticale spleet die breder werd, en breder, en breder. Ze sprong op hem af, haar armen onmogelijk lang, de mantel ontvouwde zich tot een schaduw die het kaarslicht verzwolg.

Vincent deinsde achteruit, struikelde tegen de kist en voelde handen – tientallen, honderden – die hem vastgrepen en hem naar beneden trokken in de massa pagina's. Hij probeerde te schreeuwen, maar de woorden bleven in zijn keel steken en verstikten hem met de smaak van inkt en zout en oude, slechte herinneringen.

Het podium vervaagde. Het publiek werd zwart. Hij viel door woorden, door tijd, door de eindeloze, hongerige stilte van een verhaal dat niet wilde eindigen.

ACHTTIEN

Vincent kende het verschil tussen een theatrale enscenering en de werkelijkheid. De twee overlapten zelden, maar vanavond was het onderscheid puur academisch. Vincent werd wakker en merkte dat hij aan een gehavende schraagtafel op het podium van het Orpheum zat.

Het gemaskerde ensemble had een zakelijke benadering van het ritueel, meer conventie dan heksenkring. Ze kwamen op, een man of zes sterk, de gezichten verborgen achter dezelfde porseleinen maskers die hij eerder op het podium had gezien – sommige zo bleek en glad als zeep, andere gelakt met krullen en een enkele, smaakvolle bloedvlek. Niemand van hen maakte meer geluid dan nodig was en niemand schonk ook maar enige aandacht aan zijn bestaan. Hij had een rekwisiet kunnen zijn, of een doelwit, of (waarschijnlijker) een noodzakelijk kwaad in het draaiboek. Ze bewogen zich voorzichtig en gechoreografeerd om hem heen.

De Vrouw in de Mantel, de regisseur van dit specifieke melodrama, stond aan het hoofd van de tafel met haar handen over haar buik gevouwen. De mantel viel in strakke plooien en de capuchon wierp zo'n diepe schaduw over haar gezicht dat het leek alsof ze er geen had. Toen ze sprak, was dat zonder omhaal. 'We hebben uw werk in zijn pure vorm hersteld. U zult het script vanavond voltooien.'

Vincent keek naar wat er voor hem lag: een stapel van zijn oude manuscripten, schoon en onverbrand ondanks zijn verwoede pogingen; een fles inkt met een ganzeveer die in de hals was gestoken; een zilveren kelk met een deksel, waarop stoom condenseerde. Hij knikte langzaam naar het tafereel, alsof hij in gedachten punten voor de moeite uitdeelde.

Hij zei: 'U beseft toch wel dat ik al decennialang geen woord meer heb geschreven zonder een voorschot?'

De Vrouw in de Mantel reageerde niet, maar een van de koorleden schoof de kelk een centimeter dichter naar zijn rechterhand. De beweging was ingestudeerd, de kromming van de pols verraadde een vleugje plankenkoorts. Een ander gaf de ganzeveer een duwtje tot hij tot stilstand rolde, perfect uitgelijnd met het litteken op Vincents wijsvinger.

Hij deed demonstratief alsof hij het bloed negeerde. 'Een beetje vroeg op de avond voor een drankje, nietwaar?'

Hij tilde het deksel van de kelk, in de verwachting een offerande van goedkope Shiraz of, in het beste geval, een theatrale siroop aan te treffen. In plaats daarvan werd de lucht plotseling zwaar van de geur van vers mensenbloed – jong, warm, de soort die nog geen balsemer of mortuarium had gezien. Vincents hoektanden, altijd sluimerend maar nooit weg, begonnen met een waarschuwende puls onder zijn tandvlees te kloppen. Hij klapte het deksel dicht, in de hoop dat niemand de trilling in zijn vingers opmerkte.

De stem van de Vrouw in de Mantel volgde de beweging als een roofdier dat zijn prooi volgt. 'De daad moet zowel in de geest als in het lichaam worden voltrokken. Al het andere is theater.'

Vincent wierp een blik op de scripts, deed alsof hij zich verveelde terwijl zijn ogen over de bovenste pagina gleden. Hij nam een moment om het papier te bestuderen – goed katoenpapier, niet van die 'ambachtelijke' rotzooi van Amazon – en liet zijn blik toen over de woorden dwalen.

De vertrouwde regels in zijn eigen handschrift staarden hem aan – alleen waren deze niet precies van hem. In de marges krioelde een handschrift dat niet van hem was, met aantekeningen en doorhalingen in het rood, blokken met tekens en runen die in de nerf van het papier waren gedrukt alsof ze met een soldeerbout waren aangebracht. Er stonden ook instructies, maar die bewogen als hij ze probeerde te lezen, als een lichtkrant die uit insecten bestond.

Hij likte zijn lippen en proefde koper en gal. 'Ik zie dat jullie er werk van hebben gemaakt. Dus: is de dresscode altijd "bloedoffer-chic", of alleen voor mij?'

Er ging een rimpeling door de sekteleden, maar niemand hapte toe. De lamp boven hem zwaaide wijder en verlichtte de gezichten stroboscopisch in een opeenvolging van masker, schaduw, masker, schaduw. Ze keken toe, maar alleen met het geduld van roofdieren die wachten tot een stervend dier ophoudt met stuiptrekken. Zelfs de spoken achter de schermen van het Orpheum leken de avond aan zich voorbij te hebben laten gaan, alsof ze wisten dat deze voorstelling een alles-of-nietsclausule in het contract had.

Vincent keek de Vrouw in de Mantel aan. 'Als ik dit doe, wat gebeurt er dan met mij?'

'Uw rol is het voltooien van het werk. Daarna zult u er niet meer toe doen,' zei ze, en het had de geruststellende cadans van een ritueel.

Hij opende de inkt en snoof eraan. Goedkoop spul, maar het was tenminste niet rood. Hij haalde de dop van de pen, hield hem boven het script en liet zijn hand zweven. Elke spier in zijn arm wilde in opstand komen, maar de lucht was zwaar van de verwachting die alleen sektes en uitgeverijen konden opwekken.

Hij keek op, zijn ogen vingen de reflectie van de lamp in een stuk of zes maskers. 'Even voor de duidelijkheid: jullie zijn allemaal geletterd, toch? Ik zou het zonde vinden als dit tijdverspilling is, mocht niemand het einde daadwerkelijk kunnen lezen.'

Nog steeds niets. Hij vermoedde dat ze allemaal een zwijggelofte hadden afgelegd, of misschien was het gewoon een bijwerking van zo opgaan in cosplay.

Vincent haalde diep adem en bladerde toen door de stapel. De woorden verschoven onder zijn blik, regels die nietszeggende poëzie hadden moeten zijn, kregen een nieuwe, dreigende lading. De kanttekeningen namen geen genoegen meer met een rol aan de zijlijn: ze vloeiden over in de hoofdtekst, bogen over de randen en wikkelden zich op een beslist niet-typografische manier om de letters. Hij had eerder spreuken geschreven – met opzet, per ongeluk en in ten minste één betreurenswaardige fanfic – maar dit was de eerste keer dat hij het gevoel had dat het script hem terugschreef.

Hij zei: 'Als jullie willen dat dit authentiek is, moeten jullie me laten improviseren. Zo werkt het.'

De Vrouw in de Mantel knikte, het langzame knikje van een toneelmeester die zich al voor brand en overstroming heeft verzekerd.

Vincent doopte de ganzeveer in de inkt. Het krassen van de penpunt op het papier was onmiddellijk en alarmerend luid. Hij aarzelde en schreef toen:

De schrijver zit, omringd door maskers en de belofte van geweld. Hij kent het einde, maar schrijft het toch.

Een fysieke golf ging door de sekteleden – nauwelijks waarneembaar, maar onmiskenbaar. De lucht om hem heen werd dikker, het gezoem van de lamp veranderde van een jankend geluid in een bas. Zelfs de regen die op het dak viel, verstomde even, alsof de stad zelf haar adem inhield.

De Vrouw in de Mantel stond aan zijn linkerschouder, haar handen netjes gevouwen in de stijl van een douairière die een vuurpeloton voorbereidt. Haar masker was nieuw: niet het Venetiaanse geval van eerder, maar een simpele lap ruw linnen, bevlekt met het soort patronen dat je krijgt na jarenlang omgaan met rode wijn en andere, minder sociale vloeistoffen. Ze keek hem nooit recht in de ogen; dat kon Vincent wel respecteren. Om hen heen stonden de gemaskerde ensembleleden in een halve cirkel, elk met hun eigen privédrama: de Hagedis (een masker van schubben en lak, met een barstje in de kin van te veel kopstoten), de Tweeling (bij de slaap verbonden door een stuk zwart lint), de Dichter (mond dichtgenaaid met zilverdraad, ogen omrand met kohl). Er waren er meer, natuurlijk, maar hij was door zijn creatieve beledigingen heen tegen de tijd dat hij bij 'de Clou' aankwam (de kleinste, met een masker dat letterlijk als een clown was beschilderd, die om de een of andere reden een sfeer van dreigend geweld uitstraalde).

Ze waren stil, op het ademhalen na, dat in gesyncopeerde stoten kwam – inademen, uitademen, pauze, herhalen – als een koor dat de melodie was kwijtgeraakt maar vastbesloten was de maat te houden.

Vincent spande zijn hand, dwong de pen naar beneden en begon te schrijven.

In het uur sinds Vincent naar binnen was gegaan, had Ren de accu van de auto, de helft van haar waardigheid en een jumbodoos Fruit Adventure Tic Tacs om zeep geholpen. De nacht was niet zozeer koud als wel roofzuchtig, een klamme, West-Londense kilte die door de naden van haar jas naar binnen sloop en langs haar rug omhoog kroop als een slak zonder enig besef van persoonlijke ruimte. De dashboardklok staarde haar boosaardig aan met 02.07, terwijl de enige werkende straatlantaarn in het steegje het interieur van de Peugeot in de kleur van nat karton en wanhoop hulde.

Ze controleerde haar telefoon voor de tiende keer in evenveel minuten. Geen sms'jes, geen oproepen, zelfs geen passief-agressief 'nog in leven' van Vincent. Ze veegde het scherm uit en staarde naar de voorruit, kijkend hoe haar adem plakkerige spiralen achterliet in de condens. Op een gegeven moment had ze geprobeerd het schoon te vegen met de mouw van haar hoodie, maar het effect leek meer op Venetiaans glas na een aardbeving.

Ren had het Orpheum kunnen bestormen, maar ze had haar middelen geïnventariseerd en was tekortgeschoten. Ze had nog een Zwitsers zakmes, een goedkoop blikje 'premium' energiedrank en het soort zelfverdedigingstechnieken van het niveau straatvechten dat het best werkte als de tegenstander niet, inderdaad, eeuwen had besteed aan het perfectioneren van zijn eigen moordchoreografie. Ze redeneerde dat als Vincent gered moest worden, het verstandigst was om ervan uit te gaan dat hij zou sms'en als hij hulp nodig had.

In plaats daarvan greep ze naar haar laptop in de voetenruimte. Het was zo'n model dat werd aangeprezen bij 'creatieve professionals', wat een beleefde manier was om te zeggen dat het bloedheet werd en een accuduur had die werd gemeten in 'afleveringen van *Heel Holland Bakt*'. Het ding kwam schokkend tot leven, met gillende ventilatoren, terwijl Ren verbinding maakte met de wifi van de nabijgelegen Pret en zich op onderzoek stortte met de wanhoop van iemand die er alles voor over had om niet stil te hoeven zitten en te piekeren.

Allereerst: het Orpheum. De basis had ze al onderzocht – oud theater, decennialang gesloten, een magneet voor spokenjagers en mensen die 'esthetisch' met een maximumaantal lettergrepen uitspraken. Maar ze had het diepgaande onderzoek overgeslagen, het soort speurwerk dat dingen aan het licht brengt die zelfs Vincent niet wist. Ze begon bij het eigendomsregister van de gemeente, dat net zo bevaarbaar was als de Sargassozee, maar dan met meer gezonken hoop.

Binnen enkele minuten vond ze wat ze zocht: twee jaar geleden was de pacht van het Orpheum stilletjes gekocht door een entiteit genaamd Orbis Malvorn Ltd. Geregistreerd op de Kanaaleilanden, want natuurlijk was dat zo. De directeurs waren anoniem, maar het papieren spoor was net een tikje slordig – genoeg om te laten zien dat iemand had geprobeerd de sporen uit te wissen, maar niet met de overtuiging van een ware paranoicus. Ze vergeleek het adres met Vincents oude notities, vond drie overeenkomsten en voelde haar hartslag versnellen.

Ze groef dieper. Orbis Malvorn was verbonden met een reeks houdstermaatschappijen, allemaal op naam van dode dichters of minder belangrijke katholieke heiligen. Het was het soort goochelspel dat Vincent zou hebben gewaardeerd, al was het maar om de thematische toewijding. Ren klikte van het ene document naar het andere, haar ogen werden glazig, tot een handtekening haar abrupt deed stoppen.

Bartholomew Archer. Secretaris van de vennootschap.

Ren leunde achterover, de klamme stoel zoog de warmte door haar spijkerbroek. Ze knipperde twee keer, zeker dat ze het verkeerd had gelezen. Maar de naam was er, gestempeld in digitale onvergankelijkheid.

Ze kende hem, niet uit haar eigen leven maar uit dat van Vincent: Bartholomew, de Renfield, de man voor overdag, de eerste persoon die Vincent na Carmine had vertrouwd. De man die Vincent ooit had gered van een staak in een bedompt kamertje in Soho, om een paar jaar later te verdwijnen. Ze hadden nooit over hem gesproken, niet in detail. Maar Vincents reactie op de naam – toen mevrouw Gerst hem had genoemd, dronken en half dromend in de dode zone tussen middernacht en zonsopgang – was al het bewijs dat ze nodig had dat het ertoe deed.

Ze scrolde terug, las de regels opnieuw. Er was geen twijfel mogelijk.

Bartholomew leefde. En hij leidde de sekte.

Ren klapte de laptop dicht, haar adem bevroor in de lucht. Ze voelde de drang om over te geven, of ergens tegenaan te slaan, of misschien gewoon Vincent te bellen en door de telefoon te schreeuwen. Maar in plaats daarvan zat ze roerloos, en liet de wetenschap om haar heen hard worden als de winter.

Ze wist niet wat dit betekende voor Vincent, of voor haarzelf. Maar ze wist dat de volgende zet niet aan hem zou zijn.

Ren keek naar het theater, de gebarsten gevel doemde nu op in het oranje natriumlicht alsof het hele gebouw zijn adem inhield. Ze pakte haar telefoon, opende een nieuw bericht en begon met verdoofde vingers te typen.

Binnen was het verhaal veranderd. En zij was de enige die de voetnoten had gelezen.

Ze drukte op verzenden en wachtte tot Vincent naar buiten zou komen.

Dat deed hij uiteindelijk altijd.

NEGENTIEN

Vincent begon met schrijven van het verwachte: *SCÈNE XII: Het masker valt.*

Toen, met de zwier van een man die op het punt staat zijn eigen carrière te vernietigen, voegde hij in de kantlijn een opmerking toe: *Director's Cut: Alle regieaanwijzingen dienen met de grootst mogelijke argwaan te worden opgevat.* Als hij dan toch de schrijver van de sekte moest zijn, dan zou hij op zijn minst de saboteur ervan zijn.

Hij schreef met intentie, maar elke regel die hij neerkrabbelde voelde verkeerd, alsof hij graffiti op zijn eigen grafsteen kerfde. Het ritueel vereiste precisie – het oude Latijn, de sigillen, de idiote jambische pentameter – maar Vincent doorspekte het met landmijnen: tegenstrijdige regieaanwijzingen, passages tussen haakjes die naar zichzelf terugwezen, dialogen die zo hoogdravend waren dat ze een spontane gotische ineenstorting riskeerden.

Hij voelde de magie vrijwel onmiddellijk in werking treden. Het was alsof je in een lift stond met slechte bedrading en nog slechtere muziek: de wereld wankelde, de lichten doofden en ergens in het leidingwerk schreeuwde een overdrukventiel het uit van protest. De kaarsen laaiden op, elke vlam een hongerige tong. De lucht werd vochtig, dan droog, dan weer vochtig. Vincent keek op, half een applaus verwachtend, maar het publiek keek alleen maar toe, hun collectieve honger die zich als een opblazende binnenband van een fiets om zijn schedel klemde.

De Vrouw in de Mantel greep het moment aan. 'Zeer goed,' spon ze, haar stem zo helder als gebroken glas. 'U voelt de resonantie, nietwaar? Het koor roert zich.'

Vincent slaagde erin een scheve glimlach op te zetten. 'Ik heb altijd al van een responsief publiek gehouden.'

'Blijf schrijven,' zei ze, en heel even ving hij een glimp op van de rand van haar echte mond – een rode streep achter het linnen.

Dus schreef hij, sneller, roekelozer, en liet hij de pen de inkt als bloed vloeien. Hij verweefde er grappen in die alleen een zevenhonderd jaar oude nihilist kon waarderen. Hij voegde verwijzingen toe naar mislukte revoluties, goedkoop pils, reality-tv en het volledige verzamelde werk van Sir Terry Pratchett. Hij schreef zinnen die niet uitgesproken konden worden en regieaanwijzingen die alleen ondersteboven en in ultraviolet licht steek hielden. En, gewoon om te zien of het universum oplette, voegde hij de zin in: *Laat het applaus een slotval zijn, en moge de auteur slechts in de voetnoten overleven.*

De magie reageerde als een gewond dier. De kamer werd ijskoud, daarna zinderend heet. De uilenschedels rammelden en de toneellichten begonnen te dimmen en feller te worden, in overeenstemming met de emotionele intensiteit van het schrijfwerk. De gemaskerde sekteleden begonnen te neuriën, een diepe trilling die Vincent tot in zijn kiezen voelde. De pagina onder zijn hand bokte als een levend wezen, maar hij drukte door en forceerde de woorden erdoorheen.

Een minuut verstreek. Toen nog een. Het geneurie zwol aan tot een koortsachtig hoogtepunt.

En toen, met de precisie van een hamer die op een duim neerkomt, klapte een hand op het bureaublad.

De schokgolf sloeg de pen bijna uit Vincents greep. Hij keek knipperend op en zag de Hagedis boven hem uittorenen, het masker gespleten bij de kaaklijn, zijn adem heet en nat op zijn gezicht. De hand – lang, geaderd, bijna reptielachtig in haar fijnheid – spreidde zich uit over zijn concept en pinde de pagina vast.

'Dit is niet de zin,' raspte de Hagedis. De stem was dieper dan voorheen, gebarsten in het midden als glas dat in een hagelstorm buiten is blijven staan.

Vincent overwoog zijn opties, vond geen ervan bevredigend, en besloot een nieuwe te creëren. Hij beantwoordde de blik van de Hagedis – althans, de glimmende zwarte holtes waar ooit een blik geïnstalleerd zou kunnen worden.

'Nu wel,' zei Vincent, zo kalm als wat.

De vingers van de Hagedis groeven zich in het papier, de klauwen dreigden het doormidden te scheuren. 'Het ritueel zal geen onwaarheden tolereren,' waarschuwde hij. Dit was geen comité; dit was de stem van het met bloed doordrenkte id, het deel van elke sekte dat de wereld wilde zien branden en de as als toetje wilde eten.

Hij boog voorover, dichtbij genoeg om zijn eigen gezicht weerspiegeld te zien in de groene glans van het masker. 'Ik ook niet,' zei hij.

Een gespannen moment hing in de lucht, dik als lijm. Vincent maakte zich op voor geweld – een geworpen kelk, een ceremoniële dolk, een spontane ontbranding. In plaats daarvan barstte het masker van de Hagedis, letterlijk: een fijne breuk vertakte zich vanuit de linkerslaap, en de adem die ontsnapte had een metaalachtige en zoete geur.

De Vrouw in de Mantel kwam tussenbeide, haar hand landde op Vincents schouder met de zachtheid van een plumeau en de zekerheid van een guillotineblad. 'De Bloedbard zal zijn stem vinden,' kondigde ze, ogenschijnlijk sussend, aan het publiek aan. 'Dat doet hij uiteindelijk altijd.'

Er ging een gemompel door de menigte, half onwillig, half religieus. Vincent proefde de sfeer: de helft van hen wilde hem zien falen, en de andere helft wilde zien hoe ver hij kon gaan voordat hij zichzelf in brand stak.

Hij likte de hoek van zijn mond, waar zweet of bloed zich had verzameld. 'Mogen jullie niet improviseren in dit gezelschap?' vroeg hij ogenschijnlijk nonchalant aan de zaal.

De Dichter, met dichtgenaaide mond, huilde een enkele traan van inkt. De Tweeling wisselde een blik uit en haalde tegelijk de schouders op. De Punchline maakte een geluid ergens tussen een gegiechel en een doodsreutel in.

De vingers van de Vrouw in de Mantel kneedden Vincents schouder, en een moment lang stelde hij zich voor dat ze zijn hoofd eraf zou kunnen plukken als een paardenbloem. In plaats daarvan boog ze zich diep voorover, haar linnen masker schampte zijn oor.

'Maak de laatste scène af,' fluisterde ze. 'Vannacht openen we de poorten.'

Vincents pen aarzelde. Hij keek naar beneden, naar de trillende pagina, naar de groeiende chaos in zijn eigen handschrift, en dacht aan alle keren dat hij een lezing had gesaboteerd omwille van een goedkope lach. Dit was anders: de inzet was echt, en de magie ook.

Hij schreef:

Doek valt. Masker valt. Koor, verslagen.

De pagina reageerde met een flikkering, de inkt kronkelde een seconde voordat hij tot rust kwam. Hij waagde een blik op de

Hagedis, die nog steeds boven hem uittorende maar nu onzeker leek of hij Vincents keel moest openrijten of om een gesigneerd exemplaar moest vragen.

Vincent probeerde niet naar de bloedkelk te kijken, maar de geur was agressief en steeg op door de chemische stank van de inkt. Hij vroeg zich kort af of hier een metaforisch punt achter zat, of dat het universum gewoon een uitgebreide, kwaadaardige grap met hem uithaalde.

Hij schreef nog een regel:

Het koor sluit de kring. Het script is bijna voltooid.

De kamer kreunde, een geluid uit de vloerplanken of de stenen eronder. De Vrouw in de Mantel bleef achter hem, zo dichtbij dat hij de kou kon voelen die van haar afstraalde. Hij bleef schrijven, hopend dat hoe sneller hij ging, hoe eerder de clou zou komen en hij weer kon doen alsof zijn bestaan enige mate van autonomie bezat.

Hij probeerde nog een grap. 'Weet u, de meeste uitgevers vragen alleen om een opzet en een proefhoofdstuk. Dit is een beetje... intens.'

Hij keek achterom en zag eindelijk haar gezicht – alleen was er geen gezicht, slechts een masker achter het masker, in zoveel lagen dat het idee van een origineel lachwekkend was. In het midden van de ooggaten ving hij een glimp op van een nat, glinsterend rood, alsof er iets wachtte om er op het juiste moment uit te stromen.

Hij schreef:

De inkt vloeit. Het bloed vult de beker. Het verhaal voedt zich.

De lamp boven hem flikkerde en werd toen stabiel. De Vrouw in de Mantel legde haar hand weer op zijn schouder – koud, maar niet dood – en kneep erin, eenmaal, een gebaar van zowel aanmoediging als finaliteit.

Hij schreef de laatste regel:

Het vat leegt zich. Het masker valt. De honger is niet gestild, slechts gedeeld. Licht uit.

Hij zweefde met zijn pen boven het papier. Het script was klaar, maar de energie in de kamer had een koortsachtig hoogtepunt bereikt. De sekteleden begonnen een laag, woordeloos gezang, een trilling die zich via Vincents tanden naar binnen boorde en zijn kaakbeen deed rammelen. De pagina's voor hem glinsterden, de inkt vloeide uit over het papier totdat de letters loskwamen en patronen vormden die, levend, in het schemerlicht bewogen.

Hij leunde achterover, elke zenuw gespannen van adrenaline en vrees. De lucht was elektrisch, geladen met het soort kracht dat hij niet meer had gevoeld sinds de laatste keer dat hij een vloek ongedaan probeerde te maken door hem achterstevoren op te schrijven.

De Vrouw in de Mantel boog zich naar hem toe, haar stem plotseling zacht en dichtbij. 'Drink.'

Hij keek naar de kelk, het bloed erin nog warm, nog steeds dampend in de koude lucht. Elke cel in zijn lichaam schreeuwde om te weigeren, maar Vincent was een en al slaaf van het ritueel. Hij hief de beker, het zilver al glad van de condens, en dronk.

Het bloed was zoet en helder en onmogelijk levend. Het stroomde door zijn keel en in zijn aderen, en ermee kwam de herinnering aan elk woord dat hij ooit had geschreven, elke scriptregel die zijn spreker had overleefd. De kamer tolde, het nabeeld van de lamp brandde in zijn netvliezen.

Het gezang van het koor zwol aan en verstomde toen abrupt.

Vincent liet de beker vallen. Hij kletterde op de vloer en rolde tot hij zich klemzette onder de tafel, uit het zicht.

Hij hapte naar adem, zijn ademhaling schor, en keek naar het voltooide script.

Hij zakte voorover, zijn voorhoofd raakte met een hoorbare plof de rand van de tafel.

De Vrouw in de Mantel liet zijn schouder los, en nu haar aanraking weg was, schoot de temperatuur in de kamer omhoog, waardoor het zweet op Vincents gezicht onmiddellijk koud werd.

Vincent zat roerloos, totdat het bloed in zijn maag tot rust kwam en de metaalsmaak uit zijn mond was verdwenen.

Hij keek op naar de Vrouw in de Mantel. 'Helemaal klaar. Wilt u dat ik het voorlees, of zal ik het gewoon aan uw volgende slachtoffer nieten?'

'U zult het opvoeren,' zei ze. 'Op het podium.'

Vincent onderdrukte een zucht. 'Natuurlijk zal ik dat doen.'

Vincent voelde de verstoring in zijn kleedkamer voordat hij haar hoorde – de lucht die zwaarder werd, de smaak van oude geheimen die ontwaakten uit het stof in de gordijnen. De backstage van het Orpheum had een heel eigen ritme, maar dit was iets geïmporteerds: een cadans uit een andere eeuw, zo vast als een metronoom en dubbel zo meedogenloos. De gemaskerde figuren reageerden alsof een dirigent een stille neerwaartse slag gaf en splitsten zich met gesynchroniseerde doelmatigheid op naar weerszijden van de gang. Zelfs de Vrouw in de Mantel, onverstoorbaar in haar lijkwade van sekteleider-chic, rechtte zich met een ruk, vouwde haar handen achter haar rug en nam de houding aan van een jonge ouvreuse die de komst van een inspecteur van de onderwijsinspectie afwacht.

Bartholomew Archer kwam binnen alsof de plek van hem was, wat, voor alle praktische doeleinden, ook zo was. Hij had zijn favoriete spierwitte pak ingeruild voor een zwart, zo strak gesneden dat het Savile Row een vertrouwenscrisis zou bezorgen, maar het effect was hetzelfde: hij leek op een bankier op weg om beslag te leggen op het hiernamaals. De leeftijd was niet bijzonder wreed voor hem geweest, maar had zijn gelaatstrekken verscherpt en staal in de lijnen van zijn kaak gelegd. Zijn haar was van metaalgrijs naar sneeuwwit gegaan, achterovergekamd in hetzelfde geometrische patroon dat Vincent zich herinnerde uit de jaren twintig, en zijn ogen – o, de ogen – waren nog steeds twee perfect bewerkte gaten om licht in te gieten en je bedoelingen uit te wringen.

Hij stopte vlak voor Vincents kaptafel en streek met een gehandschoende vingertop over de losse pagina's met dialogen en regieaanwijzingen van de pas geschreven slotscène. De aanraking was bijna teder, alsof hij opnieuw kennismaakte met een huisdier dat hij ooit langs de kant van de weg had achtergelaten. De stilte duurde voort, broos en opzettelijk, totdat Bartholomew opkeek en zei: 'Vincent. Of moet ik zeggen, Bloedbard. Het is alweer... wat? Negentig jaar geleden? Ik zie dat u de jukbeenderen hebt behouden.'

Vincent onderdrukte de neiging zijn tanden te ontbloten. 'En u de gewoonte om mijn werk te stelen.'

'Niet stelen,' zei Bartholomew, terwijl hij een stapel papier onder zijn arm vandaan haalde en die met de flair van een goochelaar openvouwde. 'Perfectioneren.' Hij tikte op de kantlijn, waar het script was geannoteerd in een precies, rood-geïnkt handschrift. 'U had nooit het geduld voor revisie, oude vriend. Of voor afsluiting.'

Een subsonisch geritsel golfde door de sekteleden die in de gang stonden – goedkeuring, of misschien honger. Vincent merkte de beweging op: de Tweeling die naar voren leunde, de tong van de Hagedis die tegen een gebroken hoektand tikte, de geschilderde glimlach van de Punchline die omhoog krulde.

Bartholomew peilde de sfeer en richtte toen de volle kracht

van zijn aandacht op Vincent. 'We hebben ons kleine project nooit afgemaakt. Maar ik denk dat u zult merken dat het publiek van vanavond nogal... toegewijder is dan de gebruikelijke West End-menigte.'

Vincent deed alsof hij zich ontspande en zakte onderuit in de gehavende stoel. 'Als u een reünie wilde, Bart, had u gewoon een koerier kunnen sturen. Bij voorkeur een zonder de zwerver-met-moordneigingen-kledingstijl.'

Bartholomew legde het script voor hem neer, de pagina's uitge-waaierd als een hand kaarten. 'U heeft altijd gedacht dat alles een grap was. Misschien is dat de reden dat u de inzet nooit begreep.' Hij knikte naar de Vrouw in de Mantel, die naar voren stapte. 'Het ritueel is nu in uw handen. Vrij letterlijk.'

Hij keek naar de gemaskerde troep, die allemaal op een teken wachtten, en zei: 'Breng hem naar het podium. Het is tijd.'

Vincent overwoog kort of hij zich zou verzetten. Hij bere-kende de kansen – twaalf gemaskerde psychopaten, de rechter-hand van de Vrouw in de Mantel die zich al spande om hem vast te grijpen, Bartholomew die waarschijnlijk meer bij zich had dan alleen een gevoel voor gelegenheid – en besloot van niet. Boven-dien wilde hij zien hoe het eindigde.

De Tweeling bewoog als eerste, elk pakte een pols met het kille zelfvertrouwen van mensen die dit al eerder hadden gedaan. De anderen sloten zich aan, een bloedkleurig gedrang, hun gewaden sissend over de vloerplanken en hun maskers krakend als oude tanden. De Hagedis siste in Vincents oor, een nat, reptielachtig geluid dat een enkele, duidelijke waarschuwing inhield: werk mee, of verlies iets essentieels.

Hij keek over zijn schouder terwijl de Vrouw in de Mantel en Bartholomew achter hem aan liepen, en de twee toekeken als een producent en een regisseur die eindelijk het castingprobleem hadden opgelost. De gang voor hen werd al verlicht door flakkerende kaarsen – elk ervan spelde, in subtiele schaduw, de belofte van een voorstelling die vlekken zou achterlaten op zowel de architectuur als de ziel.

Terwijl ze hem naar het podium marcheerden, ving Vincent een laatste glimp op van de kleedkamer: de kostuums, de uilenschedels, de kring van achtergelaten maskers. Hij vroeg zich kort af of iemand zich zou herinneren wat hier vannacht was geschreven.

Hij betwijfelde het. Maar ja, hij had altijd al de voorkeur gegeven aan voetnoten boven een slotapplaus.

TWINTIG

Ren had meer dan haar deel aan mislukte observaties meegemaakt — meestal vanuit deze zelfde Peugeot of, een enkele keer, achter in een ME-busje waaruit ze was ontsnapt door zo overtuigend te kotsen dat de arresterende agent besloot met pensioen te gaan. Maar dit was, zo besloot ze, een nieuw genre: een paranormaal wachtspel, met gevoelloos wordende voeten, toekijkend hoe het op één na slechtste theater van de stad langzaam stierf, terwijl haar baas carrièrematige zelfmoord probeerde te plegen via een interpretatief ritueel.

Ze keek voor de zeventiende keer op haar telefoon, puur om te bevestigen dat de tijd nog steeds lineair verliep en ze niet vastzat in een of andere persoonlijke helledimensie waar niets gebeurde behalve slechte r&b en condens. Vincent had niet geappt. De klok op het dashboard kroop richting drie uur 's nachts. Ergens achter in haar hoofd hoorde ze bijna de stem van haar moeder, die precies het aantal levenskeuzes opsomde dat ertoe had geleid dat ze voor een afgekeurd theater zat in een buurt waar zelfs de vossen een mes op zak hadden.

Het was welletjes geweest. Als Vincent niet dood was, was hij op zijn minst dringend aan een reddingspoging toe. Ze ritste haar hoodie dicht, trok de touwtjes zo strak dat ze door haar mond moest ademen, en glipte uit de auto met de stille efficiëntie van iemand die ooit een kerk had beroofd (lang verhaal, grotendeels legaal, absoluut verdiend). Ze liep langs de omtrek van het gebouw, haar laarzen schraapten over de stoeprand, en hield haar handen in haar zakken—deels voor de warmte, maar vooral zodat ze er niet uitzag alsof ze het pand aan het observeren was, wat ze, eerlijk is eerlijk, absoluut wel deed.

Het Orpheum was minder een gebouw dan een verticale vuilnisbelt met grootheidswaanzin. Elke centimeter ervan schreeuwde 'monumentaal pand' op dezelfde manier waarop een lijk 'voorheen bewoond' schreeuwde. De voordeuren waren met kettingen afgesloten, behangen met waarschuwingen: ONVEILIGE CONSTRUCTIE, GEEN OPENBARE TOEGANG, CAMERABEWAKING, wat, zo merkte Ren op, een leugen was. Ze telde minstens vier dichtgemetselde ramen, drie duiven en een spoor van wat ze oprecht hoopte dat ketchup was, dat van de hoofdtrap naar een goot vol natte sigarettenpeuken liep.

Ze vond haar ingang aan de zijkant: een verroeste stalen branddeur, afgesloten met een hangslot dat een budgetslotenmaker een aneurysma zou bezorgen. De ketting was echter door een stalen ring gehaald die meer decoratief dan functioneel was, en Ren wist uit ervaring dat oud metaal onder de juiste druk bezweek. Ze zocht in de steeg naar een hefboom, vond een stuk betonijzer in een container en ging aan het werk.

Ze zette haar schouder schrap, wigde de stang tussen de ketting en het kozijn, en leunde erin, haar volle gewicht erachter zettend. Een seconde gebeurde er niets; toen, met een gekreun en een regen van roestdeeltjes, scheurde de ring los en viel de ketting op het asfalt met de subtiliteit van een neervallend anker. Ren kromp ineen, keek over haar schouder voor getuigen, en glipte naar binnen.

Het interieur was een mausoleum: een en al zachte rotting, oud fluweel, en een geur die deels vochtig was, deels muis, deels het soort chemicaliën dat je gebruikte om lichamen te conserveren in de jaren vijftig. De foyer lag dik onder het stof, de lucht trilde van de echo van elke voetstap. Er waren voetafdrukken in het tapijt, sommige recent, andere zo oud dat ze onderdeel van het ontwerp waren geworden. Ren zette de zaklampfunctie van haar telefoon aan en schakelde die meteen weer uit—beter geen baken zijn. Haar ogen zouden wel wennen.

Ze bewoog zich langzaam, liet haar voeten de verzakkingen en welvingen van de vloer in kaart brengen en streek met haar handen langs de muur voor houvast. Hoe dieper ze ging, hoe meer ze besefte dat de plek helemaal niet verlaten was: er lagen verse sigarettenpeuken, een paar lege blikjes Red Bull en, onheilspellend, een kinderpakje sap geklemd in de holte van een radiator. Er waren mensen. Ze hielden zich alleen schuil.

De hoofdgang splitste zich naar links en rechts. Van links kwam een zwak gedreun—muziek misschien, of gezang. Van rechts een gekletter en een kort, sissend gesis. Ren grijnsde; haar oude instincten namen het over. Ze ging naar rechts, volgde het geluid, ineengedoken, elke zenuw trillend van de kick van een echt geslaagde huisvredebreuk.

Ze glipte door een deur met het bordje 'Garderobe' en belandde in een doolhof van kleinere kamers—kleedruimtes, pruikenopslag, het soort raamloze hokjes waar ooit een zekere Mildred voor de tweede akte in haar gin had gehuild. De vloer was hier beter onderhouden. De voetafdrukken waren verser. Ren stopte, sloot haar ogen, luisterde. Daar: het natte geklik van een tong tegen tanden, een geritsel van stof, een onderdrukte hoest. Er was iemand net om de hoek.

Ze waagde een blik. Zag een streepje licht en daarin een flintertje gezicht: wit, uitdrukkingsloos, een masker van beschilderd porselein met een zwarte veeg waar de mond zou moeten zijn. Het masker bleef hangen en verdween toen—stil, verontrustend. Ren trok zich terug, haar hart bonkte. Ze wachtte, telde tot twintig en ging verder.

De kleedkamer was leeg, maar de spiegels vertelden een ander verhaal. Elk was gebarsten, alsof iemand had geprobeerd zijn eigen spiegelbeeld te verbrijzelen en daarin was mislukt. Het aanrechtblad lag bezaaid met poeder, lippenstift en een woud van lege flesjes. De lucht was zwaar van de geesten van haarlak en oud zweet.

Ren sloop naar de dichtstbijzijnde spiegel, streek met haar vinger door het stof en zag de symbolen die in het glas waren geëtst: cirkels, maansikkels, het drievoudige glyph dat ze op Vincents oproep had gezien. Iemand had de moeite genomen om ze op elk beschikbaar oppervlak te schilderen, laag over laag over de resten van oude graffiti en nieuwere, scherpere kras-sporen van een mes.

Ze maakte een snelle inventarisatie: geen Vincent, geen spoor van een gevecht. Ze ging verder.

Een paar kamers verderop vond ze een kist met het label 'Rekwisieten'. Erin: een stapel maskers, elk beschilderd met verschillende gezichten—dierlijk, menselijk, cartoonesk, zelfs een dat leek te zijn gemodelleerd naar Vincents ergste kater. Er waren ook rode mantels, van het soort dat het goed zou hebben gedaan in een Hammer Horror-film, en een nette bundel scripts, allemaal identiek, elk in de hoek gestempeld met het karmozijnrode zegel.

Ze viste er een uit en bladerde erdoorheen. Het was een kopie van *Het Karmozijnrode Masker*, of in ieder geval de laatste paar scènes. De regels waren geannoteerd, pagina's gemarkeerd met 'BLOED' of 'KOOR' of 'ZIE PAGINA 8 VOOR RITUEEL'. Op de laatste pagina had iemand gekrabbeld: 'DE BLOEDBARDE

STERFT HIER'. Het handschrift leek verdacht veel op dat van Vincent, alleen scherper, gemener.

Ren maakte snel een paar foto's op haar telefoon en stopte het script in haar tas. Als er verder niets van kwam, kon Zara er in ieder geval haar hart aan ophalen.

Ze stond op het punt verder te gaan toen de lucht verschoof. Een voetstap in de gang, niet van haar. Ren dook weg achter de kist en hield haar adem in.

Een schaduw gleed over de deuropening en bleef toen staan. Er was een pauze, een langzame inademing, en toen een afgemeten stem, zorgvuldig en warm als een radiopresentator die je zowel filosofie als een verzekering probeert te verkopen.

'Onze gast verzet zich. Tref de noodmaatregelen.'

De schaduw bewoog verder. Ren ademde uit en probeerde te voorkomen dat haar eigen stem als een piepje ontsnapte. De zin bleef in haar hoofd hangen, net als het accent: ouderwets, misschien van Eton, met een vleugje van het soort chic dat niet hoefde te pronken. Het was het soort stem dat niet om toestemming vroeg, alleen om resultaten.

Ren wachtte, telde tot zestig, kwam toen overeind en zweefde de gang in. Ze sloop in de richting van de stem en volgde de echo's die tegen het gebarsten pleisterwerk weerkaatsten. Een paar bochten, een trap, en ze bevond zich op het bovenbalkon, met uitzicht op het hoofdpodium.

Beneden leefde het theater: gemaskerde figuren bewogen in de orkestbak, plaatsten kaarsen en schilderden lijnen op de vloer. In het midden van het podium stond een tafel gedekt met alle toebehoren van een nachtmerrie: messen, kelken, een boek dat pulseerde wanneer het kaarslicht flikkerde. Op het voortoneel stond een vrouw in een lange rode mantel, met haar armen over elkaar, haar masker glinsterend in het donker.

En naast haar—Ren moest haar ogen samenknijpen, maar toen de figuur zich omdraaide, ving ze een glimp op van zijn gezicht, de scherpe kaaklijn, het haar achterover gekamd in een perfecte, seriemoordenaarachtige geometrie. Zijn masker was af, voor nu. Hij droeg een maatpak, met een dasspeld die verdacht veel op een maçonniek symbool leek.

'Bartholomew Archer', fluisterde Ren, en haatte zichzelf onmiddellijk omdat ze het hardop deed.

Ze had de naam alleen terloops gehoord van Mrs Barley—nooit van Vincent, niet rechtstreeks. Hij had hem 'de huisgeest' genoemd, of 'Bart', of, een keer, 'de reden dat ik niemand vertrouw die manchetknopen draagt'. Ze had aangenomen dat hij dood was. De meeste kennissen van Vincent waren dat.

Ren keek toe hoe Bartholomew (het voelde verkeerd om hem als 'Bart' te zien) vooroverboog, iets tegen de Vrouw in de Mantel zei en zich toen naar de rand van het podium bewoog. Zijn stem rolde naar buiten, zonder haast:

'De Bloedbarde heeft de laatste scène voltooid. Doek over een kwartier.'

De sekteleden reageerden met een collectief gesis, niet echt applaus, maar iets dierlijkers. Bartholomew glimlachte, draaide zich om en liep van het podium, zijn stappen zo licht dat ze nauwelijks op de planken te horen waren.

Ren glipte terug, haar borstkas voelde strak aan. Het besef kwam met een misselijkmakende helderheid: dit was niet zomaar een voorstelling, en het was niet zomaar een ritueel. Het was persoonlijk. Ze had gedacht dat Vincent de hoofdpersoon was in een drama dat hij voor zichzelf had geschreven, maar Bartholomew—Archer, wat dan ook—was de regisseur, de criticus, het publiek en de beul ineen.

Ze moest in beweging komen. Snel.

Ren liep op haar schreden terug, drukte zich tegen de muren en elk zintuig schreeuwde dat ze in de gaten werd gehouden. Op de trap passeerde ze een sektelid met een vossenmasker, die even stopte, zijn hoofd schuin hield en toen verdween. In de gang dook ze een opbergkast in toen ze gelach hoorde—twee stemmen, beide vervormd, beide duizelig van verwachting.

Ze wachtte, nadenkend.

Het ritueel stond op het punt te beginnen, en Ren had in haar tas precies één set autosleutels, een telefoon met vijftien procent batterij en een gestolen script. Geen wapens, geen versterking en —ze controleerde het voor de zekerheid—geen plotseling vermogen om te teleporteren.

Ze overwoog Mrs Barley te bellen, maar wist dat het zinloos zou zijn. De oude vrouw zou haar hebben gezegd het zelf af te handelen, en bovendien betwijfelde ze of iemand van buiten het Orpheum er op tijd zou kunnen zijn.

Ze moest iets doen. Wat dan ook.

Ren glipte de kast uit en liep snel, maar niet zo snel dat ze de aandacht trok. Ze bewoog zich door het Orpheum als een inbreker in een huis dat al half leeggeroofd was. Elke gang was een hindernisbaan van verrot tapijt en verlengsnoeren die als struikeldraad konden dienen, maar ze maakte meer vaart dan ze had gehoopt, de echo van applaus leidde haar naar de actie als een vuurtoren voor de terminaal onverstandigen. Het theater was een doolhof; het was ontworpen door Victorianen die geloofden dat een echt geweldige zaal de acteurs in staat moest stellen van overal te verschijnen, inclusief het dak en mogelijk de onderwereld. Ren maakte gebruik van elke binnendoorweg die ze zich herinnerde van haar ene mislukte poging op de toneelschool, en een paar die ze ter plekke verzon.

Ze had de capuchon van haar hoodie afgedaan omdat het moeilijk was om te horen, en ze droeg haar haar onder een muts die misschien ooit van een kleine crimineel of een nog kleinere dichter was geweest. Haar ademhaling bleef oppervlakkig, haar stappen afgemeten, haar polsslag ergens tussen het ritme van een nachtclub en de doodsreutel van een stervend apparaat.

Ze bereikte het hoofdvoordoek—een gordijn dik genoeg om een kogel van laag kaliber of op zijn minst een hagel van popcorn tegen te houden—en stak haar hoofd om de rand net toen Vincent het podium op werd geparadeerd. Twee sekteleden flankeerden hem, een tweeling, vermoedde ze, aan de identieke 'bekijk het maar'-houding van hun ellebogen. Achter hen, volledig in de rol van ceremoniemeester, stond Bartholomew. Hij had een rode zijden halsdoek en een enkele witte roos in zijn knoopsgat toegevoegd, alsof hij wilde suggereren dat de avond zou uitmonden in een duel of een begrafenis.

Ren haalde haar telefoon uit haar achterzak, zette de camera op video en begon te filmen.

Ze bleef laag, gebruikte de duisternis van de coulissen als dekking, en zoomde in. De opname was een beetje Blair Witch-achtig—wankel, met de helft van het beeld gevuld door het beschimmelde brokaat van het gordijn—maar ze kreeg de essentie te pakken: Vincent, een en al hoekige berusting, zijn haar tegen zijn schedel geplakt door iets wat verdacht veel op bloed leek. Zijn gezicht was beheerst, in die 'ik zou liever overal anders zijn, maar vooral niet hier'-stand. De sekteleden zagen er erger uit: sommigen in op maat gemaakte horrorkleding, anderen in een soort post-apocalyptische kringloopcouture, allemaal bekroond met die groteske maskers.

Ze liet de camera over het publiek glijden—elke stoel bezet, elke bezoeker gemaskerd en in een mantel gehuld, de handen gevouwen in afwachting. De zaallichten waren op de stand 'seriemoordenaardocumentaire' gezet. Op het podium markeerde een cirkel van zout of iets witters het speelvlak. Het middelpunt was natuurlijk het gehavende bureau met Vincents script; daarboven was het achterdoek beschilderd met een grove kopie van het drievoudige maansikkelzegel.

Ren bleef filmen, maar haar duim zweefde al boven de uploadknop. Als het moest, zou ze het hele zooitje streamen naar elk sekteforum en bovennatuurlijke subreddit in Europa.

Bartholomew bewoog zich naar de voorkant van het podium, de echte schijnwerper nu op hem gericht. Hij hief zijn handen op, en de stilte die volgde was zo precies als een schot van een sluipschutter. 'Dames en heren', zei hij, 'vanavond doen we meer dan alleen kunst herrijzen. Vanavond roepen we de oorspronkelijke stem op, het ware woord. Vanavond—' en hier grijnsde hij, met die wolfachtige kromming van zijn wenkbrauwen '—zal de Bloedbarde de laatste akte onthullen.'

Een applausronde. Een paar gesisjes. Iemand op de eerste rij maakte een handgebaar dat Ren niet herkende, maar ze sloeg het op voor toekomstige paranoia.

Ze zoomde in op Vincents gezicht. Hij rolde met zijn ogen. Klassiek.

Ren trok zich terug achter het gordijn, het nabeeld van de telefoon uit haar netvlies knipperend. Als er een bloedbad zou komen, was ze niet van plan het op te nemen met een telefoon die gemaakt was voor kattenfilmpjes en gammele wifi. Ze had een voorsprong nodig. Een wapen. Iets. Ze schoot de coulissen in en zocht de chaos af naar iets wat ze kon hergebruiken als afschrikmiddel.

De rekwisietentafel was een droomarsenaal voor een junk: toneeldolken (bot, maar waarschijnlijk effectief als je iemand kon verrassen), echte dolken (verborgen tussen de neppers voor maximale verwarring), een rol plastic ketting, twee schreeuwerige clowns-pruiken, een stuk pianosnaar en—wonder boven wonder—een antieke revolver, van het soort dat leek te komen met zijn eigen afscheidsbrief. Ze liet de revolver in haar handpalm glijden, controleerde de cilinder (volledig geladen, want waarom ook niet), en schoof hem in de tailleband van haar spijkerbroek. Voor de show nam ze de scherpste van de dolken en stak die in haar mouw.

Ze keek opnieuw op de telefoon. Nog steeds aan het opnemen. Nog steeds aan het uploaden. Haar bereik schommelde tussen twee streepjes en de melding 'Alleen noodoproepen', maar de video was nu de wereld in. Als ze het niet zou overleven, zou het internet tenminste weten wie ze voor gek moest zetten.

Een nieuwe vlaag van applaus trok haar aandacht terug naar het podium. Vincent was naar voren geduwd, naar een witte X die op de vloer was geplakt. Hij knipperde tegen het licht. De Vrouw in de Mantel verscheen aan de rechterkant van het podium, met het script in beide handen als een offergave. Bartholomew boog, nam het script aan en overhandigde het aan Vincent met het ceremonieel van een pauselijke kroning.

Vincent nam het aan, scande de bovenste pagina en zuchtte. Hij keek op, ving Rens blik op door de schemering, en voor een fractie van een seconde dacht ze dat hij misschien zou lachen. In plaats daarvan mondde hij iets af—moeilijk te zeggen, maar het leek op: 'Ik hoop dat dit wordt opgenomen.'

Ren stak haar duim op, die ze voor het geluk veranderde in een opgestoken middelvinger.

Bartholomew schraapte zijn keel. 'Onze auteur zal nu de laatste scène opvoeren.'

Het gemaskerde publiek grinnikte, een vreemd beleefd geluid, als pensionarissen bij een schunnige mop in een parochiezaal.

Vincent rechtte zich, haalde diep adem en begon te lezen.

Het begon simpel genoeg: het gebruikelijke bloed en donder

van Vincents vroege versies. De taal was barokker dan Ren zich herinnerde te hebben gelezen in de keuken—ofwel was Vincent aan het improviseren, ofwel had Bartholomew het script herzien tot een zelfparodie. De sfeer in het theater veranderde echter; hoe verder Vincent las, hoe elektrischer het werd, alsof elke medeklinker een vonk was en elk woord een lont. Het publiek leunde naar voren, de sekteleden sloten de cirkel strakker en de zaallichten werden tot een grafstemming gedimd.

Vincents stem werd luider, zelfverzekerder, meer... onmenselijk. Het masker glipte een beetje af. Zijn hoektanden—subtiel, maar nu zichtbaar—flitsten bij elke lettergreep. Hij gebaarde met het script en de wind van het gebaar had echt gewicht. De Tweeling flankeerde hem, maar zelfs zij leken op hun hoede.

Ren glibberde dichter naar het podium, laag blijvend achter de stapels decorstukken. Ze kon zien waar dit naartoe ging: Bartholomew zou het einde forceren, Vincent zou zich verzetten, en iemand zou een ingeslagen schedel krijgen. Ze telde de kogels in de revolver, bedacht welke sekteleden er het makkelijkst neer zouden gaan en bekeek de vluchtroutes. Die waren er niet. Het was alles of niets.

Vincent bereikte de laatste pagina. Zijn handen trilden—niet van angst, maar van de spanning van een man die op het punt staat de pubquiz op te blazen met een strikvraag. Hij keek naar Bartholomew, toen naar het publiek, en toen—nogmaals—naar Ren.

Hij las de laatste regel: 'Het vat leegt zich. Het masker valt. *De honger wordt niet gestild, alleen gedeeld.*'

Een rimpeling ging door de sekteleden. Verschillende vielen op hun knieën, anderen grepen naar hun maskers alsof de woorden hen hadden verbrand. Het publiek in de zaal kronkelde, een golfbeweging van lichamen die wankelden terwijl het effect van het ritueel over hen heen spoelde.

Bartholomew wankelde, herpakte zich en staarde Vincent woedend aan. 'Wat heb je gedaan?' spuugde hij, zijn stem ontdaan van zijn kalmte. 'Dat is niet het einde.'

Vincent grijnsde met ontblote tanden. 'Nu wel.'

De Tweeling viel aan, maar Vincent was paraat. Hij draaide zich los, zwaaide met het opgerolde script als een knuppel en raakte een van hen op de kaak. Het masker spleet, het sektelid huilde het uit. De ander greep naar Vincents keel, maar hij beet— hard. Bloed spoot, donker en slagaderlijk.

Ren lanceerde zichzelf het podium op, de revolver getrokken. Ze richtte hem op Bartholomew, die achteruitdeinsde met zijn handen omhoog. 'Denk je dat je dit kunt stoppen?' siste hij, zijn gezicht gevlekt van woede.

Ren haalde de veiligheidspal eraf. 'Het proberen waard.'

Ze vuurde een schot in het plafond—vooral voor het effect—en schreeuwde: 'Niemand beweegt!' Het effect was gemengd, maar het kocht haar een seconde.

De Vrouw in de Mantel verscheen aan Bartholomews zijde, een offermes glinsterend in haar hand. Ze bewoog snel, maar Vincent was sneller: hij sprong over het bureau en tackelde haar, maar niet voordat ze het mes naar Ren gooide.

Het heft van het mes raakte Rens slaap hard, en haar lichaam viel als een hoopje ellende op de grond.

Vincent en de Vrouw in de Mantel rolden in een kluwen van fluweel en ingewanden. De sekteleden op het podium en in de zaal schreeuwden, sommigen deelden schoppen uit, anderen stonden en keken, gefascineerd door het bloedbad.

De tuimeling eindigde slecht voor Vincent. De Vrouw in de Mantel draaide als rook en gleed met roofdierlijke gratie boven op hem. Haar gewicht drukte zwaar, het met bloed doordrenkte fluweel plakte terwijl ze zijn arm achter zijn rug wrong. Hij gromde en worstelde, maar zij bewoog met de onverstoorbare zekerheid van iemand die het einde al had bepaald. Om hen heen loste het podium op in chaos—joelende sekteleden, anderen die om bloed schreeuwden, de lucht dik van de stank van zweet en kaarsrook—maar op de planken spitste het zich toe tot twee figuren: roofdier en prooi, en voor een keer was Vincent niet degene met hoektanden.

De Vrouw in de Mantel had hem overmeesterd. Vincents wang drukte hard tegen de podiumplanken, haar knie plette zich tussen zijn schouders, een hand met een fluwelen handschoen wrong zijn pols naar achteren totdat de gewrichten kraakten. Het mes dat ze vasthield, glom centimeters van zijn keel, een theatrale aanfluiting die dodelijk was geworden. Bartholomew naderde met de lome triomf van een man die zijn plek in de schijnwerpers terugvordert. Hij keek neer op Vincent—zijn oude werkgever, het eens gevreesde toproofdier—en liet een langzame glimlach verschijnen. 'Zo kunnen de rollen verkeren', spinde hij. 'Ooit bepaalde jij het verhaal. Nu ben je slechts een volgende regel, wachtend om geschrapt te worden.'

Vincent gromde en draaide zich zo hard dat de Vrouw in de Mantel haar evenwicht verloor. Haar fluwelen mouw scheurde in zijn greep; ze siste en verdween terug in de mêlee. Eindelijk vrij, kwam Vincent in één brute beweging overeind, zijn ogen op Bartholomew gericht.

'Voetnoot dit', gromde Vincent, en met een plotselinge uitbarsting van dierlijke kracht greep hij de sekteleider bij kraag en riem. Geroezemoes steeg op uit de zaal toen Vincent Bartholomew van het podium smeet. Zijn gil werd afgebroken door een krakend geluid van botten toen hij in de orkestbak verdween.

Voor een glorieus moment stond Vincent rechtop—bebloed, woedend, bijna triomfantelijk. Toen klonk de holle klap van hout op schedel. De Vrouw in de Mantel, die met theatrale flair een toneel-roeispaan hanteerde, sloeg hem tegen de zijkant van zijn hoofd. Sterren ontploften achter Vincents ogen; zijn knieën knikten.

Het podium kantelde, duizelde, alsof het hele theater verdronk. Vincent viel op één knie en klampte zich vast aan de planken. De Vrouw in de Mantel doemde boven hem op, haar schaduw lang, de roeispaan opnieuw geheven.

EENENTWINTIG

Eén gruwelijk plausibele seconde lang was Vincent ervan overtuigd dat dit het einde was: geknield op het verschroeide hout van het hoofdpodium van het Orpheum, omringd door een oproer van gemaskerde sekteleden, hun messen en 'magische' clubinsignes fonkelend met de soort verwachting die doorgaans is voorbehouden aan seriële echtbrekers op een bruiloft tijdens een lang weekend. Hij wierp een snelle blik opzij naar Ren, die bij bewustzijn was gekomen maar bloedde uit een wond op haar slaap en nog steeds de antieke revolver vasthield met een optimisme dat Vincent nooit eerder bij haar had gezien. Ze beantwoordde zijn blik, haar ogen wijd opengesperd en elektrisch, en vormde met haar lippen de woorden: 'Nog laatste ideeën?'

Vincent overwoog kort de verdiensten van een ontroerende bekentenis, maar herinnerde zich toen dat hij nooit de energie had gehad voor oprechtheid.

'Onderhandelen?' fluisterde hij.

Ren snoof. 'Ze zijn niet eens bij een vakbond aangesloten.'

Voordat Vincent een weerwoord kon verzinnen, schreed

Mantelvrouw naar voren, de handen geheven in het universele gebaar van 'Ziehier, ik sta op het punt iets spijtigs te zeggen'. Het masker dat ze droeg was nieuw, vers uit de achterste pagina's van een chirurgische horrorcatalogus, de mond vertrokken tot een perfect ronde 'o', alsof het gevangen zat in permanente verbazing.

'Bloedbard,' sprak ze plechtig, haar stem dragend tot aan het plakkerige balkon, 'krachtens de autoriteit mij verleend door het Handvest van de Eeuwige Duisternis, verklaar ik u tot anathema, obsoleet, en op het punt om gerecycled te worden tot uw samenstellende narratieve elementen.'

Vincent onderdrukte een zucht. 'Zie je waar ik mee te maken heb?' fluisterde hij theâtraal naar Ren. 'Zelfs hun geplaag is gekopieerd en geplakt.'

Ren knikte minimaal en zette zich toen schrap voor de klap.

De sekteleden stroomden als één man naar voren, een lawine van fluweel en gestolen bravoure. Vincent spande zich aan, klaar om ten onder te gaan met op zijn minst een van de meer bloemrijk geklede figuren tussen zijn tanden, toen de deuren van het theater openvlogen met een geluid dat de lucht doorkliefde.

Een silhouet vulde de deuropening, verlicht door de natriumgloed van de stad erachter. Het was lang, het was woedend, en het droeg een degelijk vest over een overhemd met het wapen van de Greater London Authority.

Mrs Barley kwam binnen, met een afgetrapte schooltas, een paraplu die eruitzag alsof hij als stormram gebruikt kon worden, en de uitstraling van een ambtenaar die de achterstallige formulieren had gevonden en op het punt stond ze aan je ziel te nieten.

Aan haar zijde, niet zozeer lopend als wel glijdend, bevond zich Zara Delacourt. Haar pak was perfect gestreken, haar haar strak naar achteren gekamd en doorregen met zilver, haar uitdrukking een van absolute, onverdunde afkeuring. Ze droeg niets dan een slank boekwerk dat een wetboek had kunnen zijn, maar keek met de intensiteit van een vrouw die magie beschouwde als een betreurenswaardige subclausule van de realiteit.

De sekteleden stopten, en verscheidene struikelden over hun eigen capes. Zelfs Cloak Woman deed onwillekeurig een stap achteruit.

Mrs Barley overzag het bloedbad, de vernielde kroonluchter, Bartholomew die zichzelf nog steeds aan het reconstrueren was in de orkestbak, en de pakweg twintig gemaskerde handhavers die klaarstonden om mythisch onaangename daden te begaan. Ze maakte een afkeurend geluid, klikte met haar tong en rukte op met alle subtiliteit van een inspectie van de sociale dienst.

'Handhaving,' kondigde ze aan, terwijl ze een keycord liet zien dat bijna twintig jaar verlopen was. 'Deze bijeenkomst is in strijd met de plaatselijke verordening 17B, subsectie 3: openbare overlast, rituele slachting, en het niet aanmelden van een openbaar evenement bij de Milieudienst.'

Niemand bewoog.

Mrs Barley, die de stilte negeerde, plofte haar schooltas op een omgevallen stoel, ritste hem open en haalde er een gehavend blikje uit met het opschrift 'gemeentelijke vampiernalevingskit'. Ze opende het met geoefende precisie.

'Welnu,' zei ze, tegen niemand in het bijzonder, 'laten we deze farce opruimen.'

De eerste sektariër die naderde deed dat met een zekere voorzichtigheid, het soort dat men reserveert voor parkeerwachters en onontplofte munitie. Hij trok een ceremoniële dolk. Mrs Barley begroette hem met een glimlach, palmde een knoflookpastille uit het blikje en stopte die met een krak in haar mond.

De sektariër aarzelde, en deed toen een uitval.

Mrs Barleys reactie was een waas: ze stak een geslepen paraplupunt in zijn dij, ving zijn masker op toen het van zijn gezicht viel, en toen, in één vloeiende beweging, bewoog ze haar pols zodat een zilveren breinaald tussen haar vingers flitste en zich in het oor van de man boorde.

Hij ging jankend neer.

Mrs Barley sloeg hem voor de zekerheid nog een keer met de paraplu. 'Onbehoorlijk gedrag,' zei ze. 'Volgende.'

Vincent was, tegen zijn betere instincten in, onder de indruk. 'Dat is... eigenlijk best goed,' mompelde hij, terwijl nog drie sekteleden Mrs Barley omsingelden.

Ren, altijd de pragmaticus, maakte gebruik van de afleiding om overeind te krabbelen en twee kogels uit de revolver af te vuren op de dichtstbijzijnde gemaskerde figuur. Eén kogel schampte de schouder van de man, de andere sloeg door zijn masker en liet een bloeiende bloem van rood achter op zijn revers.

Het theater barstte los in chaos. Sekteleden waaierden uit, sommigen stortten zich op Mrs Barley, anderen op Vincent en Ren, en weer anderen dromden samen rond de bak waar Bartholomew zijn eigen schoudergewricht reconstrueerde.

Te midden van het geweld ving Vincent een glimp op van Zara, sereen aan de voet van het podium. Ze opende haar boek, likte aan een vinger en begon te lezen in een heldere, onverstoorbare monotoon. Haar stem droeg niet ver, maar dat hoefde ook niet; de woorden die ze sprak leken de lucht zelf te herschrijven, en waar haar blik ook landde, de bewegingen van de sekteleden wankelden, alsof iemand hun choreografie midden in de dans had verwisseld.

Mrs Barleys nalevingskit was een wonder van hergebruikte overheidsoverschotten. Ze hanteerde een spuitfles met het opschrift 'Gewijd Water – Niet Drinken' met meedogenloze efficiëntie, sproeide in de ogen van haar aanvallers en volgde dat op met een balpen tegen de luchtpijp. Een gemaskerde vrouw probeerde een vloek uit te spreken; Mrs Barley pareerde door haar op de knokkels te slaan met een versterkte liniaal, en bond vervolgens haar handen samen met een stuk rood afzetlint met het label 'BEWIJSMATERIAAL – NIET VERBREKEN'.

Ren, gevoed door adrenaline en de woede van een vrouw die, eerlijk gezegd, genoeg had van bovennatuurlijke inmenging in haar leven, vocht met een furie die zelfs haarzelf verbaasde. Ze gebruikte de revolver als een knuppel, en nam vervolgens haar toevlucht tot bijten, krabben en, op een gedenkwaardig moment, het gooien van een brandblusser naar een groep oprukkende sekteleden. De blusser ontlaadde bij de inslag en bedekte de handhavers in een sneeuwstorm van wit schuim en onmiddellijke existentiële twijfel.

Vincent besloot op zijn beurt dat waardigheid overschat was. Hij dook weg voor een wilde zwaai, greep een masker bij de kin en trok het los, waardoor een jongeman tevoorschijn kwam met het gezicht van iemand die had verwacht dat dit een veel minder gevaarlijk avondje uit in West End zou zijn. Vincent duwde hem de orkestbak in, draaide zich om en ramde zijn elleboog in het gezicht van de volgende tegenstander.

De magie in de kamer rafelde uiteen. Met elke regel die Zara las, vervaagden de grenzen tussen scène en realiteit verder. De overgebleven sekteleden begonnen te flikkeren – het ene moment waren ze dreigend, het volgende zagen ze er verloren en onzeker uit, alsof ze naar de verkeerde repetitie waren geroepen. Een paar bleven op hun plaats staan en reciteerden regels uit wat klonk als totaal verschillende toneelstukken. Eén, met een masker dat een tragisch varken leek voor te stellen, brulde, 'Weg, verdomde vlek!' en stortte toen in elkaar.

Bartholomew, nog steeds mank van zijn val, overzag het bloedbad met toenemende afschuw. Zijn masker was gebarsten, waardoor één wild oog en een kaak die zo strak geklemd was dat hij leek te kunnen breken, zichtbaar werden. Hij maakte een laatste, wanhopig gebaar naar Cloak Woman.

Zij rukte op, haar lippen werkend achter het masker, en zong een frase die schroeiplekken in de lucht achterliet.

Zara's hoofd schoot omhoog. 'O, hemeltjelief,' mompelde ze en bladerde naar de achterkant van haar boek. 'Vincent! Bukken!'

Dat deed hij, net op het moment dat een bliksem van zwarte energie de ruimte doorkliefde waar hij had gestaan. De kracht ervan sloeg twee sekteleden omver en liet een smeulende groef achter in de vloerplanken. Ren, die nooit een kans miste, schopte Cloak Woman tegen haar knieholte en deelde haar vervolgens een rechtse hoek uit waar haar moeder trots op zou zijn geweest.

Mrs Barley, die Cloak Woman zag vallen, ging recht op Bartholomew af. Ze haalde een zwaar, metalen klembord uit haar schooltas, gegraveerd met het zegel van de City of Westminster. Ze zwaaide ermee als een strijdknots, raakte Bartholomew in zijn ribben en liet hem achterover tuimelen.

'Ongepast gebruik van openbaar eigendom,' verklaarde Mrs Barley, terwijl ze boven hem stond. 'Dat gaat helaas niet door. Helemaal niet.'

Bartholomew probeerde iets te zeggen, maar slaagde er alleen in een verstikt gorgelend geluid te produceren.

Vincent, gehavend maar overeind, gebruikte het moment om de overlevenden te verzamelen. 'Ren, Zara – toneel rechts. Mrs Barley, dek de uitgang.'

De vier kwamen samen bij de verbrijzelde achtergrond, en doken weg achter de overblijfselen van een rekwisietenboog. Mrs Barley depte haar voorhoofd met een zakdoek met monogram, en begon toen met het reorganiseren van de inhoud van haar nalevingskit met de uitstraling van een vrouw die na een rel boeken terug in de kast zet.

Zara zag er voor het eerst vermoeid uit. Ze knipperde, haar ogen kwamen langzaam weer scherp in beeld. 'Dit is het maximum van wat ik kan doen,' zei ze, haar stem schor maar vastberaden.

'Hun realiteit is... nu fragiel. Als je de leider kunt verstoren, zou de rest moeten ontrafelen.'

Vincent gluurde over de boog en nam de toestand van het theater op. De overgebleven sekteleden, niet langer een samenhangende groep, liepen verward rond. Sommigen huilden, sommigen zongen, een paar deden simpelweg hun masker af en staarden naar hun handen alsof ze verwachtten antwoorden in de lijnen te vinden.

Bartholomew stond nu, in het midden van de bak. Hij balde zijn vuisten, genietend van de aandacht. Toen hij sprak, droeg zijn stem ver – minder door geluid dan door intentie.

'Is dit alles?' riep hij, zijn minachting die de lettergrepen deed schiften. 'Zijn dit de kampioenen van deze tijd?'

Vincent voelde de woorden in zijn schedel graven; oude gewoonten sterven langzaam.

Hij haalde adem en wendde zich tot de anderen. 'Ik veronderstel,' zei hij, 'dat het op ons aankomt.'

Mrs Barley keek hem van top tot teen aan, niet onder de indruk. 'Als u klaar bent met overal bloeden, hebben we een klus af te maken.'

Ren spande de haan van de revolver, hoewel het, eerlijk gezegd, effectiever was als knuppel. 'Na jou, maat.'

Zara knikte en fluisterde toen: 'Probeer te voorkomen dat hij gaat monologiseren. Dat moedigt de doden alleen maar aan.'

Vincent rechtte zijn das, veegde een streep bloed van zijn lip en stapte het podium op. De anderen volgden en vormden een rij die meer leek op een schoolbijeenkomst dan op de Avengers, maar hij nam er genoegen mee.

Bartholomew bekeek hen met een grijns. 'U vermeet u mij uit te dagen?'

Vincent haalde zijn schouders op. 'Ik heb niets beters te doen.'

Het theater werd stil. Zelfs de stad buiten leek even stil te staan.

Vincent keek naar de gezichten naast hem: Ren, de kaken op elkaar geklemd, klaar om geweld te gebruiken; Mrs Barley, haar knokkels wit om haar paraplu, zo kalm als een jurylid bij een taartwedstrijd; Zara, ogen als stroomdraden, die door de vermoeidheid heen vocht om de volgende spreuk op te roepen.

Zara dwong zichzelf overeind. Elke ademhaling kwam hortend, dik met de koperachtige smaak van het zichzelf opbranden, maar toch hief ze haar hand, haar vingers trillend als defecte antennes. De kerkbank versplinterde verder toen kracht door haar heen joeg, een knetterende boog van violet licht die over het podium scheurde.

Bartholomew deinsde niet terug. Hij hief Vincents script in beide handen, de pagina's wapperend, en de woorden zelf rezen op om haar aanval te pareren. Zinnen krulden in de lucht als slangen van inkt en vormden een muur van vertelling die haar explosie opving, absorbeerde en herschreef tot onschuldige vonken. Hij grijnsde. 'Ziet u? Zelfs uw genialiteit is niets vergeleken met de wil van het verhaal.'

Zara's kaken klemden zich op elkaar. Ze spuugde bloed en slingerde toen nog een spreuk – harder, scherper, een speer van pure wil die met het geluid van scheurend papier door het gordijn van woorden sneed. Bartholomew wankelde achteruit, knalde tegen de tafel in het midden van het podium, het script gescheurd en smeulend aan de randen.

Ze had hem. Een hartslag lang had ze hem.

Maar haar lichaam haperde, half vast, half niet. Ze wankelde, haar longen blokkeerden, haar silhouet flikkerde als een slechte filmrol. De doodsteek siste uit in haar handpalm, stervend voordat hij zich kon vormen.

En Bartholomew, zijn ogen brandend met geleend karmozijnrood vuur, hief zijn armen op. De woorden sprongen terug op hun plaats, nu geen schild maar een wapen, grillige lijnen die naar voren schoten met de kracht van een zweep. 'Mijn beurt,' zei hij, en ontketende de vloek.

Vincent beweerde nooit een expert in verlies te zijn, maar hij kende de smaak. Metaalachtig, opdringerig, uren na de gebeurtenis aan het tandvlees klevend. Dus toen Bartholomews aanval Zara trof en ze achteruit wankelde, alsof ze twaalf Pornstar Martini's diep was op een vrijgezellenweekend in Blackpool, herkende hij het moment voor wat het was: een factuur die betaald moest worden.

Ze was er half wel en half niet, een storing in het vlees van de wereld. Haar hand ging dwars door de gelakte leuning, flikkerde toen weer terug, nagels groeven splinters voordat haar handpalm weer verdween. Haar colbert verloor alle definitie en viel uiteen in een verschuivend silhouet dat de revers van de blouse eronder onthulde, dan de herinnering aan huid, en dan niets dan contouren.

'Zara!' siste Ren, die met een schreeuw de betovering verbrak. Ze bewoog om Zara bij de elleboog te grijpen, maar haar vingers sloten zich om niets dan de kou.

Zara's ogen vonden Vincent. 'Het is goed,' zei ze. 'Duurt alleen... even om aan te passen.'

Vincent stak zijn hand uit, om haar te ondersteunen. Zijn hand ging dwars door haar schouder, wat voelde als duwen in een vrieskist vol geheimen en bibliotheekstof. Hij trok rillend zijn hand terug.

De sekteleden, die weinigen die over waren, voelden de verandering en sloegen op de vlucht. Het effect was onmiddellijk en volledig – een dozijn gemaskerde fanatici, gereduceerd tot gedesoriënteerde dramastudenten, die naar de uitgangen renden alsof de politie eindelijk was komen opdagen om het feestje te beëindigen. Bartholomew staarde Zara alleen maar ongelovig aan, alsof hij nooit had overwogen dat iemand op een nieuwe en originele manier kon sterven.

Zara keek naar haar handen, balde ze tot vuisten en keek toe hoe elke vingertop doorzichtig werd en dan langzaam weer kleur kreeg.

Ren, nog te geschokt voor een gevatte opmerking, zei: 'Ben je... ben je...?'

'Halverwege een herclassificatie,' zei Zara, met een zwakke grijns. 'Vast geen secundaire arbeidsvoorwaarden voor deze, neem ik aan.'

Mrs Barley keek toe vanaf de toneelrand, haar gezicht strak. Ze haalde een nieuwe breinaald uit haar mouw, inspecteerde deze op rechtheid en stopte hem toen met een besliste klik in haar nalevingskit. 'Stom, bloedlink risico,' zei ze, haar stem zo droog als versnipperd karton. 'U had ons kunnen waarschuwen.'

Zara slaagde erin te buigen, of althans een buiging te benaderen; de bovenste helft van haar lichaam volgde het gebaar, de onderste helft bleef een fractie achter, als een slecht gecodeerde geanimeerde gif. 'Ik moest improviseren. Er was geen tijd voor een arbo-briefing.'

Vincent schudde zijn hoofd, op zoek naar een zin die de absurditeit, de afschuw en de vage, zure trots zou kunnen vangen. 'Dat zal onze koffieochtenden ongemakkelijk maken,' zei hij.

Zara vervaagde nu sneller. Haar voeten werden wazig en gingen op in de vloer, de omtrek loste op van hiel tot knie alsof iemand haar van de grond af begon uit te gummen. Haar haar zweefde rond haar hoofd in een zilvergrijze nimbus, elke streng individueel gedetailleerd, het effect op de een of andere manier levendiger dan voorheen.

Ren probeerde haar opnieuw te bereiken, maar veroorzaakte alleen een vage rimpeling in de lucht. 'Wat moeten we doen?' vroeg ze, zich wendend tot Vincent, en daarna tot Mrs Barley. 'Is ze... kunnen we het oplossen?'

Mrs Barley haalde haar schouders op, het gebaar formeler dan afwijzend. 'Ze is niet verloren. Gewoon –' ze pauzeerde, op zoek naar het woord, '– onthecht.'

Zara glimlachte, haar tanden nu het meest solide deel van haar. 'Het is niet zo erg,' zei ze, haar stem vreemd dragend – zachter, maar op de een of andere manier in stereo, alsof elke echo in het theater had besloten te harmoniseren. 'Al het papierwerk is digitaal, en ik kan de voetnoten in realtime lezen.'

Vincent wist niet of het een grap of een waarschuwing was. 'Kun je ons helpen?'

Zara knikte. 'Meer dan voorheen, eigenlijk.' Ze strekte haar armen, of wat ervan over was. 'Ik kan het narratief zien. Waar het zwak is, waar het gestikt is. Ik kan Bartholomews script volgen en er zelfs omheen redigeren. Zolang jullie een beetje achtervolging niet erg vinden.'

Ren snoof, wat het dichtst in de buurt kwam van een zegen die ze zou geven.

De laatste van de sekteleden was verdwenen, en liet alleen gevallen maskers, lege kelken en de stank van teleurstelling achter. Bartholomew, gesterkt door de verandering van het lot, deed een laatste, halfslachtige uitval naar de groep, maar werd geblokkeerd door Mrs Barleys paraplu, die nu met een vage blauwe gloed scheen.

'Ik ben nog niet klaar met u, zonneschijn,' zei Mrs Barley tegen hem, en met een enkele, efficiënte duw stuurde ze de smeerlap recht het toneelgordijn in.

Zara zweefde nu, centimeters boven het podium, haar lichaam slingerde kleine vonkjes herinnering van zich af – fragmenten van oude dossiers, onafgemaakt onderzoek, de geest van een bibliotheekcatalogus. Ze wankelde, stabiliseerde zich toen, een perfecte spectrale secretaresse, die zelfs in het hiernamaals nog aantekeningen maakte.

Ren ging hard op de rand van het podium zitten, haar handen trilden net genoeg om de revolver in haar greep te doen rammelen. 'De volgende keer dat je besluit dood te gaan, geef ons dan misschien een seintje,' zei ze.

Zara's stem kwam van overal tegelijk, zacht als het gefluister van een bibliothecaris. 'De volgende keer doe ik het volgens het boekje.'

Vincent keek op en ving Zara's oog, of welk zintuig dan ook dat oogcontact verving in haar nieuwe staat.

'Klaar voor de laatste akte?' vroeg hij.

Zara grijnsde, een perfecte halve maan van licht en spotternij. 'Na jou,' zei ze, haar stem wegebbend als het einde van een zin die niemand wilde afmaken.

Vincent rechtte zijn schouders en gebaarde naar de anderen. 'Laten we het verhaal afmaken,' zei hij.

En ergens in de ether maakte de stad zich op voor wat er ook zou komen.

TWEEËNTWINTIG

Het hoofdpodium van het Orpheum was een slachtpartij voor metaforen. Wat niet bloedde, was gebroken en wat niet gebroken was, was al vertrapt tot een pulp van fluweel, poederverf en het soort spijt dat alleen maar wordt opgeruimd met sterke drank en een subsidie van de kunstraad. In het midden van deze ruïne cirkelden twee monsters om elkaar heen met het gebrek aan ceremonie dat doorgaans is voorbehouden aan de vuilnisophaaldag in een achterbuurt.

Bartholomew, nog steeds in wat er over was van zijn pak (nu voornamelijk vodden en kwade bedoelingen), bewoog met de kille focus van iemand die een halve eeuw op deze specifieke wrok had geoefend. Vincent kon de handen van de man zien buigen, bloedeloos en bleek, met vingertoppen die zwart waren van oude rituelen of gewoon een overmaat aan nicotine. In een beter verlichte wereld had hij kunnen doorgaan voor een gepensioneerde bisschop of een aan lager wal geraakte aristocraat. Hier, omlijst door de rook en de af en toe opflakkerende vlammen, leek hij op een schurk wiens enige spijt was dat hij niet efficiënter had gemoord.

Vincent, van zijn kant, stond met zijn rug naar een omgevallen lichtinstallatie en probeerde niet te wankelen. Zijn overhemd was geruïneerd, zijn jasje was allang opgeofferd aan de mechanica van geënsceneerd geweld en zijn linkerarm was veranderd van 'modieus bleek' naar 'een zorgwekkende tint van victoriaanse tering'. De adrenalinestoot was uitgewerkt en had alleen koude vastberadenheid achtergelaten en het soort filosofische helderheid dat je krijgt als je weet dat de rekening voor iedere fout gepresenteerd zal worden.

Bartholomew maakte een schijnbeweging naar rechts en verdween toen volledig; een klassieke zet, maar altijd een rotstreek om te pareren. Vincent zette zich schrap, wachtte en voelde — voorspelbaar — de impact in zijn zij, waar Bartholomew was gematerialiseerd met een vliegende tackle die een slow-motion herhaling had kunnen verdienen op elke televisiezender die zijn zout waard was. Ze gingen beiden hard onderuit en gleden door een plas gestold kaarsvet en wat Vincent oprecht hoopte dat theaterbloed was.

Bartholomew zat onmiddellijk bovenop hem, met één hand om Vincents keel geklemd en de andere die zijn pols met bovennatuurlijke kracht vastpinde. 'Je hebt nooit geleerd om te blijven liggen,' siste hij, zijn accent puur kostschool, maar zijn toon puur goot.

Vincent hapte naar adem, probeerde een gevatte opmerking te maken, maar er kwam alleen een piepend geluid uit. 'Waarom zou ik, als jij opstaan zo leuk maakt?'

Bartholomews lippen krulden op en toonden een gebit dat onbekend glinsterde. Het duurde een seconde voordat het tot Vincent doordrong: de klootzak had zilveren kronen. Elke hoektand, elke premolaar — van sterling zilver en tot een punt geslepen. Het was zowel grotesk als, op een bepaald niveau, diep komisch.

'Heb je die hoektanden in Harley Street laten doen, of ben je even naar Turkije gewipt?' rochelde Vincent met een zwakke grijns.

Bartholomews antwoord was een grom en een duik naar beneden. De beet landde net onder Vincents elleboogholte, waar het vlees dun was en de zenuwen dicht aan de oppervlakte lagen. De pijn was onmiddellijk en onontkoombaar: minder een perforatie en meer een witheet soldeerijzer, een zich verspreidende chemische kwelling die Vincent niet alleen sterren, maar hele illegale sterrenbeelden liet zien.

Hij schreeuwde het uit, trok zijn arm weg en slaagde erin een knie in Bartholomews ribben te planten. De ex-Renfield rolde om, maar liet zijn greep niet los en beet zich in plaats daarvan vast met de hardnekkigheid van een hond die gefokt is voor slechte beslissingen. Vincent draaide zich, wist de hiel van zijn hand tegen de brug van Bartholomews neus te slaan — er brak niets, maar het hoofd schoot naar achteren en dat was genoeg.

Hij krabbelde overeind, wankelde op zijn benen en steunde tegen een half ingestorte podiumverhoging. Zijn linkerarm was verdoofd van zijn biceps tot aan zijn pols, de huid was al vol blaren en vurig rood. Het bloed, dat eruit had moeten gutsen, sijpelde in plaats daarvan langzaam in een zilverachtig straaltje naar buiten, waarbij elke druppel siste als hij de planken raakte.

Bartholomew likte de wond, zijn ogen rolden even in extase naar achteren. 'Weet je hoe lang ik hierop heb gewacht?' vroeg hij, zijn stem die door de ravage echode.

Vincent veegde zijn mond af aan de rug van zijn hand en spuugde bloed op het parket. 'Te oordelen naar je haargrens, minstens twee wereldoorlogen en de dood van de ironie.'

Bartholomew viel opnieuw aan, dit keer met minder gratie en

meer brute kracht. Vincent stapte opzij, ving een vliegende elleboog op tegen zijn ribben en counterde met een rechtse hoek die met een bevredigende krak op Bartholomews kaak landde. De andere man kromp nauwelijks ineen. In plaats daarvan glimlachte hij, een effect dat nog gruwelijker werd door het bloed dat zich bij zijn tandvlees verzamelde en de manier waarop het de zilveren tanden als losgeld in een wensput liet glanzen.

Ze gingen uit elkaar, cirkelden. Ergens op het balkon boven hen ving het kristal van de verbrijzelde kroonluchter een zuchtje wind en zong een enkele, zoete noot voordat het met een gerinkel van wanhoop op de grond neerstortte.

'Laten we eerlijk zijn,' zei Vincent, terwijl hij probeerde de trilling uit zijn stem te houden. 'Je had dit met een telefoontje kunnen regelen en de schoonmaakrekening kunnen besparen.'

Bartholomews ogen vernauwden zich. 'Je kon nooit verantwoordelijkheid nemen, Vincent. Niet voor je woorden. Niet voor je gevolgen.' Hij schopte een stuk decor naar Vincents voeten. 'Jij schrijft het script, maar iemand anders ruimt altijd de rotzooi op.'

Vincent bukte, raapte een gekarteld stuk van een twee-bij-vier op en woog het in zijn handpalm. 'Laten we doorspoelen naar het deel waarin je me vertelt dat ik mijn eigen grootste vijand ben, oké?'

Bartholomew willigde zijn verzoek in door hem opnieuw aan te vallen. Ze botsten, hout tegen vlees, en even had Vincent de overhand — hij raakte Bartholomew met de plank onder zijn kin en sloeg hem achterover tegen een stapel namaakmarmeren pilaren die overgebleven waren van de laatste productie van Macbeth door het theater. De impact was passend theatraal: pilaren vielen om, het decor vouwde zich in een slow-motion ineenstorting op en Bartholomew verdween onder de lawine van multiplex en glasvezel.

Vincent leunde zwaar ademend op de plank, wachtend op de clou.

Hij hoefde niet lang te wachten. Bartholomew explodeerde met een gil uit het wrak, met in de ene hand een versplinterde trapleuning en in de andere een rekwisietenschedel. Hij gooide de schedel als eerste — cliché, maar effectief. Vincent dook weg, kreeg de leuning tegen zijn borst en ging onderuit met een dreun die door zijn borstbeen tot in de wortels van zijn tanden trilde.

Bartholomew ging schrijlings op hem zitten, drukte de splinter tegen Vincents keel en leunde zo dichtbij dat Vincent de mix van aftershave en halitose kon ruiken. 'Zo eindigt het altijd,' fluisterde Bartholomew. 'Met jou, op je rug, wachtend tot iemand anders een einde voor je schrijft.'

Vincent glimlachte, of probeerde het. 'Je had echt moeten stoppen toen je nog voorstond, Bart.'

Met zijn laatste krachten stootte Vincent zijn heupen omhoog, bracht Bartholomew uit balans en bracht het gesplinterde uiteinde van de leuning omhoog — hij raakte zijn vijand in de zij, net boven de nieren. Bartholomew siste, maar liet niet los. In plaats daarvan klemde hij zich vast, zette zijn zilveren tanden in Vincents sleutelbeen en draaide.

Vincent schreeuwde, klauwde naar Bartholomews haar en beet ten slotte, in een beweging die meer uit wanhoop dan uit strategie was geboren, terug. Hij zonk zijn hoektanden in het zachte vlees van Bartholomews nek en klemde zijn kaken op elkaar tot de wereld aan de randen grijs werd.

Even waren de twee mannen gevangen in een groteske parodie van een liefdesomhelzing: bijtend, scheurend, wanhopig om de ander niet los te laten. De smaak was zout en ijzer en statische elektriciteit, een smaak die dreigde Vincent van binnenuit te ontrafelen.

Bartholomew rukte zich los en liet een rafelig stuk huid achter in Vincents mond. Vincent spuugde het uit, rolde weg en probeerde op te staan, maar zijn benen knikten en hij viel op één knie.

'Zie je?' kraaide Bartholomew, terwijl hij wankelend overeind kwam en met één hand zijn bloedende nek vasthield. 'Je bent niets dan honger en venijn met een bovengemiddeld grote woordenschat. Dat ben je altijd geweest.'

Vincent schudde zijn hoofd, probeerde te lachen en faalde. 'Je zegt dat alsof het iets slechts is.'

Ze cirkelden opnieuw, dit keer langzamer. Het gevecht was vervallen tot een reeks schijnbewegingen en uitputting; elke man was te gehavend om een volledige aanval te riskeren, maar te boos om weg te lopen. Elke ademteug die Vincent nam was doordrenkt met pijn en de koperachtige smaak van zijn eigen sterfelijkheid. Hij hield Bartholomew in de gaten voor enig teken van aarzeling, maar de man was nu pure intentie — geen ruimte voor geklets, geen plaats voor spijt.

Ze sloten opnieuw de rangen, dit keer minder spectaculair — slechts een grimmig, wanhopig gevecht, handen om kelen en knieën naar kruizen, beiden strijdend om de overhand. Ze crashten door een balustrade, het hout brak onder hun gezamenlijke gewicht en ze rolden op de planken eronder, aan elkaar geklemd als een paar ratten in een vuilnisbakgevecht.

'Geef op,' siste Bartholomew, zijn adem heet tegen Vincents oor. 'Het is al voorbij.'

Vincent lachte, het geluid was nat en rauw. 'Dat kan ik niet. Dat weet je.'

Bartholomew haalde uit en deelde een klap uit die Vincents tanden in hun kassen deed rammelen. Vincent beantwoordde het gebaar met een kopstoot; de impact zond een schokgolf door beide schedels en liet hem halfblind achter door de naweeën van de pijn.

De volgende uitwisseling was minder een gevecht en meer

een slow-motion sloop. Ze klauwden, beten en haalden naar elkaar uit met handen die meer wapen dan ledemaat waren en deelden beiden klappen uit die een minder wezen zouden hebben geveld. Vincents zicht zwom in rood en hij realiseerde zich op een afstandelijke manier dat het zijn eigen bloed was dat in zijn ogen liep.

Hij veegde het weg, zag Bartholomew naderen en maakte zich klaar voor de laatste, domme aanval.

'De volgende keer een betere tandarts nodig,' mompelde Vincent met ontblote tanden.

Bartholomew grijnsde en voor een seconde zag Vincent de jongen die hij ooit had begeleid, voordat de ambitie en het verval hadden toegeslagen. Het was bijna genoeg om hem te doen aarzelen. Bijna.

Ze botsten een laatste keer, de lichamen klapten tegen elkaar aan en in de botsing begaf iets het — of het nu een bot, een wil of gewoon het geduld van het universum was, wist Vincent niet zeker.

Toen ze uit elkaar gingen, merkte Vincent dat hij nog net overeind stond, terwijl Bartholomew achteruit wankelde en naar de balustradespaak greep die uit zijn borst stak. De wond boven zijn borstspier pulseerde en er kwam bloed tussen zijn vingers tevoorschijn. Zijn gezicht vertrok in een mengeling van woede en teleurstelling.

'Denk je dat dit ertoe doet?' hijgde Bartholomew, zijn stem borrelend met vloeistof. 'Denk je dat iets ervan ertoe doet?'

Vincent stabiliseerde zichzelf tegen een gebroken pilaar, ademend door de pijn. 'Dat is het punt,' zei hij. 'Niets ervan doet ertoe. Tenzij je het ertoe laat doen.'

Bartholomews knieën knikten, maar hij weigerde te vallen. 'Je hebt het nooit begrepen. Je hebt het verhaal nooit gezien voor wat het is.'

Vincent zette een stap naar voren, zijn benen trillend. 'En jij hebt het einde nooit zien aankomen, hè?'

Ze stonden daar, twee geruïneerde titanen, in het hart van 's werelds slechtste slotavond.

Vincent wachtte op de clou, maar Bartholomew staarde hem alleen maar aan, de haat die door de vermoeidheid heen brandde.

Het was een patstelling, het soort dat alleen eindigt met een truc, een list of een wonder.

Vincent was door zijn wonderen heen.

Hij keek om zich heen in de ravage, op zoek naar iets — wat dan ook — dat er een einde aan kon maken.

Bartholomew, leegbloedend en nog steeds ongebroken, haalde wankel adem en bereidde zich voor op een laatste aanval.

Vincent zette zich schrap, het bloed verzamelde zich aan zijn voeten, en maakte zich klaar om te improviseren — want dat was, als er niets anders was, altijd zijn talent geweest.

Uiteindelijk was het de stank die de doorslag gaf — een boeket van verschroeid fluweel, natte inkt en de laatste adem van duizend kaarsen. Vincents hoofd duizelde van de nasleep, maar ook van de wetenschap dat als Bartholomew niet doodbloedde voordat hij aanviel, hij iets spectaculair stoms zou moeten doen om de klus te klaren. Hij had geen wapens meer, geen adem meer en — als hij eerlijk was — geen goede oneliners meer.

Hij reikte naar iets om zich aan vast te houden en zijn hand sloot zich, wonderbaarlijk, om een zwarte schacht. Eerst dacht hij dat het een stuk verwoest decor was, maar de textuur was verkeerd: te licht, te koud, te weloverwogen. Hij keek naar beneden en zag dat het de schrijfveer was die hij had gebruikt om de laatste akte van het stuk te voltooien. In de eerdere chaos was hij onder de verhoging gerold en had zowel het gevecht als de dramaturgie overleefd door pure narratieve eigenzinnigheid. De veer, die tot niets verkoold had moeten zijn, was intact. De penpunt, ooit ceremonieel, glinsterde nu met een natte glans die alleen maar verse profetie-inkt kon zijn.

Vincent draaide hem in zijn hand en keek hoe het oppervlak glinsterde. Dit was het soort ding waardoor je gedood werd, of erger nog, aangeklaagd door de erven van een dode dichter. Toch was het alles wat hij had.

Hij ging rechtstaan, zette een wankele aanloop in en raakte Bartholomew vol in de borst met de veer, net boven het borstbeen.

Het effect was onmiddellijk. Bartholomews lichaam schokte, de inkt sprong van de veer op zijn huid en bloeide op tot regels van schrift die zich om zijn torso, armen en nek wikkelden. Elke letter brandde met een blauwzwart vuur en ketende hem niet aan de wereld, maar aan de pagina, aan de regels van het verhaal zelf. Vincent voelde de aantrekkingskracht, het gewicht van narratieve zwaartekracht — dit was geen geweld, maar een redactie.

Bartholomew schreeuwde het uit, het geluid klom met elke nieuwe keten een octaaf hoger, totdat zijn stem volledig brak en hij gereduceerd werd tot het mompelen van stille protesten terwijl het script zijn contouren overschreef. Zijn handen klauwden naar zijn borst, maar zijn vingers gleden door zijn eigen ribbenkast alsof hij plotseling tweedimensionaal was geworden, een veeg van een schurk geperst tussen vellen perkament.

De runen bereikten zijn ogen, die wit werden, toen zwart, en toen volledig verdwenen. Bartholomews omtrek flikkerde en stortte toen ineen tot een wolk van losse leestekens, die zachtjes naar de vloer dwarrelden en verdampten met een vage geur van een oude bibliotheek en gemiste deadlines.

Vincent stond boven de lege plek, de schrijfveer nog in zijn hand, en wachtte tot zijn zicht de rest van hem kon inhalen.

Hij kreeg drie ademteugen voordat de wereld hem een stomp in zijn maag gaf. Bloed drong op een half dozijn plaatsen door zijn hemd, elk lekke in de pas met een polsslag die snel zijn strijd met de entropie aan het verliezen was. De gevoelloosheid in zijn linkerarm was een volslagen dood gewicht geworden en zijn benen stonden niet zozeer, als dat ze zich 'herinnerden hoe ze moesten staan'.

Hij wankelde achteruit, zakte neer op het dichtstbijzijnde platte oppervlak (een kist met het label 'EIGENDOM VAN ORPHEUM – NIET OP ZITTEN') en probeerde de balans op te maken.

Hij had het gedaan. Hij had het einde geschreven.

Het voelde klote.

De kou kroop nu langs zijn ruggengraat omhoog, meer een suggestie dan een bedreiging, maar absoluut in zijn bedoeling. Vincent sloot zijn ogen, liet de toneellichten oranje afdrukken op zijn oogleden branden en bereidde zich voor op de traditionele parade van spijt. Hij kwam niet ver.

Een paar handen, warm en onvast, omvatten zijn kin. Ren was er, op de een of andere manier — haar kleren gescheurd, één oog dat dichtzwol, maar levendiger dan ze eruit had gezien sinds dezé hele trieste productie was begonnen.

'Jezus Christus,' zei ze met trillende stem, 'je ziet eruit alsof je door de mangel bent gehaald.'

Vincent probeerde te glimlachen, maar slaagde erin een spiertrekking te produceren. 'Daar zou ik extra voor betalen, maar ze zeggen dat je de klassiekers niet kunt verbeteren.'

Ze negeerde hem, hurkte neer en inspecteerde de wonden. Haar vingers waren zacht en volgden de rand van het sleutelbeen waar Bartholomew het diepst had gebeten.

'Je gaat dood,' zei ze doodserieus.

Vincent keek naar beneden naar de stroom bloed die zich op het podium verzamelde. 'Ik heb ergere katers gehad.'

Ren snoof, maar haar ogen waren nat. 'Je moet drinken.'

Hij schudde zijn hoofd, of probeerde het. 'Ik ga me niet voeden. Niet met jou.'

Ze lachte — een enkel, explosief geluid, halverwege tussen vreugde en woede. 'Jij absolute klootzak. Na dit alles ga je de nobele uithangen?'

Hij sloot zijn ogen weer en voelde de randen van zijn bewustzijn rafelen. 'Het is geen nobelheid. Het is angst. Ik zou niet kunnen stoppen. Ik zou je meenemen.'

Ze ging naast hem zitten, haar dij hard tegen de zijne gedrukt. 'Daar is het te laat voor. Dat heb je al gedaan.'

Ze zaten in stilte, het verwoeste podium dat zich om hen heen tot rust kwam als de nasleep van een zeer dure begrafenis. Ergens achter het decor sloeg het verouderde brandblussysteem eindelijk aan en sproeide een halfslachtige regen die niets deed voor de sfeer, maar alles de geur van vochtige verbanden en chloor gaf.

Ren haalde een zakmes uit haar laars, klapte het open en drukte het lemmet tegen haar eigen handpalm. De snede was netjes, net onder de duim, en het bloed welde onmiddellijk op.

Ze duwde haar hand tegen Vincents mond.

'Drink,' zei ze. 'Ik laat je verdomme niet sterven, niet na alle rotzooi waar je me doorheen hebt gesleept.'

Vincent probeerde zich af te wenden, maar ze was nu sterker dan hij. 'Ik meen het,' zei ze, terwijl ze harder drukte, 'ik breek je verdomde kaak als je het niet doet.'

Hij opende zijn mond, proefde haar bloed — scherp, nieuw, een golf van leven zo intens dat het zijn hart bijna helemaal tot stilstand bracht. Hij zoog, slechts één keer, en deinsde toen terug, doodsbang voor de smaak van haar, voor wat het zou betekenen als hij de controle zou verliezen.

Ze hield hem daar. 'Vertrouw me,' fluisterde ze, en de woorden waren intiemer dan welke spreuk of bekentenis dan ook.

Vincent dronk.

De sensatie leek in niets op de barokke erotiek waar hij decennialang als ghostwriter over had geschreven. Het was honger, maar ook verdriet, woede, herinnering — alles rauw en onaf, dat in hem stroomde totdat hij niet meer wist waar hij ophield en zij begon. Haar polsslag klopte tegen zijn lippen en hij probeerde het te meten, te rantsoeneren, maar het bloed vertelde zijn eigen verhaal en weigerde te vertragen.

Toen ze haar hand wegtrok, trilde haar pols en was haar gezicht bleek, maar ze glimlachte. 'Ben je oké?' vroeg ze.

Hij knikte, zijn stem niet vertrouwend.

Ze zakte tegen hem aan, haar arm over zijn schouder geslagen in 's werelds minst overtuigende versie van een overwinningsknuffel. 'Je bent een plaag,' zei ze. 'Maar je bent mijn plaag.'

Vincent keek haar aan, zag de onverbloemde waarheid in de uitputting, het vuil, het bloed. Hij probeerde iets diepzinnigs te zeggen, maar wat eruit kwam was: 'Ik denk dat ik deze kleren heb geruïneerd.'

Ze lachte weer en het geluid was genoeg.

De regen van de sprinklers was koud geworden en waste het bloed weg, maar niet de herinnering. Ze zaten samen, Vincents hoofd op Rens schouder, haar hand nog steeds op de wond gedrukt, en wachtten tot de volgende ramp zou arriveren.

Geen van beiden zei het, maar het verhaal was veranderd.

Dit keer hadden ze allebei het laatste woord.

DRIEËNTWINTIG

Mevrouw Barley had altijd al een hekel gehad aan de manier waarop profetieën zich ergens nestelden. Ze herinnerde zich nog de bijtende nasmaak van de laatste die ze had uitgedreven: een middelmatige apocalyptische klus, vastgeklemd achter de energiemeters van het Camden Civic, met als enige waarneembare effect dat de avondsherry van de conciërge in accuzuur veranderde. Deze – wat Bartholemew en de Vrouw met de Mantel dan ook hadden opgeroepen – was veel erger. Zelfs de verwoeste huls van het Orpheum, tot aan de smeulende bekleding en de stank van angstzweet, leek zijn adem in te houden.

Mevrouw Barley onderwierp het theater aan een professionele inspectie en nam het puin in zich op met de lankmoedige verdraagzaamheid van een huishoudster die achter peuters opruimt. Gescheurde fluwelen gordijnen hingen uit de toneeltoren als de tongen van stervende dieren; de kroonluchter, voor het laatst in stukken gezien, was nu slechts een bittere herinnering en een verzameling glazen tanden op de vloer van de orkestbak. Kaarsen, flakkerend in onregelmatige rijen, zorgden voor de enige verlichting, die op haar beurt het silhouet van de Vrouw met de Mantel op het pleisterwerk wierp als de ergste rorschachtest van de stad.

De Vrouw met de Mantel krabbelde overeind van het parket, eerst langzaam, en ging aan de rand van het podium staan, met haar armen wijd gespreid en haar mantel in vol ornaat. Schaduwen rimpelden om haar heen, bezield door een intelligentie die mevrouw Barley herkende van elke onverstandige seance en elk ouija-experiment dat ze sinds '76 had opgeruimd. Maar het waren de woorden – echte woorden, flarden tekst, gescheurd uit duizend vergeten verhalen – die haar het meest verontrustten. Ze zweefden zichtbaar, lichtgevend en nerveus, rond het hoofd van de Vrouw met de Mantel als motten met een voorliefde voor interpunctie.

Vincent en Ren kropen op de eerste rij dicht bij elkaar, slachtoffers van hun eigen complot maar nog te levend om hun mond te houden. Ren klemde een geïmproviseerd tourniquet om Vincents arm met de grimmige intensiteit van iemand die eerste hulp had geleerd van een YouTube-afspeellijst genaamd 'Lap je maten op tijdens een rel'. Vincent van zijn kant droeg weinig bij behalve sarcasme en af en toe een straaltje bloed. Ze zagen er, dacht mevrouw Barley, uit als de promotieposter voor een uiterst onofficiële toneelbewerking van *Trainspotting*.

'Zo dan,' zei mevrouw Barley, en haar stem had een toon die, zelfs nu, geen tegenspraak duldde.

Ze maakte haar tas open – gehavend, met monogram en technisch gezien een artefact van de Afdeling Overlastbestrijding van de Greater London Authority – en haalde haar interventiekit tevoorschijn. De kit was ooit begonnen als een overontwikkelde dokterstas, maar door jaren van noodupgrades was het een museum geworden van snelle oplossingen en juridisch dubieuze wapens. Ze haalde een flesje knoflookspray tevoorschijn, een stuk versterkte paraplu met een geslepen punt en – haar persoonlijke favoriet – drie verzilverde breinaalden, maat 10.

Mevrouw Barley liep het podium op. De Vrouw met de Mantel keek onverstoorbaar toe vanachter haar masker.

'Denkt u heus,' vroeg mevrouw Barley, 'dat iemand onder de indruk is van dit soort poespas? Ik heb op de plaatselijke basisschool betere producties gezien.'

Het hoofd van de Vrouw met de Mantel kantelde, de gebeeldhouwde lippen van het masker vertrokken in een minachtende grijns.

'U hebt geen idee, oude moeder, wat er op het spel staat,' zei ze. Haar stem was niet zozeer een stem als wel een koor, waarbij elke lettergreep werd verdubbeld met de resonantie van iets wat te vaak was gerepeteerd om nog prettig te zijn. 'Dit is profetie. Niet uw gemeentelijke rompslomp.'

Mevrouw Barley tskte en zette haar eerste aanval in.

De paraplu, eenhandig gehanteerd, was minder een wapen en meer een intentieverklaring. Ze stak ermee naar de borst van de Vrouw met de Mantel, snel en chirurgisch. De punt raakte de mantel en werd afgeweerd, maar mevrouw Barley had hierop geanticipeerd, draaide zich om en volgde met een wolk knoflookspray recht in de spleten van het masker van haar tegenstander. De Vrouw met de Mantel wankelde, of deed in ieder geval een redelijke imitatie van iemand die niet was voorbereid op vernevelde allium.

'Standaarduitrusting van de gemeente,' merkte mevrouw Barley op, haar stem zo droog als een hoorcollege. 'Verkrijgbaar in alle goede voorraadkasten.'

De Vrouw met de Mantel haalde uit met een klauw van schaduw, maar mevrouw Barley sloeg die opzij met de paraplu en, in dezelfde beweging, stak ze een breinaald in de schouder van de vrouw. Hij bleef steken, net onder de naad; een lijn zwartrood ichor welde eromheen op en bevroor toen tot parels die in de lucht bleven hangen.

'Jezus. Ze is goed,' juichte Ren vanaf haar plek in de zaal.

De Vrouw met de Mantel liet haar gespeelde kalmte varen. Haar volgende zet was pure woede: ze maakte een snelle beweging met haar handen en een salvo van profetiefragmenten schoot naar buiten als granaatscherven. Elk fragment was een regel tekst, gekarteld en lichtgevend, die zichzelf reciteerde terwijl hij door de lucht vloog.

Mevrouw Barley dook weg voor de eerste, liet de tweede een streep over haar jas trekken en blokkeerde de derde met de paraplu. Die liet een schroeiplek achter in de stof, maar verder niet veel.

Ze verkleinde de afstand. Nog een naald – ditmaal onderhands, recht op de ribben gericht. De Vrouw met de Mantel stapte opzij, maar mevrouw Barley was al omgedraaid en landde een klap met de paraplu in de knieholtes van de vrouw. De schurk zakte door een knie en haar mantel vormde een dramatische plas om haar heen.

'Is dit echt wat u wilde?' vroeg mevrouw Barley. 'Al dit drama voor wat? Verkleedpartijen en slechte poëzie?'

De ogen van de Vrouw met de Mantel vernauwden zich achter het masker. Ze klapte eenmaal in haar handen. De podiumvloer antwoordde en spleet open met een geluid als van scheurend perkament.

Uit de nieuwe kloof stroomde meer profetie – tientallen, misschien wel honderden flarden verhaal, elk met een andere nuance van gloeiend licht. Ze dromden samen rond de Vrouw met de Mantel, voedden haar gedaante, waardoor ze groter, breder werd, meer dan ze een moment geleden was geweest.

Mevrouw Barley zette zich schrap en hield nu de paraplu met twee handen vast, maar ze voelde het gewicht van de magie tegen haar wil drukken, de lucht die met elke gereciteerde regel dikker werd.

'Blijf achteruit,' riep ze over haar schouder. 'Het escaleert.'

Ren probeerde op te staan, bereikte de rand van het podium, maar de schaduwen duwden haar neer alsof de zwaartekracht verdubbeld was. Ook Vincent probeerde op te staan, maar zijn linkerbeen liet hem in de steek en hij zakte terug in zijn stoel op de eerste rij, terwijl hij een litanie mompelde van wat vloeken konden zijn of gewoon fragmenten uit onvoltooide manuscripten.

De Vrouw met de Mantel – nu bijna twee meter lang en gehuld in een cocon van levende profetie – torende boven Barley uit, haar armen zegevierend opgeheven.

'Dit is niet uw verhaal, Huishoudster,' sprak ze. 'Dit is de afrekening van de stad. Het stuk moet worden voltooid.'

Mevrouw Barley ontblootte haar tanden. 'Probeer het maar.'

De volgende aanval was minder elegant: een brede, beukende uithaal van schaduw, ontworpen om haar te verpletteren. Mevrouw Barley stapte opzij, maar de randen raakten haar, waardoor een piek van gevoelloosheid door haar linkerkant schoot. Ze compenseerde, haalde uit met de paraplu en slaagde erin de enkel van de Vrouw met de Mantel te raken.

Barleys bewegingen waren nu langzamer, de paraplu voelde zwaarder, haar zicht vernauwde zich. Zweetdruppels parelden op haar slapen. Ze klemde haar kaken op elkaar en dwong zichzelf hardop te tellen – een, twee, drie – elke keer als ze inademde.

De Vrouw met de Mantel voerde de druk op en liet een hagel van profetiescherven neerdalen. Elke scherf stak, sommige trokken bloed, andere kneusden slechts de wil.

Vanuit de periferie klonk Rens stem: 'U kunt dit, mevrouw Barley!'

'Pas op, links!' waarschuwde Vincent.

Mevrouw Barley rolde onder de volgende uithaal door, kwam

op haar knieën overeind en – met haar laatste breinaald – slingerde die onderhands in de dij van de Vrouw met de Mantel.

Er viel een stilte. Toen brulde de schurk het uit.

De profetiefragmenten beefden, hun baan verloor samenhang. Voor een kort, prachtig moment kon mevrouw Barley de vrouw onder de mantel zien: een verbeten gezicht, wilde ogen, kortgeknipt haar dat van het zweet aan haar hoofdhuid kleefde. Ze was jonger dan mevrouw Barley had verwacht. Geen echte onsterfelijke, gewoon een bureaucraat van het lot met ambities die haar pet te boven gingen.

Mevrouw Barley zette haar voeten stevig neer, greep de paraplu vast als een hellebaard en deed een uitval. De punt raakte de Vrouw met de Mantel in haar zonnevlecht. Een seconde lang stonden beide vrouwen vastgeklemd.

'Weet u,' siste mevrouw Barley, haar stem trillend van inspanning, 'als u half zoveel moeite in maatschappelijke betrokkenheid had gestoken, had u deze stad kunnen besturen.'

Het masker van de Vrouw met de Mantel vertrok. 'U kunt niet stoppen wat geschreven is.'

Mevrouw Barley duwde de paraplu dieper. 'Dan schrijf ik een nieuw einde.'

De wereld beefde.

Iets in de Vrouw met de Mantel gaf mee. De profetiefragmenten verloren hun structuur en fladderden weg als opgeschrikte spreeuwen. Ze wankelde achteruit en greep naar de paraplu die nog steeds in haar middel stak.

Mevrouw Barley drong stap voor stap naar voren, haar laarzen glijdend op de cocktail van was, bloed en vloeibaar verhaal die de planken bedekte. De Vrouw met de Mantel probeerde een ander fragment op te roepen, maar haar stem liet het afweten. Het enige wat eruit kwam was een gesmoorde ademstoot en een vlaag van halfgevormde zinnen.

Met een laatste, beslissende beweging draaide mevrouw Barley de paraplu los en stak hem in de schouder van de schurk, waardoor ze aan de toneelopening werd vastgepind.

Het effect was onmiddellijk. De profetie, ontdaan van een gastvrouw, explodeerde naar buiten in een schokgolf van puur, onbemiddeld verhaal. Een fractie van een seconde was mevrouw Barley overal – elk moment dat ze ooit had geleefd, elke spijt, elke herinnering die ze had proberen weg te stoppen in de jaren sinds de gemeenteraad de oude orde had ontbonden. Toen was het weg, en was ze weer zichzelf, staand boven een verslagen vijand en voor een keer niets anders voelend dan koude voldoening.

De Vrouw met de Mantel gleed langs de boog naar beneden, haar mantel verstrikt rond haar knieën. Ze keek op naar mevrouw Barley, haar gezicht bleek en haar lippen vertrokken in een snauw.

'Huishoudster,' spuugde ze.

Mevrouw Barley knikte. 'Precies.'

Ze wendde zich tot Ren en Vincent, die er beiden in waren geslaagd om op de rand van het podium te kruipen. Ren en de spookachtige Zara klapten zwakjes. Vincent piepte alleen maar en stak zijn duim op.

Mevrouw Barley trok haar jasje recht, pakte haar breinaalden en veegde het ergste van de profetie van haar paraplu.

'Laten we jullie twee hier weghalen,' zei ze, haar stem zo helder en fris als de ochtend erna.

Ze waren vier stappen ver toen de vloer onder hen openbrak, schaduwen naar hen reikten, de enkels van mevrouw Barley grepen en haar onderuit trokken.

Ren schreeuwde en dook haar achterna, maar de duisternis was te snel. Het laatste wat mevrouw Barley zag voordat ze de zwartheid in werd getrokken, was Vincents gezicht, mond open in een waarschuwing die ze net niet kon horen, en het masker van de

Vrouw met de Mantel, nog steeds op haar gericht met een blik van absolute, onuitroeibare minachting.

Toen klapte de wereld dicht en was mevrouw Barley verdwenen.

Mevrouw Barley kwam weer boven in de leegte met de onwillige helderheid van een vrouw die te laat arriveert voor haar eigen begrafenis. De wereld was ontdaan van kleur en geluid: een leeg podium, geen publiek, het stof nam niet eens de moeite om neer te dalen. Ze maakte de balans op. Beide benen waren omhuld door banden van schaduw, koud als ijs en dubbel zo onbuigzaam; haar armen waren achter haar rug vastgepind, haar polsen aan elkaar gelast door hetzelfde materiaal. Ze proefde metaal, en – minder welkom – een vage zoetigheid als van brandend plastic.

De Vrouw met de Mantel zweefde boven haar, in alle opzichten de hogepriesteres van andermans rampen. Haar masker, nu met haar gezicht versmolten, glansde met een vochtige, onvermurwbare glans. Om haar heen cirkelden de profetiescherven, hongerig naar een ontknoping.

Mevrouw Barley rekte haar nek en kreeg haar wereld aan de andere kant van de sluier in het oog: Ren en Zara, die over Vincent heen stonden, die zijwaarts lag, met een aureool van bloed op de theatervloer. Ze zag hoe Ren met de kolf van het pistool op de podiumvloer sloeg, in een poging erdoorheen te breken en door te vechten, en voelde een vlaag van perverse trots bij de weigering van het meisje om op te geven. De Vrouw met de Mantel merkte het niet eens op. Haar focus lag op mevrouw Barley, en op het verhaal dat afgemaakt moest worden.

'U bent een koppig overblijfsel,' zei de schurk, haar stem vol van het gezag van elke verworpen stembrief en mislukte gemeentelijke motie. 'U bent irrelevant. De profetie zal zich voeden, en ik –' ze aarzelde, haar masker vertrok, '– ik zal worden wat ik altijd had moeten zijn.'

Mevrouw Barley bewoog zich, voelde de pijn in haar schouders opbloeien en weer wegebben, vervangen door een koude vastberadenheid.

'"Irrelevant" is wat ze zeiden toen ze de bibliotheken sloten,' antwoordde mevrouw Barley, haar stem verbazingwekkend vast voor iemand die vastgebonden was in een vijandige voetnoot. 'Heeft me niet tegengehouden. Zal me nu ook niet tegenhouden.'

De Vrouw met de Mantel boog zich naar voren, haar ogen brandend achter het masker. 'U bent al uitgewist. Ik heb u gezocht in de archieven en vond alleen maar zwartgelakte regels.'

Mevrouw Barley ontblootte haar tanden in iets wat niet bepaald een glimlach was. 'Dan had u in de kantlijn moeten kijken.'

De druk nam toe, de schaduwen om haar heen werden dikker en persten lucht en gedachten samen tot een enkele, gekartelde lijn. Mevrouw Barley voelde hoe haar eigen verhaal werd gelezen – pagina voor pagina, paragraaf voor paragraaf – door de profetie. Ze voelde de bewerkingen, de weglatingen, de momenten waarop haar naam was doorgestreept door een bureaucratisch decreet.

Als ze haar uitwissing wilden, zou ze die aan hen geven.

Ze sloot haar ogen en liet haar gedachten afdwalen, niet naar de gloriedagen van de orde of de trots van een perfect opgediende thee, maar naar de momenten die ze hadden geschrapt: de overgeslagen verjaardagen, de brieven die terugkwamen met 'geadresseerde onbekend', de gezichten die haar uiteindelijk nooit 'moeder' of 'zus' of zelfs 'vriendin' noemden. Er waren lege kalenders, en jaarboeken met wazig gemaakte foto's, en een enkele doos met documenten achterin een afgesloten kantoor, elk dossier in drievoud gestempeld met 'irrelevant'.

Ze haalde deze een voor een tevoorschijn en legde ze uit in het duister. De profetiefragmenten aarzelden, zweefden en wervelden toen in een draaikolk rond dit nieuwe aanbod.

De Vrouw met de Mantel krijste, het geluid rauw en dierlijk. 'Nee. U kunt het geen niets voeren. Het is onmogelijk –'

De lippen van mevrouw Barley vertrokken. 'Het is geen niets. Het is wat u hebt achtergelaten.'

De profetie – hongerig, zelfcorrigerend, wanhopig op zoek naar een afsluiting – hapte toe. Ze slokte de uitgewiste verjaardagen op, de doorgehaalde handtekeningen, de versnipperde gemeentelijke memo's. Hoe meer ze nam, hoe meer de Vrouw met de Mantel wankelde, haar gedaante werd ijl, de schaduwen verloren hun integriteit.

'U zult leeg sterven,' spuugde de schurk, paniek overspoelde haar stem.

Mevrouw Barley schudde haar hoofd. 'Ik zal sterven zoals ik geleefd heb: met het papierwerk af, de borden gewassen en op het afdruiprek, en de vuilnisbak op de juiste dag buitengezet.'

De profetiefragmenten, volgepropt met schrappingen, werden helder en heet en stortten toen ineen. Ze cirkelden in een perfecte ring om mevrouw Barley heen en sneden haar los uit de schaduwen. Ze krabbelde overeind – onhandig, ongeoefend, maar rechtop – en keek de schurk aan, die nu haar borst omklemde alsof ze haar verhaal probeerde vast te houden.

Mevrouw Barley voelde hoe de leegte aan haar vrat – elke herinnering, elke prestatie, elke keer dat iemand haar naam in een zin had gebruikt. Ze kende de prijs, en het was prima. Het was meer dan prima: het was, voor het eerst in haar lange, professioneel anonieme leven, de moeite waard.

Ze stapte op de Vrouw met de Mantel af en tikte met twee

vingers het masker van haar gezicht. Het spatte op de grond uiteen en liet niets achter. Het lichaam van de schurk, zonder een verhaal om het bijeen te houden, wankelde en vouwde toen ineen, steeds maar weer totdat het de grootte van een duimafdruk had en daarna, minder dan dat, het nabeeld van een zucht.

Mevrouw Barley draaide zich om, de profetiering nog steeds wervelend, en liep de leegte uit. Elke stap liet minder van haar achter. Tegen de tijd dat ze het licht bereikte, was ze vele dingen lichter – spijt, ambitie, al het gewicht van een ongebruikte erfenis – maar ze liep nog steeds.

Ze bevond zich weer in het Orpheum, op het podium, Ren staarde haar aan alsof ze een verschijning was, Vincent kwam onvast achter haar overeind.

Mevrouw Barley opende haar mond om iets te zeggen, maar merkte dat haar stem stiller was, een tintje dunner. Ze hoestte eenmaal en probeerde het opnieuw.

'Goed,' zei ze. 'Laten we deze plek opruimen voordat de autoriteiten arriveren. Wie wil er een kopje thee?'

Ren grijnsde, haar ogen glinsterend van de tranen. Vincent, die nog steeds op verschillende plaatsen lekte, gaf een saluut met twee vingers.

Mevrouw Barley glimlachte terug, niet helemaal zeker wat ze anders moest doen.

Ze drukte een hand tegen haar keel en voelde de holte waar haar stem vroeger meer gewicht had. Het zou wel goedkomen. Of, op zijn minst, zou ze genoeg zijn.

VIERENTWINTIG

Het Orpheum leek op de nasleep van een bijzonder wraakzuchtige productie van *Titus Andronicus*: alles was plakkerig, niets stond meer overeind en de lucht was zo dik van de rook en losgeslagen magie dat je het had kunnen bottelen en verkopen aan ontevreden tieners. Buiten was de stad akelig stil geworden, maar binnen in het theater waren de geschiedenis en de profetie nog aan het ruziën over de rekening.

Ren, die nooit bij de pakken neerzat in een crisis, was de eerste die begon met het doorzoeken van het puin. Met een vuilniszak en een paar latex handschoenen, die ze uit de geïmproviseerde EHBO-doos van mevrouw Barley had gegrist, waadde ze door het bloedbad. Ze schepte handenvol perkament op, waarvan de meeste nog flikkerden met achtergebleven inkt, en gooide die midden op het toneel, waar een ceremoniële vuurkorf (waarschijnlijk voor het laatst gebruikt om kastanjes te poffen voor een kerstvoorstelling) dienstdeed als brandstapel. De vlammen waren al hongerig, knetterden met een blauwgroene tong en een geur die zowel bedwelmend als door en door verkeerd was.

Vincent zat op de treden van het proscenium, hield zijn linkerarm vast en keek naar het vuur met de bijzondere fascinatie van een man die vermoedde dat het misschien wel persoonlijk op hem uit was. Zijn pak was doorgebloed tot op de voering en het lichte hemd eronder was niet meer te redden, zelfs niet naar zijn normen van modieuze verwaarlozing. Af en toe plukte hij een bladzijde van de stapel naast zich, las een zin voor in een spottende preek en vertrouwde die vervolgens, met overdreven drama, toe aan de vlammen.

"De stad zal herrijzen, gekleed in haar eigen as...", zong hij, en tikte het vodje in het vuur. 'Laten we hopen dat die mode ons staat.'

Mevrouw Barley, door het ritme van het opruimen weer in een schijn van professionele kalmte hersteld, liep door de gangpaden met een stoffer en blik, mopperend over de rotzooi en mompelend over de juiste afvalprotocollen. Elke keer als ze een uitgescheurd stuk profetie vond, onderzocht ze het, tuitte haar lippen alsof ze de dreiging voor de openbare orde woog, brak het vervolgens doormidden en gaf het aan Ren voor verbranding. Soms vochten de gescheurde stukken terug, probeerden ze zich aan haar vingers vast te lijmen of lieten ze kleine giftandjes groeien die aan haar mouwen knibbelden. Mevrouw Barley verblikte of verbloosde niet, gaf ze alleen een snelle por met een teruggevonden breinaald en ging verder.

Zara, de late en blijkbaar postume aanwinst van het team, zweefde boven het podium als de meest veroordelende lichttechnicus ter wereld. Ze dreef door de nok, doorschijnend en omhuld door een aureool van statische elektriciteit, en stak af en toe haar hoofd naar beneden om een gemist vodje aan te wijzen, of, een enkele keer, een kronkelend stuk profetie dat had geprobeerd zich te vermommen als een doorgebrande zekering. Haar stem klonk op de onwerkelijke manier van degenen die niet door vlees worden

belast, maar haar gevoel voor sarcasme was door de dood zo mogelijk alleen maar versterkt.

'Links, Vincent,' riep ze. 'Bij je knie. Dat is een levende.'

Vincent boog zich, kromp ineen en pakte een gerafelde hoek
van een stuk perkament op. Het kronkelde in zijn hand en
probeerde zijn mouw in te glijden, maar hij schudde het met een
zwierig gebaar van zich af. 'Mijn heldin,' zei hij. 'Je was er altijd al
goed in om de stukjes te vinden die iedereen over het hoofd zag.'

Zara's spookachtige wenkbrauw ging omhoog. 'Dat heet oog
voor detail. Sommigen van ons hebben het papierwerk wél
afgemaakt.'

Ren wierp Vincent een blik toe. 'Lukt het nog om door te
gaan? Ik kan dit ook alleen als je even nutteloos het slachtoffer wilt
uithangen.'

Hij slaakte een theatraal zucht en gooide nog een vodje in het
vuur. 'Als ik stop, word ik stijf,' zei hij. 'En bovendien hoop ik dat
de rook iets belangrijks dichtschroeit.'

Mevrouw Barley, die nog steeds methodisch de zaal veegde,
zei: 'Als u niet oppast, schroeit het uw gevoel voor perspectief
dicht. Sommige van deze fragmenten zijn nog actief. Probeer ze
niet in te ademen.'

Vincent overwoog dit en haalde toen zijn schouders op. 'Het
kan erger. Het zijn tenminste geen glitters.'

Een tijdje werkten ze in iets wat op harmonie leek. De profetie
brandde met een wraakzuchtige gretigheid; elke pagina vatte vlam
in een golf van groen of een gil van opgekropte spijt. De vuurkorf
vulde het theater met een wisselend licht, waardoor de figuren op
het podium reuzen of schaduwen werden, afhankelijk van het flak-
keren van de vlammen. Zelfs de eeuwenoude planken leken te
huiveren van opluchting telkens als een bladzijde tot sintels was
gereduceerd.

Maar na een halfuur begon de profetie het te merken.

Het eerste teken was het geluid: niet het geknetter van brandend perkament, maar het zachte gefluister van papier dat uit eigen beweging bewoog. Een tocht, misschien, of een herinnering aan een tocht, trok losse bladzijden uit de hoeken van de kamer. Ze gleden over de vloer, meeliftend op de stroming van hun eigen onvermijdelijkheid, en verzamelden zich aan de voet van het podium als een publiek dat weigerde naar huis te gaan. Ren merkte het als eerste.

'Mevrouw Barley,' riep ze. 'We hebben gezelschap.'

Mevrouw Barley richtte zich op en tuurde in de duisternis. 'Alleen maar papier,' zei ze. 'Blijf maar verbranden.'

Maar de bladzijden vermenigvuldigden zich. Sommige fladderden van het verwoeste balkon naar beneden en lieten inkt los als roos. Andere vielen uit de toneeltoren, waar Zara ze tijdens haar ronde had gemist. Weer andere kropen vanonder de stoelen vandaan, elk bezaaid met regel na regel van Carmines ergste en vreemdste voorspellingen.

Vincent zag hoe een dozijn bladzijden zich aan zijn voeten samenvoegden en zich langzaam vormde tot een ruwe beeltenis van een man. De papieren figuur wankelde overeind, zwaaiend met zijn armen, en greep toen naar zijn enkel.

Vincent aarzelde niet. Hij stampte het ding plat en gooide de snippers in de vuurkorf, waar ze verdwenen in een enkele, sissende vloek.

Ren, die zich niet liet afschrikken door de toenemende vreemdheid, begon met twee handen tegelijk bladzijden in het vuur te proppen. Ze werkte met de intensiteit van iemand die een deadline probeert voor te zijn, en de profetie beantwoordde haar agressie met meer van hetzelfde: bladzijden sprongen naar haar gezicht, probeerden zich tussen haar lippen te wurmen, gleden haar mouwen in in een poging haar van binnenuit te tatoeëren.

Mevrouw Barley liet de stoffer en blik vallen en mengde zich in de strijd, zwaaiend met haar paraplu als een wapenstok. Ze mepte de ergste boosdoeners op een groeiende stapel en overgoot ze vervolgens met een afgemeten scheut wijwater uit haar heupfles. De vloeistof siste en stoomde, maar de bladzijden werden alleen maar wanhopiger en smolten samen tot een enkele, kronkelende massa die naar het vuur kroop.

'Zara!', riep mevrouw Barley. 'Kunt u iets doen?'

Zara, die de chaos van bovenaf had gadegeslagen, schudde haar hoofd in spookachtige ontzetting. 'Ik ben onstoffelijk, weet u nog? Bovendien lijken jullie je prima te vermaken.'

Vincent keek op, zijn haar in de war en zijn ogen rood van de rook. 'We staan op het punt bedolven te worden onder profetieën, en jij staat er commentaar op te leveren?'

'Management,' antwoordde Zara, en toen, met een plotselinge intensiteit: 'Mevrouw Barley, achter u!'

Mevrouw Barley draaide zich om. Een stuk perkament, dikker dan de rest, had zich om de steel van haar paraplu gewikkeld en klom naar haar hand. Ze stak ernaar met een breinaald, maar de naald brak doormidden en het metaal loste op met een snerpend geluid.

Ren rukte het ding met blote handen weg en smeet het in de vuurkorf. Het vuur reageerde alsof het raketbrandstof had gekregen: de groene vlammen explodeerden naar buiten en overspoelden het podium met een golf van licht en geluid die iedereen omverwierp.

Een hartslag lang was het stil in het theater. Toen, als één man, huiverde elk los stukje profetie in de kamer en steeg op.

Het was, bedacht Vincent, 's werelds minst welkome confettiparade. De lucht vulde zich met verscheurde regels en bloedende runen, elk fragment cirkelend rond het midden van het podium in een steeds strakkere spiraal. De woorden zelf begonnen te spreken, een koor van overlappende stemmen die afwisselend smeekten, dreigden en zichzelf plagieerden in realtime.

Ren bedekte vloekend haar hoofd. Vincent, die met één werkende arm niet veel kon doen, dook weg achter mevrouw Barley, die in een verdedigende houding was gekropen en met de restanten van haar paraplu naar het vliegende papier sloeg.

Zara, nu een wervelende geest in het hart van de vortex, begon regels in contrapunt te reciteren. 'Laat ze je niet aanraken,' waarschuwde ze. 'Ze herschrijven je herinneringen als ze de kans krijgen.'

Mevrouw Barley klemde haar tanden op elkaar. 'Nou, dan krijgen ze zo de zakelijke kant van mijn retentiebeleid te zien.'

De volgende paar minuten waren een waas: mevrouw Barley en Ren graaiden naar bladzijden, rukten ze uit de lucht en voerden ze aan de vraatzuchtige vuurkorf. Vincent, die moeite had om bij bewustzijn te blijven, improviseerde door een verbrande stoelpoot als geïmproviseerde peddel te gebruiken en de meest hardnekkige fragmenten de vlammen in te slaan.

De profetie, die haar naderende ondergang voelde, escaleerde. De bladzijden smolten samen tot vormen — een slang die langs een gordijn naar beneden gleed, een wolvenkop die naar de hand van mevrouw Barley hapte, een zwerm zwart-rode vlinders die zich aan Rens haar vastklampten en weigerden los te laten. Elk wezen stierf met een gil of een vloek, altijd met de stem van Carmine, altijd met een nieuwe laag melodrama.

Zara, die in en uit de vortex dook, begon zelf fragmenten te verzamelen — haar spookachtige handen gingen door het papier, maar op de een of andere manier trokken ze de woorden in haar contour. Bij elke keer pulseerde ze met nieuw licht, haar ogen knetterend van gestolen elektriciteit.

'Zara!', riep Vincent. 'Ben je—'

Ze draaide zich om, met een broze glimlach. 'Het is prima. Ik wilde altijd al een wandelende bibliotheek zijn.'

De laatste, woedende golf kwam toen de profetie zich verzamelde voor een laatste verzet. Elk overgebleven vodje in het theater draaide samen en vormde een toren van bladzijden die boven de vuurkorf uittorende. Op de top staarde een ruw papieren masker van Carmines eigen gezicht hen aan, de lippen trillend van gerecyclede dreiging.

Vincent, die zich overeind hees, beantwoordde de blik van het masker. 'Je bent overschreven, oude vriend,' zei hij, en met een laatste inspanning gooide hij de stoelpoot tegen de basis van de toren.

De klap deed de hele structuur in het vuur storten. Het masker schreeuwde — een geluid samengesteld uit elke boze afwijzingsbrief die Vincent ooit had ontvangen — en viel toen uiteen in een cycloon van blauwe vlammen.

Toen Vincents gehoor terugkwam, was het podium leeg, op een paar zwevende sintels na. De profetie had, voor het eerst in eeuwen, niets meer te zeggen.

Ren ging als eerste rechtop zitten en wreef over haar hoofd. 'Zijn we eindelijk klaar?', vroeg ze met een holle stem.

Mevrouw Barley controleerde de omtrek en stofte haar handen af. 'Klaar,' zei ze.

Zara, nu volledig tastbaar in haar ontastbaarheid, zweefde boven de restanten van de vuurkorf. 'Jullie maken er wel een zooitje van,' zei ze. 'Ik zal de echo hiervan nog tien jaar moeten opruimen.'

Vincent, die zwaar op de verwoeste traptreden leunde, slaagde erin zwak te glimlachen. 'We kunnen om de beurt de volgende lading spoken.'

Ze zaten even en lieten de opluchting bezinken. Het

Orpheum, nog steeds gehavend en bloedend, voelde lichter aan dan in jaren.

Vincent keek om zich heen naar zijn onwaarschijnlijke heksenkring en merkte dat hij voor de verandering niets slims te zeggen had.

De rust duurde net lang genoeg tot het Orpheum zich zijn eigen structurele integriteit herinnerde. De eerste waarschuwing was een gekraak van boven, gevolgd door een regen van gipsstof die zachtjes op hun hoofden sneeuwde en iedereen een laatste vleugje pantomime gaf.

Toen, met het perverse gevoel voor timing dat alleen een afgekeurd gebouw kan hebben, kwam het hele bovenste balkon los van zijn ankers en stortte naar binnen, waarbij het drie rijen rode fluwelen stoelen beneden platdrukte met een geluid als van duizend typemachines die in de Theems werden gegooid.

Ren sprong op, haar ogen wild. 'Dat is ons signaal.'

Vincent probeerde op te staan, maar zijn linkerbeen kwam in opstand tegen de suggestie. 'Tot mijn spijt moet ik u mededelen dat mijn dramatische aftochten strikt beperkt zijn tot de hinkstand,' zei hij.

Mevrouw Barley was al in beweging, gedreven door een diepgewortelde weigering om ooit de laatste te zijn bij de brandoefening. Ze greep Vincents goede arm en trok, met de competentie van iemand die dertig jaar lang oudere familieleden op ijsgladde kerktrappen had geholpen. 'Naar buiten. Nu. Ren, neem zijn andere kant.'

Ren slingerde Vincents arm over haar schouder. Hij zakte

tegen haar aan en bood een bleke glimlach. 'Weet je, dit is precies hoe ik me onze eerste dans had voorgesteld.'

Ze gaf hem zachtjes een elleboogstoot in zijn ribben. 'Je weegt een ton en ruikt naar brandstapel.'

'Gevleid,' hijgde hij, half meegesleurd terwijl het stof dichter werd.

Zara zweefde achter hen en liet een vonkenregen van blauw-wit licht achter. 'Ik zou wel willen helpen, maar, je weet wel — het gebrek aan tastbaarheid.' Ze schoot vooruit, haar nabeeld dansend in de rook. 'Deze kant op. En schiet op.'

Het viertal rende (of hinkte, in Vincents geval) het middenpad op terwijl het plafond boven hen kreunde in een taal die alleen dragende muren konden spreken. Brokken beschilderd gips regenden naar beneden; de cherubijnen en muzen van de prosceni-umboog verpulverden op het tapijt. Elke voetstap dreigde hen door de vloer naar de kelder te storten, waar het getij van de rivier gorgelde en de minst hygiënische ratten van de stad op een toegift wachtten.

Een kroonluchter — voor het laatst gezien glinsterend boven de zaal — koos dit moment om los te breken en stortte ter aarde met een gesis van gebroken glas en de muzikaliteit van een achter-stevoren afgespeeld heavy metal-album. Hij landde precies in het midden en miste het hoofd van mevrouw Barley met een marge die gewoonlijk is voorbehouden aan de wettelijke alcohollimiet in het bloed.

Ren vloekte en verdubbelde haar pas. Vincent probeerde met zijn goede been bij te dragen, maar de inspanning veroorzaakte een nieuwe golf rood die door zijn verwoeste hemd bloeide. 'Ik ben bang dat sneller gaan echt niet in mijn huidige repertoire zit,' hijgde hij.

Mevrouw Barley, onverstoorbaar, snauwde: 'Sterven in een instortend theater ook niet, dus vooruit.'

Zara riep vanuit de foyer: 'Kom op!'

Ze renden door de grote vestibule, die zich al met rook vulde. Het glas in de voordeuren was naar binnen gesplinterd, de glas-in-loodruiten lagen nu verspreid als de driftbui van een juwelier. Ren trapte de laatste deur open en samen struikelden ze de gebarsten stenen trap op.

De nachtlucht trof hen als de verlichting van een koud biertje na een begrafenis. Ze hapten ernaar, met hun ogen knipperend in de plotselinge stilte.

Een seconde lang vertraagde de wereld.

Toen gaf het Orpheum de rest van zijn levenswil op. De beschilderde koepel, die protserige carrousel van engelachtige teleurstelling, stortte in en stuurde een gutser blauwgroen vuur de lucht in. Het lawaai rolde als een drukgolf over hen heen, plette de heggen op het plein en deed autoalarmen in volle paniek loeien.

De volgende ramp was persoonlijker. Het stuk theater dat de oostgevel vormde, met zijn sierlijke wapen en de woorden 'HORATIO'S ORPHEUM' in oud schrift, kwam los en stortte recht op de geliefde Peugeot van Ren. De auto, die drie relaties, twee APK-keuringen en een aanrijding met een taxichauffeur had overleefd, vouwde zich op als nat karton.

Ren staarde naar het wrak, haar mond open in een perfecte O.

Vincent, die zich aan een paaltje vasthield, overzag de ravage. 'Nou,' zei hij, 'het was in elk geval niet mijn borg.'

Mevrouw Barley, die buitenlandse auto's nooit had vertrouwd, knikte kort en voldaan. 'De rekening kunt u naar de gemeente sturen,' zei ze.

Zara zweefde naar Rens zijde en gaf haar een spookachtig klopje op de rug. 'Bekijk het van de zonnige kant. Parkeren is de rest van het jaar gratis.'

Ren slaagde erin te lachen, maar het klonk half verstikt. 'Zo werkt een verzekering niet,' zei ze, terwijl tranen haar zicht vertroebelden toen ze de laatste, waardige piep van het alarm van de Peugeot tot stilte zag vervagen.

Vincent wendde zich tot mevrouw Barley, een vraag in zijn ogen.

Ze ving die op en gaf hem een blik die medeleven, moederlijke ergernis en een onuitgesproken aanbod van thee wist te combineren. 'Laten we u oplappen voordat u over de hele stoep lekt,' zei ze. 'En Ren, we blijven vannacht allemaal op één plek. Geen tegenspraak.'

Ren knikte alleen maar en sloeg haar armen om zich heen alsof ze bang was dat haar organen ook zouden proberen te ontsnappen.

Ze strompelden weg van de smeulende ruïne, een huishoudster, een vampier, een mens en een geest, geen van allen passend bij de beschrijving op hun naamkaartjes. Achter hen stortte het Orpheum eindelijk in, terwijl de vlammen de laatste resten van Carmines profetie met een tevreden gesis oplikte.

'De volgende keer,' zei mevrouw Barley, terwijl ze haar geschroeide vest recht trok en haar beste boze blik naar de hemel wierp, 'verbranden we profetieën ergens met fatsoenlijke nooduitgangen.'

Niemand was het daar oneens mee.

Ze liepen verder, de stilte in die volgt op een ramp, al ruziënd over wie er aan de beurt was om thee te zetten en of Zara meetelde voor het doorbreken van een gelijkspel.

De stad ging, zoals altijd, gewoon door.

VIJFENTWINTIG

Drie dagen theoretische rust hadden van Vincent Lupo een toonbeeld van wandelende morbiditeit gemaakt, zorgvuldig gedrapeerd op de uitklapbare slaapbank in Zara's met boeken volgestouwde salon. Het effect was dat van een mindere heilige of een onttroonde potentaat, tot aan zijn kin ingebakerd in perkal en oude ziekenhuisverbanden, zijn haar glad achterovergekamd door koorts en herstel. Het enige bewijs van vitaliteit was het permanente, zij het vervaagde, spoor van sarcasme dat aan zijn onderlip kleefde.

Mevrouw Barley, wier officiële standpunt over palliatieve zorg was dat die voortvarend moest worden toegediend en, indien mogelijk, met genoeg kracht om simulatie te verdrijven, stond naast hem. Ze schudde de kussens op met een agressie die doorgaans voorbehouden was aan verkiezingsfraude, en boog zich toen over hem heen met een mok met iets wat naar Bovril, jodium en, onverklaarbaar, Pimm's rook.

'Drink op,' zei ze, 'anders giet ik het bij je naar binnen. Niks groeit goed terug als je het laat uitdrogen.' Ze keek toe hoe Vincent deed alsof hij een slokje nam en zette de mok toen neer met alle ceremonie van een gevangene die zijn laatste maaltijd afslaat.

Ren keek toe vanuit de deuropening, met haar armen over elkaar en een vastberaden trek om haar kaak. Terwijl de rest van Zara's flat een strikt klinisch-minimalistische esthetiek had, was de salon nauwelijks herkenbaar als leefruimte: van de vloer tot het plafond vol paperbacks, de lucht beneveld met de warme, droge geur van oude lijm en koudere, minder gezellige vleugjes formaldehyde en pleisterlijm. Iemand had de gordijnen dichtgetrokken tegen het daglicht, maar een halo van stadslicht sijpelde door de stof, waardoor alles een tint minder levend leek dan het was.

'Wat zit daarin?' vroeg ze, en ze knikte naar de mok.

Mevrouw Barley tuitte haar lippen. 'Elektrolyten en runderbouillon. Het een voor de ziel, het ander voor de cellulaire matrix. Smaakt allebei beter dan je laatste poging tot een magnetronmaaltijd.'

Vincent hoestte – opzettelijk, voor het effect. 'Ik had liever de morfine. Die had tenminste een verhaal.'

'Nou, je krijgt er geen meer van,' snauwde mevrouw Barley, en ze kwam met iets wat op tederheid leek aan het verband aan zijn nek. 'Het laatste restje heeft gisteren je systeem verlaten, en het deed niets voor je eetlust. De bouillon zal moeten volstaan.'

Ren ving zijn blik op en haalde als stilzwijgende instemming haar schouders op. Haar blik dwaalde door de kamer, langs de lijnen van de boekenkasten, die in slordige rijen oprezen tot aan het pleisterplafond. Aan de muur waren academische schetsen geprikt, de meeste anatomisch van aard, een paar met de spierstructuur van vleermuizen en wat er verdacht veel uitzag als het exoskelet van een reusachtig insect.

'Het is alsof een oude bibliotheek een relatie is aangegaan met een mortuarium,' zei Ren, tegen niemand in het bijzonder.

Vincents stem was papierachtig, maar hij slaagde erin hem op haar te richten. 'Dat zie ik als een compliment. Bibliotheken zijn ondergewaardeerde plekken voor romantiek.'

Ergens van boven klonk zacht gekraak van storing. Eerst dacht Ren dat het de verwarming was – Zara's radiatoren waren meer belofte dan prestatie – maar het geluid loste op in spraak, helder en precies, alsof het door een lange gang galmde.

'Zo te horen doen we tegenwoordig aan autopsies voor het ontbijt,' klonk Zara's stem, koel en precies aan de goede kant van spectraal.

Ren sprong op en keek omhoog. Het plafond was in schaduwen gehuld, maar bij de kroonlijst glinsterde een vervorming: de omtrek van Zara's hoofd en schouders, flikkerend, meer projectie dan aanwezigheid. Ze zweefde daar, haar haar drijvend in een langzame, stroperige halo, haar ogen zonder te knipperen en een tint te groot.

'Ik zou thee aanbieden, maar ik kan niets aanraken dat niet voor minstens veertig procent dood is,' voegde Zara eraan toe, terwijl ze naar beneden dreef en op de drempel gestalte kreeg.

De uitdrukking op het gezicht van mevrouw Barley veranderde niet. Ze zette de mok op het gammele tafeltje en ging een stapel schone handdoeken uit de luchtkast halen, terwijl ze ondertussen iets mompelde over 'voortijdige spookverschijningen'. Vincent keek haar na en wierp toen een blik op Zara's geestverschijning.

'Fijn dat je je manifesteert tijdens het bezoekuur,' zei hij.

Zara's mond vertrok. 'Je bent niet mijn enige patiënt.'

Ren, die minder gewend was aan spectrale visitaties, schuifelde om de bank heen tot ze aan Vincents zijde stond, en gebruikte hem als een zeer inefficiënt menselijk schild. 'Kan ze ons zien? Of is dit een soort conferencecall?'

'Ik kan je prima zien,' antwoordde Zara, met een vage echo in haar stem. Ze keek Ren aan met een verontrustend onverblikte blik.

Ren deinsde terug voor de nauwkeurige inspectie, maar slaagde erin een broze glimlach te produceren. 'Ik adem nog. Niet dankzij sommigen.'

Vincent onderdrukte een grijns, maar kromp toen ineen toen de beweging aan de genezende beet in zijn nek trok. 'We zijn allemaal een beetje minder levend dan we waren.'

Mevrouw Barley kwam terug met de handdoeken. Ze wierp een blik op de zwevende Zara en zei: 'Ik neem aan dat je ook je zegje wilt doen voordat we hem op de been helpen.'

Zara zweefde iets dichterbij, haar omtrek flikkerend als een defecte tl-buis. 'Eigenlijk wel, ja,' zei ze, haar stem dalend tot het octaaf dat gereserveerd is voor serieuze aankondigingen en begrafenisondernemers.

'Ren,' begon ze, 'ik wil dat je hier blijft. In de flat. Permanent.'

Ren knipperde met haar ogen. 'Wat zeg je me nou?'

Zara's gezicht verroerde zich niet, maar het gevoel van een glimlach straalde naar buiten. 'Je wilde altijd al een adres in het stadscentrum. Ik heb altijd al iemand willen hebben om bij te spoken. Het is een win-winsituatie.'

Er viel een stilte, waarna mevrouw Barley snoof en geen moeite deed haar minachting te verbergen. 'Gezien de huizenprijzen in het centrum van Londen is dat een behoorlijk geschenk.'

Vincent ging rechtop zitten, grimasde en steunde op één elleboog. 'Je bent dus niet van plan bij mij te komen spoken?'

'Vlei jezelf niet,' antwoordde Zara, haar stem zo droog als nieuw perkament. 'Je zou een verschrikkelijke gastheer voor een geest zijn. Te veel onopgeloste problemen, te veel oude vlammen.'

Ren keek van de geest naar de anderen, haar mond open in een perfecte cirkel. 'Ik ga niet – ik bedoel, het is niet zo dat ik – mag je überhaupt wel onderverhuren aan de levenden?'

'Ik verhuur niet, het is mijn eigendom. Ik kan doen wat ik wil.' Zara's aandacht verliet Ren niet. 'Ik heb iemand nodig om de boel op orde te houden. En ik zou het gezelschap best op prijs stellen.'

Ren liet haar vingers over de dichtstbijzijnde plank dwalen en veegde stof van de ruggen van "Vreselijke Doctrines" en "Een Taxonomie van Stedelijke Spookverschijningen." De beweging kalmeerde haar een beetje. 'Je meent het.'

'Ik ben dood,' zei Zara, 'maar ja.'

Een stilte golfde naar buiten. Daarin kropen de stadsgeluiden terug – een ambulance drie straten verderop, de verre resonantie van bouwwerkzaamheden, de schrille bel van een fietskoerier die op dat moment werd bedreigd door een zwerm duiven.

Vincent gebruikte de stilte om met een overdreven zucht zijn dekens te herschikken. 'Ik denk dat ik nog minstens een maand moet blijven.'

Mevrouw Barley sloeg hem met een opgerolde handdoek op zijn scheenbeen. 'Je bent geen invalide. Morgen sta je op. Zondag ben je terug in je eigen flat en verwacht ik dat je helpt met de klusjes.'

Vincent bracht een flikkering van zijn oude charme op. 'Als je me naakt had willen zien, had je het gewoon kunnen vragen.'

Mevrouw Barley negeerde hem. 'Jij, meisje – blijf je of niet?'

Ren keek naar de flat – naar de stofdeeltjes, de anarchistische boekenkasten, de geest die haar met het geduld van een bibliothe-caresse die wacht op de boete voor een te laat ingeleverd boek observeerde – en zuchtte uit. 'Ik blijf,' zei ze, de woorden vaster dan ze zich voelde. 'Voor een tijdje.'

Zara knikte met haar hoofd, een gebaar zo formeel als een zegening. 'Goed. Er is werk aan de winkel.'

Mevrouw Barley knikte, alsof dit de zaak beklonken had. Ze begon de medicijnen op te ruimen, en pakte de flesjes en mokken in met de efficiëntie van een cafébazin bij sluitingstijd.

Vincent zakte weg in de kussens, zijn blik gericht op het plafond waar Zara's nabeeld bleef hangen, vaag en blauw in het licht. 'Is het altijd zo koud als jij in de buurt bent?' vroeg hij.

'Alleen als je schuldig bent,' antwoordde Zara, en vervaagde, haar omtrek verdween als mist.

Ren wendde zich tot mevrouw Barley. 'Hoe... hoe wen je hieraan?'

Mevrouw Barley haalde haar schouders op. 'Dat doe je niet. Je houdt gewoon de thee warm en de gordijnen dicht, en hoopt dat de geesten aan jouw kant staan.'

Daar zat een soort finaliteit in, een gevoel dat er, na alles, niets anders te doen was dan de ketel opzetten en doen alsof het allemaal logisch was.

Vincent, die al opwarmde voor het nieuwe normaal, pakte zijn mok op en koesterde die als een talisman. 'Op de geesten dan,' zei hij, zijn stem schor maar oprecht. 'Mogen ze verantwoordelijk spoken.'

Ren hief ter echo haar kopje, en ook mevrouw Barley hief het hare, hoewel ze niet de moeite nam de scepsis in haar ogen te verbergen.

Een moment lang zaten ze met z'n drieën in de stilte van de flat – levend, dood en ertussenin – verenigd door niets meer dan de hardnekkige weigering om te vertrekken.

Buiten vergat de stad hen. Binnen deden ze hun best om te herinneren.

Na de lunch (die om drie uur 's nachts werd geserveerd en bestond uit driehoekjes toast en een klein, afkeurend schaaltje ingeblikte perziken) trokken de overlevenden naar de woonkamer. De verhoudingen van de flat lagen ergens tussen "Edwardiaanse salon" en "Victoriaanse kerker", maar de strakke lijnen en designmeubels deden hun gebruikelijke magie, waardoor het groter, ouder en al met al zekerder van zichzelf leek dan zijn bewoners.

Vincent had het van de slaapbank naar een oorfauteuil gered, met één been onder zich gevouwen, in weerwil van zowel medisch advies als de huidige wetten van de fysica. Hij zag er minder dood uit, of in ieder geval minder geneigd om een passerende patholoog te laten schrikken. Ren nam de andere stoel, die iets te rechtop was voor comfort, en begon onmiddellijk de zoom van haar geleende sweatshirt te vouwen en te ontvouwen.

Mevrouw Barley hing bij het raam, en maakte er een heel nummer van om de vensterbank met een zakdoek af te stoffen. Ze had de gordijnen half dichtgetrokken, alsof ze in onderhandeling was met het weer, en bestudeerde nu de donkere straat buiten met de behoedzame blik van een oorlogsweduwe die een telegram verwacht.

Het was Zara die de stilte verbrak, haar gestalte verscheen in het midden van de kamer, haar gezicht kalm maar haar ogen helder. 'Jullie zijn wel erg stil geworden,' observeerde ze, haar stem vulde de ruimte op een manier die niets met akoestiek te maken had.

'We reflecteren op onze vele mislukkingen,' antwoordde Vincent. Hij rommelde in de diepten van de wollen deken die over zijn schoot was gedrapeerd en toverde een rechthoekig pakje tevoorschijn, gewikkeld in bruin papier met verschroeide hoeken en vastgebonden met een stuk lint dat eruitzag alsof het een huis-brand had overleefd.

Ren zag het cadeau en kreunde. 'Dat heb je niet gedaan.'

'Jawel,' zei Vincent, en hij hield het haar voor, zijn uitdrukking onleesbaar. 'Toe maar, dan.'

Ren nam het pakje aan met de omzichtigheid van iemand die

een levend dier overhandigd krijgt. Ze pulkte het lint eraf en snoof aan de verkoolde randen, en opende toen het papier om een notitieboek te onthullen – hardgebonden, met een zware, ivoren kaft. Op de voorkant stonden in Vincents bekende, zwierige handschrift de woorden "Toekomstige Concepten." De letters waren versierd met onnodige krullen en een paar spatjes bloed, vermoedelijk authentiek.

Ze draaide het in haar handen om, haar duim volgde de rand. 'Het is leeg,' zei ze, meer beschuldiging dan observatie.

Vincent haalde zijn schouders op. 'Het leek me passend. Jij bent de enige met een echte toekomst.'

Zara dreef dichterbij, met haar armen over elkaar. 'Het is een groot compliment,' zei ze, haar stem zachter. 'Hij geeft alleen lege boeken aan mensen van wie hij denkt dat ze lang genoeg zullen overleven om ze te vullen.'

Ren keek op, onzeker of ze zojuist was beledigd of gepromoveerd. 'Ik weet niet wat ik zou moeten schrijven,' gaf ze toe, haar wangen gloeiden.

'Dat is het idee,' zei Vincent. Zijn stem was zachter dan normaal, bijna verloren onder het gezoem van het verkeer en het occasionele geblaf van Barley's afstoffen.

Mevrouw Barley, die niet buitengesloten wilde worden, stapte naar voren en legde de zakdoek op tafel. 'Je kunt altijd beginnen met een klacht,' stelde ze voor. 'Zo beginnen de beste verhalen.'

Ren sloeg, om tijd te rekken, de eerste pagina open. Die was inderdaad blanco, op een klein watermerk in de hoek na: een gestileerde, grijnzende vleermuis. Ze grijnsde terug, ondanks zichzelf. 'Jullie zijn allemaal gek, weten jullie dat?'

'Beroepsrisico,' antwoordde mevrouw Barley.

Vincent keek haar aan, de broze humor in zijn gezicht vervangen door iets wat meer op anticipatie leek.

Ren sloot het notitieboek en drukte het tegen haar borst. 'Schrijf jij de eerste regel,' zei ze, en duwde het terug naar Vincent.

Hij pakte het aan en draaide het om alsof hij op zoek was naar een verborgen betekenis in de gemarmerde schutbladen. Na een moment accepteerde hij een pen van mevrouw Barley en haalde er met een zwier de dop af.

Hij opende het notitieboek op de eerste pagina, aarzelde en schreef toen:

Ze lachte, en de wereld verging niet.

Hij gaf het terug, en Ren las de regel in stilte. De kamer bleef voor een keer stil; zelfs Zara leek terughoudend om de stilte te doorbreken.

Mevrouw Barley, nooit iemand voor sentimentaliteit, schraapte haar keel. 'Nou, dat is lekker vaag. Daar kun je wel een maand mee vooruit.'

Ren glimlachte, echt en breed. 'Als ik daarmee begin, lijkt al het andere misschien niet zo erg.'

'Of misschien wordt het allemaal verschrikkelijk, maar dan weet je tenminste waarom,' zei Vincent, die zijn gebruikelijke optimistische inslag weer terugvond.

Zara zweefde boven hen en keek op hen neer met de uitstraling van een chaperonne wier pupillen eindelijk gestopt zijn met de gordijnen in brand te steken. 'Jullie redden je wel,' zei ze, en haar glimlach was het eerste echt warme ding dat in de flat was neergedaald sinds hun aanvaring met de profetie.

Toen de eerste fluisteringen van de zonsopgang zich openbaarden, haalde mevrouw Barley meer thee, en Ren begon het lege boek te vullen – eerst met aantekeningen, toen met schetsen, en daarna met hele paragrafen, snel en schuin, de inkt drukte door alsof hij gretig was om naar de volgende pagina te gaan. Vincent keek haar aan het werk, nu minder een mentor en meer een getuige, en slaagde er zelfs in haar spelling niet te corrigeren.

ZESENTWINTIG

Vincent had ergens gelezen dat herstel een oefening in geduld en dankbaarheid moest zijn, maar het enige wat hij oefende was de laatste restjes passieve agressie ter wereld. Hij had zich op de bank genesteld met de zorg van een museumarchivaris. Hij had de ene deken na de andere over zich heen gelegd, tot hij leek op een archeologische opgraving van uitgestorven zoogdieren. Zijn mitella was, hoewel technisch noodzakelijk voor de structurele integriteit van zijn schouder, meer een rekwisiet: hij zorgde ervoor dat die vanuit elke mogelijke hoek zichtbaar was, voor het geval iemand twijfelde aan de omvang van zijn lijden.

Mrs Barley bewoog zich om hem heen met de onverdeelde aandacht van een eenpersoons-triage-eenheid. Haar bewegingen waren, zelfs nu, kortaf en efficiënt; ze snelde langs de bank, griste een lege bloedzak van de vloer en liet die vallen in een afvalbak met daarin een plastic tas van de Co-op. 'Als je fit genoeg bent om te zeuren, ben je ook fit genoeg om af te wassen', kondigde ze aan, zonder de moeite te nemen naar Vincent te kijken terwijl ze de salontafel ontdeed van achtergelaten pleisters, medicijnflesjes en het soort kruimels dat alleen afkomstig kon zijn van verboden toast.

Vincent slaagde erin een geluid te produceren dat het midden hield tussen een zucht en de doodsreutel van een teleurgesteld buideldier. 'Je kwetst me, Mrs Barley', zei hij, terwijl hij naar de mok op het bijzettafeltje reikte en miste, 'echt waar. De Eed van Hippocrates betekende ooit iets in dit land.'

Mrs Barley negeerde hem en zette een nieuwe mok neer. Tot zijn afgrijzen zag hij dat er een theezakje in dreef, in iets wat verdacht veel op kippenbouillon leek. 'Opdrinken', zei ze. 'Je hebt veel vocht verloren.'

Ren zat in kleermakerszit op de vloer, met haar rug tegen de radiator. Ze droeg haar op twee na favoriete hoodie (de ene was ten prooi gevallen aan bloedvlekken en vuur en de andere aan een overijverige shih tzu). Ze hield Zara's huissleutels in beide handen en draaide ze om met een air van ongeloof en iets wat gevaarlijk dicht bij sentimentaliteit in de buurt kwam. Af en toe keek ze op naar het plafond, alsof ze verwachtte dat de overleden Zara Dela-court uit de lamp zou verschijnen met een update over het gespook van die dag.

'Dus', zei Ren, 'is het de bedoeling dat ik hier nu... gewoon ga wonen? Of is dit een van die "de geest komt terug en probeert je te vermoorden"-gevallen?'

'Alleen als je de energierekening niet meer betaalt', antwoordde Mrs Barley. Ze veegde het dressoir af met een voch-tige doek, haar blik strak op het oppervlak gericht, zelfs toen ze een laag stof naar de vergetelheid stuurde. 'Zara zou de voorkeur geven aan een huisgenoot met basale hygiëne.'

Ren grijnsde, haar tanden staken fel af tegen haar gebarsten lippen. 'Nou, dan valt Vincent dus af.'

Te zwak voor een fatsoenlijk weerwoord, gooide Vincent een manuscriptpagina naar Rens voeten. 'Luister niet naar haar. Ik ben de ideale huisgenoot. Stil na zonsopgang, zelden in de badkamer en ik heb al mijn inentingen gehad.'

'Over prikken gesproken', zei Mrs Barley, 'het is tijd voor je antibiotica.' Ze greep in de zak van haar vest en haalde met de terloopse dreiging van een straatdealer een doordrukstrip tevoorschijn.

Vincent bekeek de pillen alsof hij verwachtte dat ze een vijandige overname van zijn bloedbaan zouden proberen. 'Ik ben er niet van overtuigd dat deze überhaupt effect hebben op mijn soort.'

'Beschouw het dan als een placebo', siste Mrs Barley, 'en slik door voordat ik overstap op zetpillen.'

Ren grinnikte, maar werd toen weer serieus toen ze een klein stapeltje enveloppen in de post zag liggen. Op een ervan stond een naam die ze herkende van Vincents leesvoer naast zijn bed.

Ze griste hem tevoorschijn en hield de envelop omhoog als een prijs uit een spelshow. 'Oeh, fanmail voor Celeste Evermoon. Wil je dat ik hem openmaak, of ben je bang voor miltvuur?'

Vincents gezichtsuitdrukking werd blanco. 'Het is vast een royalty-overzicht. Gooi maar gewoon weg.'

Ren scheurde de envelop met haar tanden open en haalde er een vierkant stuk zwaar karton uit, rijkelijk bedrukt in paars en zwart. 'Het is fanart', kondigde ze aan, 'van... even kijken... "Himari, 39 jaar, Tokyo".'

Mrs Barley, die nu de deurknoppen desinfecteerde met een in azijn gedrenkt doekje, liet een laag, goedkeurend geluid horen. 'Internationaal lezerspubliek. Niet slecht voor wat in wezen zelfuitgegeven mamaporno is.'

Ren hield de tekening omhoog zodat iedereen hem kon zien. Er stond een vampier op, weelderig weergegeven in digitale inkt, met hoekige jukbeenderen, een eeuwige stoppelbaard en een uitdrukking die voor zowel ennui als terminale constipatie kon doorgaan. De gelijkenis met Vincent was niet alleen treffend; ze was strafbaar.

'Waarom lijken al je hoofdpersonages op jou?' vroeg Ren, zwaaiend met het kaartje. 'Zelfs je wenkbrauw klopt.'

Vincent snoof. 'Ik heb een gezicht dat gemaakt is voor archetypen. Het is niet mijn schuld dat het genre een beperkte verbeeldingskracht heeft.'

Mrs Barley boog zich voorover en bekeek de tekening door haar leesbril. 'Dat is niet het enige waarin het beperkt is. Ik neem aan dat deze ook wegkwijnt voor een of ander gedoemd, sterfelijk meisje van de helft van zijn leeftijd en mokt over de futiliteit van de eeuwigheid.'

Ren bladerde lachend door de rest van het kaartje. 'Nee, deze eet het sterfelijke meisje daadwerkelijk op en gaat ervandoor met haar moeder. Dat is vooruitgang.'

Vincent probeerde zijn waardigheid te bewaren, maar die bezweek onder het gewicht van de stapel dekens. 'Ik ben contractueel verplicht om per roman een minimumaantal plotwendingen te leveren. Mijn uitgever houdt van een twist.'

Mrs Barley was klaar met schoonmaken en plofte toen neer in de fauteuil tegenover Vincent. Ze had haar handen gevouwen over een klembord dat ze sinds het Orpheum niet meer uit het oog had verloren. 'Als je half zoveel tijd aan je genezing zou besteden als aan het cultiveren van je publieke imago, zou je nu alweer kunnen lopen.'

Vincent frunnikte aan zijn mitella en deed alsof hij hem verlegde. 'Je zou beter moeten weten dan een herstel te overhaasten. Bovendien geniet ik van de aandacht.'

Ren rolde met haar ogen en gooide toen de fanart op Vincents schoot. 'Lijst hem in', zei ze, 'en hang hem boven je bed. Als hij ooit beweegt, weet je dat je grootste fan eraan komt.'

Mrs Barley kneep in de brug van haar neus, alsof ze een

migraine probeerde af te weren. 'Kinderen', mompelde ze, zonder de moeite te nemen haar afkeer te verbergen. 'Allemaal.'

Ze stond op, stofte haar handen af en vertrok naar de keuken, waar het geluid van een vullende waterkoker en rammelende mokken even geruststellend was als elke hartslag.

Vincent, achtergebleven in de nasleep van haar efficiëntie, verschoof zich in zijn nest en inspecteerde de fanart. Hij kon de nauwkeurigheid niet ontkennen; zelfs de gebogen schouders klopten precies. Hij overwoog heel even wat het zou betekenen om niet vereeuwigd te worden als redder of martelaar, maar als de mokkende antiheld van duizend zwoele paperbacks. Het was een nalatenschap, in zekere zin.

Ren stak ondertussen Zara's sleutels in haar zak en keek de kamer rond, naar het comfort en de belofte van een betere toekomst. Er was geen televisie, maar ze merkte dat ze het niet erg vond.

Het was een weinig bekend feit dat de nachtelijke markt van de Londense bloedbanken een bloeiende handel was, en Vincent had, met zijn gebruikelijke toewijding aan geloofwaardige ontkenning, altijd de voorkeur gegeven aan het huismerk: O-negatief, zonder toevoegingen, lokaal geproduceerd. Hij trok de koelkast open en viste er met zijn goede hand een zak uit, terwijl hij een moment nam om de koude prikkeling tegen zijn handpalm te waarderen.

De plank in de koelkast, ooit gereserveerd voor oude kaas en af en toe een noodlottige yoghurt, droeg nu de vage waterkring van een hoofdloze leegte. Vincent staarde naar de plek waar het afgehakte hoofd ooit tussen de sauzen had genesteld, een spookplank als er ooit een was. Ren, die bezig was afhaalkebab uit te pakken op de eettafel, merkte zijn aarzeling op en volgde zijn blik.

Mrs Barley, die net het deksel van een pot augurken had geschroefd, nam het moment ook waar. Met z'n drieën stonden ze stil in de driehoek van koelkast, tafel en keuken. Niemand noemde het vermiste hoofd, en dat was misschien wel het meest veelzeggende van alles.

Vincent verbrak de betovering met een schouderophalen. 'Ik veronderstel dat we het met de restjes moeten doen.'

Ren, die haar lamsdöner al had uitgepakt en bezig was met het verwijderen van verdwaalde stukjes rodekool, zei: 'In mijn vorige flat bewaarde de huisbaas zijn moeder in de vriezer. Dit is een vooruitgang.'

Vincent schonk zijn rantsoen in een mok en voegde zich bij hen aan tafel. De kebab was met een soort offerende eerbied uitgestald: folie teruggepeld om geurig gekruid vlees te onthullen, een hoopje uien en tomaten die een barrière vormden tegen het opkomende tij van vet. Het bloed was, in vergelijking, een sobere aangelegenheid: geen garnering, geen ceremonie, alleen de stille dreun van de mok op de tafel.

Het was het soort maaltijd dat om een toost vroeg, dus hief Vincent zijn glas. 'Op afwezige vrienden', zei hij, 'en op onwaarschijnlijke overlevenden.'

Mrs Barley tikte haar mok thee tegen de zijne. 'En op de klootzakken die het niet zagen aankomen.'

Ren nam een slok lauwe cola en knikte. 'En op kebab die pas de volgende ochtend naar spijt smaakt.'

De lucht in de flat was zwaar van de restanten van de ramp, maar ook van iets warmers: een onhandig geconstrueerd maar vasthoudend optimisme. Ze aten in gemoedelijke stilte, alleen onderbroken door het gekraak van een augurk en het geklets van folie tegen de tafel. Af en toe haalde Ren een nieuw artefact uit de eetzak – friet, een bakje hummus, een eenzaam stukje baklava – en bood het de groep aan als een relikwie van zeldzame kracht.

Zara's geest, die had gekozen voor een plekje bij de boekenkasten, flikkerde in en uit beeld met de oneffen gratie van een niet-synchrone telepresentie. Ze bekeek de maaltijd met een air van antropologische nieuwsgierigheid, haar ogen namen details in zich op en sloegen ze op voor later commentaar.

Ren, die de aandacht van de geest trok, hief haar blikje als groet. 'Mis je het om te eten?' vroeg ze, half voor de grap.

Zara overwoog de vraag en antwoordde toen: 'Alleen het kauwen. De rest is slechts onderhoud.'

Mrs Barley, die dit al eerder had gehoord, rolde met haar ogen. 'Ze is niet te beroerd voor een spectraal tussendoortje. Vorige week miste ik drie digestive-koekjes en vond ik een spoor van haverkruimels dat naar de linnenkast leidde.'

Vincent, die de laatste restjes van zijn bloed opdronk, leunde achterover en liet de warmte door zich heen stromen. 'Je hoeft je tenminste geen zorgen te maken over koolhydraten', zei hij.

Zara's omtrek trilde geamuseerd. 'Koolhydraten zijn een zonde voor de levenden. Ik ben strikt op een dieet van onafgemaakte zaken.'

Ren grijnsde. 'Is dat waarom je bij ons spookt, of verveel je je gewoon?'

Zara antwoordde niet onmiddellijk. Haar blik gleed door de kamer: de stapels boeken, de wirwar van verlengsnoeren, de hopen papierwerk op elk beschikbaar oppervlak. 'Jullie zorgen voor genoeg losse eindjes om me eeuwen bezig te houden. Ik ben een accountant, geen klopgeest.'

Mrs Barley, nu in haar element, haalde een gehavend pak speelkaarten uit het dressoir en deelde aan ieder van hen een hand. 'Eens kijken of een van jullie nog weet hoe je gracieus moet verliezen', daagde ze hen uit. 'De winnaar mag vanavond de film kiezen.'

Vincent keek naar zijn hand, zag drie vrouwen en twee jokers en vermoedde vals spel, maar besloot het te laten gaan. 'Ik gaf altijd meer om het gezelschap dan om de winst', zei hij. 'Zelfs als ik verloor.'

Ren snoof. 'Je zult het ons vergeven als we dat nobele-verliezerpraatje niet geloven. Ik heb je zien kaarten tellen.'

Mrs Barley deelde met kille precisie, haar uitdrukking onleesbaar. 'In mijn tijd speelden we om sigaretten en staatsgeheimen. Ik mis de inzet.'

Ze speelden drie rondes voordat Vincents bluf het begaf en Mrs Barley de tafel leegveegde. Ze trok een wenkbrauw op, niet onder de indruk van haar eigen overwinning. 'Dan kijken we iets met ondertiteling. Om de hersenen scherp te houden.'

Vincent kreunde, maar Ren juichte zachtjes. 'Ik stem voor zombies. Of heksen. Geen vampiers meer, oké?'

Mrs Barley stond op. 'Heksen worden het', zei ze. 'Jij pakt de afstandsbediening. Ik haal meer thee.'

Zara, die de hele hand had rondgezweefd, bleef aan tafel hangen terwijl de levenden zich verspreidden. Ze tikte eenmaal op het oppervlak en liet een vage afdruk van haar vingertoppen achter op de lak, alsof ze hen eraan wilde herinneren dat ze er überhaupt was geweest.

Toen de flat in zijn gebruikelijke nachtelijke stilte verviel, merkte Vincent dat hij alleen was, op de echo van de geest en de aanhoudende geur van kebab na. Hij liep naar zijn studeerkamer, waar een gehavend roldekselbureau de restanten van zijn ware roeping bevatte: een afgesloten lade vol met profetiefragmenten, onvoltooide manuscripten en af en toe een dreigbrief van een rivaliserende auteur.

Hij pakte de sleutel van zijn schuilplaats (vastgeplakt aan de onderkant van een 'Visit the British Library'-mok) en opende de lade. Binnenin ritselden de fragmenten, rusteloos, zelfs in stilstand. Hij bladerde erdoorheen en bleef bij één hangen: dun, knisperend, de inkt vervaagd maar leesbaar. De tekst, gekrabbeld in Carmines kenmerkende handschrift, luidde:

Het vervolg begint altijd met bloed.

Terwijl hij keek, gloeide de voetnoot onderaan de pagina zwakjes op – slechts voor een seconde, alsof hij zijn aandacht probeerde te trekken – en doofde toen weer. Vincent, meer moe dan nieuwsgierig, legde de pagina terug in zijn nest, deed de lade op slot en sleepte zich terug naar de woonkamer.

Hij nestelde zich weer op zijn dekentroon, verstelde de mitella voor maximale sympathie en sloot zijn ogen terwijl de heksen op de tv kakelden.

Buiten ging de hartslag van de stad door: sirenes, vossen, het gerommel van de metro. In de flat vouwde de tijd zich ineen, en voor het eerst in lange tijd sliep Vincent zonder te dromen.

Op het bureau, in het donker, glom de profetiepagina, en lag toen stil.

EINDE (voor nu)

Lees verder in de **Fang & Loathing-trilogie** — Vincent en zijn vrienden nodigen je van harte uit voor *The Stakeout Diaries*.

WOORD VAN DE AUTEUR

Hoi,

Ontzettend bedankt voor het lezen van *Lot, bijt me!*

Het was een groot plezier om te schrijven en ik hoop oprecht dat je er net zo van genoten hebt om het te lezen.

Als je het een leuk boek vond, zou ik het enorm waarderen als je de tijd zou willen nemen om een recensie achter te laten.

Recensies helpen auteurs om veel redenen: ze geven waardevolle feedback over wat lezers leuk vinden en vergroten bovendien de zichtbaarheid van een boek in webwinkels.

Alvast heel erg bedankt — ik ben benieuwd naar je mening!

Jon

ABOUT THE AUTHOR

Jon Smith is de bestsellerauteur van meer dan vijftig boeken voor kinderen, jongeren en volwassenen. Zijn boeken zijn meer dan een half miljoen keer verkocht en in zeven talen verschenen.

Naast het schrijven van boeken is Jon een bekroond scenarioschrijver en musicaltekstdichter en -librettist, met producties in het Birmingham Hippodrome, Belfast Waterfront, het Park Theatre in Londen en PJPAC in Kuala Lumpur.

Als vader van vier woont hij met zijn vrouw en hun twee schoolgaande kinderen in de buurt van Liverpool.

Wanneer hij later groot is, wil hij graag bibliothecaris worden.

www.jonsmith.net

x.com/jonsmith_author

instagram.com/jonsmith_author

goodreads.com/jonsmith_author

amazon.com/author/jonsmith

facebook.com/authorjonsmith

MAILING LIST

Wil je graag als eerste op de hoogte zijn van nieuwe publicaties?

Zin in exclusieve toegang tot gratis extra's, speciale aanbiedingen en bonusmateriaal?

Heb je het gevoel dat je leven niet compleet is zonder Jon's maandelijkse overpeinzingen over schrijven, lezen en uitgeven?

Dan is er een oplossing! Schrijf je vandaag nog in voor Jon's mailinglijst:

www.jonsmith.net/mailing-list

THE FANG & LOATHING TRILOGY

DE VIJFDE RUITER

EEN KOMISCHE FANTASY DIE DE REGELS VAN HET LEVEN ... EN DE DOOD MET VOETEN TREEDT

VERKRIJGBAAR ALS E-BOOK, PAPERBACK EN VIA KINDLE UNLIMITED

BAL
KON
media

www.ingramcontent.com/pod-product-compliance
Lightning Source LLC
Chambersburg PA
CBHW050556190726
48283CB00007B/2163